# 悪徳王女の恋愛指南

## 一目惚れ相手と婚約したら悪女にされましたが、思いのほか幸せです。

御鹿なな

Nana Goroku Presents



fairy kiss

この作品はフィクションです。
実際の人物・団体・事件などに一切関係ありません。

# 悪徳王女の恋愛指南
## 一目惚れ相手と婚約したら悪女にされましたが、思いのほか幸せです。

fairy kiss

# プロローグ

天気の良い午後のことだった。

学園が休みのため、嵌《は》め殺しの窓の傍《そば》で長椅子に座り、優雅に読書をしていたアンネリーゼは、侍女から母――王妃の来訪を告げられ、本を閉じた。

「お母様。どうしてわかったのです？」

王妃を出迎えたアンネリーゼは、首を傾《かし》げる。

「……わかった？」

アンネリーゼの問いに、王妃は眉を顰《ひそ》めた。

「わたくしが焼き菓子をお取り寄せしたことです。独り占めするつもりだったのだけれど、お母様なら仕方ありません。マルガ、お茶の用意を」

「はい。姫様」

アンネリーゼ付きの侍女マルガが、お茶の準備をするため退室する。

「最近、王都に出店したばかりだそうです。女性にとても人気があって、朝早くに行かないと行列ができて、買えないと聞きました。今朝、店に並ぶ侍女がいると聞いたので、わたくしのぶんもお願いしたのです。本当はお父様やお兄様方にもお裾分けをしたいのだけれど……少ししかないので。お母様もみんなには内緒にしてくださいませ」

アンネリーゼは強欲ではない。気前よく、みなに振る舞いたい。けれども量がとても少ないのだ。母だけでなく、父や兄にも配ってしまうとアンネリーゼのもとに残るのは、ひとかけらだけ。ひと口で終わってしまう。決してケチなわけではないけれど、ひとかけらなのは悲しい。

「アンネリーゼ……今日あなたに会いに来たのは、焼き菓子をいただくためではありません」

焼き菓子に思いを馳《は》せていると、王妃が険しい顔をして首を横に振った。

「違うのですか？」

「ええ」

王妃は一通の書簡を差し出した。

普通のどこにでも売っていそうな封筒だ。

宛名の部分に、見慣れた筆跡でアンネリーゼの名前が書かれている。

「まあ」

アンネリーゼは頬を染めた。

その筆跡は、少し乱れてはいたがアンネリーゼの愛する婚約者のものであった。ということは、これは愛する婚約者からの恋文だろう。

「でも、どうしてお母様が？」

どうして伝書鳩《でんしょばと》のような真似《まね》をしているのか。

不思議に思って訊《たず》ねると――。

「アンネリーゼ。落ち着いて聞くのです」

王妃が真剣な顔つきで前振りをした。

アンネリーゼは少し、いやとても嫌な予感がした。

「お母様。わたくし、焼き菓子が食べたいです」

アンネリーゼはとりあえず焼き菓子を食べて、落ち着きたいと思った。

「アンネリーゼ。キルシュネライトが」

「マルガ、マルガ！　お茶の用意はまだですか！　わたくし、焼き菓子が食べたいのですけど！」

婚約者の名前を出され、嫌な予感が増す。アンネリーゼは声を張り上げ、王妃の言葉を遮った。

「アンネリーゼ」

王妃がガシリとアンネリーゼの腕を摑《つか》んだ。

アンネリーゼの手にしていた手紙が、はらりと床に落ちる。

「キルシュネライトがあなたとの婚約を解消したいと陛下に請われました」

信じられないことを、信じたくないことを、王妃がアンネリーゼに告げた。

「嘘《うそ》です！　わたくし、信じません！」

「……キルシュネライトは領地に戻られ、ご結婚されるそうです」

「ご結婚……。わたくしと、ですか？」

「……あなた以外の方とです」

そんな嘘に騙《だま》されたりしない。そう思うが……この一か月、アンネリーゼはまともに婚約者と会っていなかった。

多忙だと聞いていた。忙しい婚約者の邪魔をしたくなくて、寂しいけれど我慢していたのだ。

(アンネリーゼ、大丈夫？　ええ、大丈夫でしてよ。わたくし、一度や二度の浮気くらいは、寛大な心で許して差し上げられますわ)

アンネリーゼは胸に手を当て、己の心に問いかけ、答えを出した。

「お母様、わたくし平気ですわ！　浮気は男の甲斐性《かいしょう》ですもの！」

アンネリーゼの決意に、王妃は呆《あき》れたように溜《た》め息を吐《つ》いた。

「あなた以外の者と結婚すると言ったでしょう。浮気ではありませんわ」

「なら……ならば……致し方ありません。わたくしが浮気相手になりましょう。愛人にしてもらいます」

アンネリーゼは愛する婚約者に付き纏《まと》う方法を必死で模索する。

王妃は首を横に振った。

「キルシュネライトが嫌だと言えば、それでおしまいにすると……。そう約束したでしょう、アンネリーゼ」

幼子に語りかけるような、優しい声で言う。王妃の顔ではなく、慈愛に満ちた母親の表情を浮かべていた。

確かに約束をした。約束をすれば婚約を許してくれる。そう言われたから軽い気持ちで約束をしたのだ。けれど軽かろうが、重かろうが、口先だろうが鼻の先だろうが、約束は約束である。

でも『おしまい』になど、できない。

「好きだと……。そう！　好きだと仰《おっしゃ》ったのです！　三か月……いえ、二か月ほど前かしら」

その日の出来事を思い出しながら、アンネリーゼは力強く言った。

「キルシュネライトが、あなたを好きだと言ったのですか？　本当に？」

王妃が疑いの目を向ける。

「ええ！　わたくし、チョコレートを作ったのです。作ったといっても……マルガがチョコレートを買ってきてくれ、それを鍋で溶かして、型に入れて、パウダーを振りました。溶かす前のチョコレートを少し味見しました。それはもう美味《おい》しゅうございました。溶かす必要が果たしてあったのか、たいそう疑問が残りましたし、未《いま》だにその答えは得ていません。ですがマルガ曰《いわ》く、手作りであることに意味があるのだと」

「アンネリーゼ。キルシュネライトの話はどこにいったのです」

「そのわたくしが作った！　丹精込めて溶かして、型に入れ、パウダーをかけ、お洒落《しゃれ》な紙で包んで、箱に入れた手作りのチョコレートをキルシュネライト卿《きょう》に渡しました！　キルシュネライト卿は、それを食べて美味しいと言ってくれました！」

アンネリーゼの愛《いと》しい人は、あまり感情を露《あら》わにしない。

けれどチョコレートを口に入れたとき、すごく嬉《うれ》しそうな顔をしたのだ。

「キルシュネライト卿が甘党であったことを、わたくし、初めて知ったのです！」

「アンネリーゼ……。好きだと言われたという話は、どこにいったのです」

「美味しいですか？　と問うと、美味しいと言ってくださいました。そして、好きですか？　と訊《き》くと、好きだと。そう仰いました！」

「アンネリーゼ………。それは、チョコレートが好きなだけで、あなたのことを好きと言っているわけではないでしょう？」

呆れた風に言われ、アンネリーゼは首を振った。

「毎日、食べたいですか？　と訊いたら、三日置きにくらいは食べてもいいかもしれないと。そう仰ったのです。お母様、知っていますか？　民たちの間では、君の作ったスープを毎日食べたいという言葉は、プロポーズの定番らしいのです。だとするとあれは、ほぼプロポーズだと思ってよいかと」

三日置きなのだ。三分の一、プロポーズである。

「……アンネリーゼ………。キルシュネライトのことは、諦めなさい」

王妃は深く息を吐いたあと、哀れみの目でアンネリーゼをしばらく見つめ、そう言った。

（諦める……？）

初めて彼に出会ってから、七年の月日が過ぎていた。

その七年の中で、諦めなければならない――かもしれないと思ったことはあった。けれど、諦められなかった。それに……。

「なぜ……お母様に言われなければならないのですか。わたくしが嫌になったのならば……キルシユネライト卿自ら、わたくしに婚約を解消すると言いに来るべきです」

アンネリーゼが嫌になった、もしくは誰か好きな女性ができたのならば、きちんと目を見て、告げるべきだ。そうしたらアンネリーゼだって納得はでき——ないが、納得する努力はできる。

「こんな……こんな手紙ひとつで、諦めろなんて……」

握りしめてしまっていた手紙は、シワシワになっていた。

「キルシュネライト卿にお会いして、お話を聞きます」

本人からきちんと話を聞くまで『婚約解消』など断じて認められない。

「キルシュネライトは騎士団を退団し、すでに王都を出立しました」

キルシュネライト家が代々治める領地、パントデン辺境伯領は王都から馬車で十日ほどかかる。

すでに王都にいないという言葉の衝撃も凄《すさ》まじかったが、退団の言葉にも破壊力があった。

「それはっ……もう二度と、騎士服姿を見られないということですか！」

アンネリーゼの元婚約者——いや、婚約解消を認めていないのだからまだ婚約者だ——婚約者ランベルト・キルシュネライトの騎士服姿は、目が蕩《とろ》けてしまいそうなほど麗しかった。

引き締まった肉体をしていて、背も高く姿勢が素晴らしくよい。騎士服は彼に着られるために存在しているのだと思うくらいに、似合っていた。

正装の騎士服は黒地に金の刺繍《ししゅう》が入っている。それがまた極上であった。

艶やかな彼の銀髪が黒に映え、より鮮やかに見える。白い肌や、冷たげな眼差《まなざ》しも、黒と金に相まって、脳髄からどぴゅどぴゅと液体が噴き出るほど素敵だった。

その姿を思い返すだけで、パンを一斤、バターも何もつけずに食べられるくらいだ。もしもアンネリーゼが魔女であったなら、その姿を石像にして、傍に侍《はべ》らせていたかもしれない。

しかし残念ながら、アンネリーゼは魔女ではないし魔法も使えない。

（あの麗しいお姿を、もう二度と見られないなんて！）

今すぐにでも悪い魔女を探し出し、弟子入りしたい。

（悪い魔女はどこにいるのかしら？　絵本だと崖の下とか、森の中だとかいうけれど……）

「お母様、とりあえず、わたくし森を目指そうと思います」

アンネリーゼは決意を込めて言う。

「森……？　なぜ森に……？」

「姫様、王妃殿下。お茶の準備ができました」

なぜ森に行かなければならないのか説明をしようとしたが、香ばしい焼き菓子がアンネリーゼを誘惑してくる。

「いえ……まずは、お菓子を食べましょう」

魔女を目指し森へ向かうか、崖の下を目指すか、それとも――彼のもとに問い質《ただ》しに行くか。

お菓子を食べながら、アンネリーゼは今後について考えることにした。

「お母様も、どうぞ一緒に召し上がってくださいませ」

アンネリーゼが言うと、王妃は長い溜め息を吐いた。

「……いただきましょう」

テーブルにつくと、マルガがお茶を入れてくれた。
向かい合わせで、焼き菓子を食べる。
評判なだけあって、焼き菓子はとても美味しかった。

# 第一章

ナターナ王国は大陸の南東に位置する国で、大国ではないものの、気候に恵まれた農業国である。

二百年ほど前には周辺諸国の諍《いさか》いに巻き込まれ戦もあったというが、ここ百年ほどは穏やかな時代が続いている。

アンネリーゼ・ナターナは、ナターナ王国の君主、ナターナ王の三番目の子として生を受けた。

兄が二人いて、一番年の近い兄はアンネリーゼより数刻前に産まれた。そう、アンネリーゼと兄は『双子』であった。

古くから、ナターナ王国では双子は不吉と言われていた。

特に男女の双子はより不吉で、女のほうは魔女になる。そんな言い伝えまであった。

そのためアンネリーゼは生まれてすぐ、王宮の地下牢《ちかろう》に幽閉された。窓がなく、扉もない。食事も娯楽もない場所で、この国の者たちを恨みながら生きてきた……わけではなく、両親に愛され、侍女たちに大切に扱われながら育った。

古い言い伝えだ。そもそも魔女自体、想像上の存在だったし、本気で信じている者などいない。漠然と不吉さを感じるくらいだろう。

ただ……双子が理由なわけでは決してないが、そこそこ健康な兄とは違い、アンネリーゼは未熟児で病弱な赤子であった。

六歳になるまでは、ほぼ王宮の自室にこもっていて、起きている時間よりベッドで寝ている時間のほうが圧倒的に長かった。

『このままだと十歳の誕生日を迎えるのは厳しいでしょう』

医者にもそう言われていたらしい。

けれど幸いなことに、アンネリーゼはだんだんと壮健になっていった。

医者が処方した薬がよく効いたのか、それとも食事療法のおかげか。はたまた、成長とともに治る病であったのか。

何がアンネリーゼの運命を変えたのか定かではないが、周りの者たちはアンネリーゼが健やかになったことを喜んだ。ただ一人、アンネリーゼを除いて。

（きっと知らぬうちに、魔の者と契約したのだわ！　わたくしは永遠の命を得て、魔女になったに違いないわ！）

鏡を見ると、漆黒の髪と闇色の瞳の少女が映っている。

父は茶色い髪と瞳。母は黒い髪と茶色い瞳。一番上の兄は、黒い髪に茶色い瞳。双子の兄は茶色い髪と目をしていた。そう、アンネリーゼだけが黒い髪と目をしているのだ。

（禍々《まがまが》しいほど黒い髪、そして目……わたくしは、闇に愛されし者……そう、魔女！）

幼い頃、ベッドで絵本を読みふけっていたせいか、アンネリーゼは少々思い込みと妄想が激しい少女だった。

そしてアンネリーゼは、命の期限と言われていた十歳の誕生日を迎える。

その日は双子の誕生日祝いを兼ねたお茶会が予定されていた。遠戚者だけでなく、高位貴族の令嬢や令息が招かれている。アンネリーゼと兄の、婚約者選びも兼ねているらしい。

十歳の誕生日である。きっと何か、自分にとってものすごい事象が起こるに違いない。そう信じ込んでいたアンネリーゼは、用意されていた真っ白なドレスと大きなリボンを見て、息を呑《の》んだ。

(魔女のわたくしに不似合いな白……これはっ！　お茶会とは名ばかりで、本当は聖なる儀式が開かれるのでは？)

アンネリーゼは、みなが自分を処刑しようとしているのではなかろうかと疑った。

逃げたいと思ったのは一瞬だ。

アンネリーゼは父と母が大好きだった。一番上の兄ジョゼフも大好きだ。彼らは身体《からだ》が弱いアンネリーゼをいつも気にかけてくれ、たくさんの愛情をくれた。意地悪なのは、双子の兄だけだった。

時々厳しくなるけれど、基本優しい侍女マルガも大好きだ。

(みなを滅ぼす魔女になるくらいなら……)

処刑されたほうがよい。

アンネリーゼは覚悟を決め、白いドレスを着て、長い黒髪の一房を白いリボンで飾った。

お茶会は王宮の広大な庭の一角で行われる。

マルガとともにそちらへ向かっている途中の回廊で、アンネリーゼたちは双子の兄であるヨルクとその侍女に出くわした。

アンネリーゼとヨルクは髪と目の色こそ違ったが、顔立ちはよく似ていた。ちなみにマルガとヨルクの侍女は従姉妹《いとこ》で、こちらも双子のごとくよく似ている。

「ヨルクお兄様も白いお衣装なのですね」

兄も白い服を着ていた。

「当たり前だろう。十歳の誕生日会を兼ねたお茶会は、僕たちの婚約者選びの場でもある。白色の服を着るのは、我が国の習わしだ」

可哀想《かわいそう》に。ヨルクは儀式のことを知らされていないのだ。

自分が処刑されると知らないのは哀れだ。いや、処刑されるのはアンネリーゼだけかもしれない。

「白い服だと、汚れが目立つ。いつものようにふざけた真似はせず、大人しく、淑女らしくしていろよ。特に今日は、臣下や貴族、その子息たちも集まっているんだ。愚かな行動は慎むように」

双子なので、当然同い年である。なのに、ヨルクはまるで年長者のごとくアンネリーゼを注意した。

「わたくし、ふざけた真似など、したことありませんわ」

「いつも飲み物を零《こぼ》したり、お菓子をぼろぼろ落としたりしているだろう」

「それはふざけた真似ではありません。わたくしの食べ方が下手くそなだけです。……ヨルクお兄様こそ、そそっかしいのですから、転んだり滑ったりなさいませんように」

口は達者な兄だが、運動神経はあまりよくない。そのうえ、せっかちで慌てん坊なためよく転ぶ。

段差に躓《つまず》いては転び、床が濡《ぬ》れていれば滑る。

「ふざけるな！　僕はそそっかしくなどない！」

兄を心配し注意したというのに、ヨルクは白い頬を紅潮させて怒鳴った。

「わたくし、ふざけてなどいませんわ！」

アンネリーゼも負けじと言い返す。

「お二方、じゃれ合うのはお茶会が終わってからにいたしましょう」

「まあまあ、仲のよろしいことで」

睨《にら》み合っていると、互いの侍女がホホホと笑いながら間に入った。

「じゃれ合ってなどいませんわ！」

「仲などちっともよくはない！」

アンネリーゼたちの言葉に、侍女たちは悪びれた風もなく微笑《ほほえ》みを浮かべたままだ。

否定するのが空《むな》しくなってくる。兄も同じように空しくなったのだろう。「行くぞ」と偉そうに言って、アンネリーゼの手を引いた。

「はい……あ！」

ふと気づき、アンネリーゼは兄の手を離し、自身の髪を触った。

いつの間にか解《ほど》けてしまったらしく、髪をくくっていた白いリボンがなくなっていた。

リボンがなくとも装い的にはおかしくはない。けれど儀式に白いリボンが必須の可能性もある。

「リボンを落としてしまいました！　探してきますわ。ヨルクお兄様、先に行ってくださいませ！」

アンネリーゼは慌てて、踵《きびす》を返した。

「……え！　姫様。お待ちください！」

マルガが呼び止めるのを無視し、アンネリーゼは駆け出した。

アンネリーゼの自室は王宮の東側。長い回廊を抜けた先の二階にある。きっとここに来るまでの間に落ちてしまったのだろう。

下を見ながら走っていると、角を曲がったところでドスンと何かにぶつかった。

反動で転びそうになるが、何かがアンネリーゼの背をぐっと支えた。

「……っ」

息を呑む声が降ってきて、アンネリーゼは人にぶつかってしまったのだと気づく。

(ヨルクお兄様に注意したばかりだけれど……わたくしも似たようなものだわ！)

「申し訳ありません。わたくしの注意不足です」

アンネリーゼは謝罪しながら、顔を上げた。

そして、黒い目を大きく見開く。

その者は、右掌《みぎてのひら》でアンネリーゼの背を支え、腰を屈《かが》めていた。

アンネリーゼを見下ろす切れ長の双眸《そうぼう》は、夕闇の空のような紫紺色だ。ふたつの瞳の間から、スッと通った高い鼻がある。その下にはかたちのよい薄い唇。

銀色の髪は艶やかで、白い肌には染みひとつない。

輪郭には柔らかさがなく、女性らしさはかけらもない。けれどアンネリーゼはその者の『美しさ』

に驚愕《きょうがく》した。

（こんな美しい人が、人間であるはずがない）

「はっ！　もしや、わたくしをお迎えにいらしたのですか！」

この者は魔の王だ。間違いない。

アンネリーゼが人間たちに処刑されると知り、救いに来てくれたのであろう。

「わたくし、ついていきます。けれども、みなに罰は与えないでくださいませ」

両親や兄たち、マルガとお別れするのは寂しい。けれど彼が主ならば、ともに闇の世界に行ってもよいと思う。

アンネリーゼは魔王の紫紺の瞳に魅了され、夢見心地になっていた。

「罰……？　いや……王太子殿下に挨拶に来たのだが」

魔王がまさに魔王のごとき美声で、恐ろしいことを言う。

王太子というのはナターナ王家の嫡男、アンネリーゼの兄ジョゼフのことだろう。兄に会いに来たのならば、ジョゼフは実は魔の者だったのだ。

ジョゼフが闇の世界に行ったなら、次期王はヨルクになる。ヨルクは慌てん坊だ。王が務まるだろうか。アンネリーゼは国の未来が不安になった。

「どうしてもジョゼフお兄様でなくては駄目なのでしょうか？　わたくしではいけませんか？」

アンネリーゼは自己犠牲の精神で問いかけた。決して魔王に一目惚《ひとめぼ》れしたから、ではない。

魔王は「何だコイツは」とでも言いたげに、アンネリーゼを睨みつけた。鋭い眼差しも素敵だ。

胸が高鳴る。

見蕩《みと》れていると、魔王ははっとしたように、僅かだけれど視線を揺らした。

「……お兄様？　……もしや、アンネリーゼ王女ですか？」

「ええ。そうでございます。わたくし、ナターナ国の王女アンネリーゼ・ナターナです」

「王宮の中とはいえ、供もつけず何をされているのですか」

「わたくし、リボンを落としましたの」

魔王はアンネリーゼの背を支えていた手を離す。

そして、左手をアンネリーゼの眼前で開いた。

強大な魔力が解放されるっ！　——と身構えたが、何も起こらない。魔王の掌の中には白いリボンがあった。

「先ほど拾ったところでした」

「まあ……！　ありがとうございます」

アンネリーゼは魔王から、リボンを受け取る。

リボンを取る際、指先がほんの少し魔王の手を掠《かす》めた。魔王なのだ。きっと氷のように冷たいのだろうと思ったけれど、意外にも温かかった。

（これは恐怖なの……それとももっと別の何かかしら……）

胸がドキドキする。顔に熱が集まって、頭の奥がふわふわした。

「そういえば今日はお茶会でしたね。出席されるのでしょう？　お送りいたします」

「あなたもお茶会に出席するのですか？」

「いえ。王太子殿下にご挨拶に来ただけですので」

「挨拶だけ？　ジョゼフお兄様を連れに来られたのでは？」

「大事な弟妹の誕生日なのです。私がお誘いしても、必ずお茶会にご出席なさいますよ」

魔王の唇が僅かに緩んだ。

奥ゆかしい笑みである。素敵だ。お茶会など出ずに、このまま魔王についていきたい。

「兄はわたくしを大事に思ってくださっております……けれど、王太子の力をもってしてもどうしようもないのですわ。わたくしは、魔女ですもの」

魔女だから処刑をされる。そんな自分を哀れんで、連れていってくれないだろうか。

アンネリーゼは同情を引くために、しょんぼりした演技をした。

「魔女？」

「わたくしは双子です。双子の妹は不吉で災いを呼ぶ、恐るべき魔女なのです！」

アンネリーゼの主張に、魔王は眉を寄せた。

「……誰がそのようなことを」

「……誰って……みんな、ですわ。この国の者ならば、みんな双子の妹が忌み子だと知っております」

「くだらない迷信です。馬鹿らしい」

魔王は低い声で吐き捨てるように言った。

眼光の鋭さが増す。怖い。怒っているようだ。

それに——本当はアンネリーゼもわかっていた。

双子が不吉、双子の妹が魔女だという話は、人が作った作り話だ。幸せな双子はたくさんいるし、魔女なんてこの世界に存在しない。

くだらない。馬鹿な迷信なのだ。

処刑なんてされないのもわかっていた。けれども、いろいろ想像するのは楽しくて、みんなが自分を処刑しようとしているのだと、目の前の彼を魔王だと思った。

アンネリーゼは自身のくだらない妄想癖を怒られて、身を縮こまらせた。

「……ご、ごめんなさい」

アンネリーゼは謝罪を口にする。

両目が熱くなり、唇がぷるぷると震えた。

「東方の国では双子は吉兆だと言われています。吉兆というのは、よいことが起こる前触れです。そもそも魔女などいません」

両目からぽろりと熱いものが零れた。

「泣かないでください。王女殿下、あなたは魔女ではありません」

「はい、魔女ではないです」

魔女ではないと認めながら、グズグズ泣いていると、白いハンカチーフを差し出された。

「涙を拭いてください」

命じられアンネリーゼはハンカチーフで目を拭った。そのときだ。

「アンネリーゼ様っ！　そこの者、アンネリーゼ様から離れなさい」

マルガの声が背後から聞こえてくる。

アンネリーゼを追いかけてきたのだろう。

アンネリーゼの手前で腰を屈めていた男が立ち上がる。

男はすらりと背が高かった。アンネリーゼの頭は彼の腰の辺りまでしかない。

「リボンを落とされたと探されていた。王宮内とはいえ、目を離さないほうがよい」

「っ……キルシュネライト卿。失礼いたしました。申し訳ございません」

マルガの態度からして、彼は高位貴族のようだ。

「マルガは悪くないのです。わたくしが、彼女が呼び止めるのを無視し、走り出したのです。わたくしの足が速いのが悪いのです。ごめんなさい。マルガ」

侍女の失態はアンネリーゼの失態でもある。

マルガを庇《かば》い、アンネリーゼは背後にいる彼女を振り返った。

マルガは青ざめ、申し訳なげに眉尻を下げていたのだが、アンネリーゼの顔を見るや否や、瞬く間にキッと眉をつり上げた。

「しかし、キルシュネライト卿。なぜアンネリーゼ殿下はお泣きになっているのでしょう」

「泣かせるつもりはなかったのだが……」

「ごめんなさい。わたくしが勝手に泣いただけなのです」

マルガは普段はとても温厚で優しいのだけれど、怒ったら怖い。

そして怒るときは、必ず眉がつり上がる。アンネリーゼはマルガが眉をつり上げると、いつも慌てて謝罪をしていた。

「わたくし……お茶会で、処刑をされるのだと、想像してしまったのです」

「処刑？」

二人が訝《いぶか》しげにアンネリーゼを見た。

「迷信ですけれども、双子の妹は魔女ですし……それに、わたくし、十歳までしか生きられないと言われていたでしょう？　ですから、十歳になれば魔の力が解放されるのでは……と、つい想像をしてしまって」

「姫様。そのようなくだらない迷信はお忘れくださいと、常々お願いしているではございませんか。もしやそのような妄想で、キルシュネライト卿にご迷惑をおかけしたのですか」

マルガの眉が、さらにつり上がった。

アンネリーゼはマルガにも『自分は魔女だ』とときおり主張していた。マルガはそのたびに『違います』と否定していた。

「ごめんなさい……」

「姫様、愛らしく謝れば、私の怒りが収まると思っているでしょう！」

「叱らずとも……そもそも、不吉だ、魔女だと噂《うわさ》を立てるほうが悪い」

アンネリーゼのしゅんとした表情はマルガには効力はなかったが、彼には効いたらしい。

アンネリーゼの妄想癖も許してくれたようだ。

「わたくし、もう自分を魔女だとは思いませんわ」

アンネリーゼがもじもじしながら言うと、彼は頷《うなず》き微《かす》かに微笑んだ。

「失礼な真似をいたしました。改めてお詫《わ》びをいたします。申し訳ございませんでした。姫様、時間がありません。行きましょう」

マルガは彼に一礼し、アンネリーゼを促す。

「はい……あ、でもリボンを」

リボンをマルガにつけ直してもらわねば。

そう思って手にしていた白いリボンに視線を落とすと、長く骨張った指がそれを取り上げた。

「……これでよいでしょう」

アンネリーゼの細い右手首に、白いリボンが巻かれていく。

アンネリーゼはじっとリボンを見つめたあと、顔を上げる。

リボンを巻くため男は腰を屈めていた。そのせいで紫紺の瞳がすぐ近くに、アンネリーゼの目線と同じ高さにあった。

アンネリーゼは心臓が爆発するかと思った。


彼の名はランベルト・キルシュネライト。年齢は二十二歳。性別は男性。

キルシュネライト家は王都から北東にある、国境付近の辺境伯領パントデンを治めている。

父親が早くに亡くなり、すでに爵位を継いでいた。しかし領地には戻らず、叔父に領地を任せているらしい。

「騎士学校を首席で卒業したうえに、二年前のシトル紛争での功績により、若いながらも上級騎士の位にあります。王太子殿下の信頼も厚く、騎士団員にも信奉者が多いとか。それにあの容貌であの身分、淑女からの人気が凄まじいそうです」

マルガが早歩きしながら、説明する。

アンネリーゼはマルガのあとを追いながら、頭と顔がよくて、女性だけでなく男性からも人気――と、心の中で書き留める。

「それにキルシュネライト卿の祖父は法王猊下《げいか》です。法王猊下のご息女が、キルシュネライト家に嫁がれたのです。我が国では、あくまで一臣下ではあるのですが」

ナターナ王国だけでなく、この大陸に住まう者のほとんどは、ゼファン教を信仰している。

そのゼファン教の聖地ラード教国は、ナターナ王国の北東、辺境伯領パントデンの隣に位置していた。そして法王はゼファン教の最高権威者であり、ラード教国の元首である。

「ものすごいお立場のお方なのね！」

法王の孫なのだ。実際の身分はともかく、立場はアンネリーゼよりも上だ。

マルガは足を止め、振り返る。

「本当に……。姫様の涙を見て我を失い、いろいろ申してしまいましたが、失礼すぎたと……今になって、冷や汗が出てきます」

「あら、本当に！　すごい汗」

「この汗は、たんに姫様を追いかけるのに走り、今も早歩きをしているからです……とにかく、噂どおりの方でよかったです」

「噂どおり？」

「ええ、身分や権力を振りかざしたりしない、公平なお方だと」

頭がよく顔もよい。それだけでなく、身分もすこぶるよいのに、性格もよいとは。まるで物語に出てくる勇者のようである。

「アンネリーゼ殿下、マルガ！」

ヨルクの侍女が、アンネリーゼたちを呼びに来た。

アンネリーゼは慌てて、お茶会の会場へと向かう。

会場である王宮の庭には巨大な処刑台が……なんてことはなく、色とりどりの花々が咲き誇っていた。

白いテーブルがいくつも並んでいて、花と同じくらい煌《きら》びやかなドレスを纏った人たちが、そこかしこで談笑していた。

アンネリーゼはみなに愛らしく挨拶をしたあと、王妃である母に呼ばれて隣に座った。

「何をしていたんだ」

王妃とは反対側の隣には、双子の兄ヨルクがいた。

ムスッとした顔で訊いてくる兄に、アンネリーゼはにっこりと微笑んでみせた。

「わたくし……運命の出会いをしたのです」

「……運命？」

「お兄様……知っていますか？　運命の恋人とは、手首と手首が、赤い糸で結ばれているそうです。民の間で流行《はや》っている本に書いてありました」

「くだらない民のための恋愛小説を読むのはいいかげんやめろ。民のための本を読むのではなく、民のためになる教育書を読むのだ」

「民の心を知り、寄り添うのも、王族の役目でしてよ。お兄様」

言い合いを始めると、コホンと王妃が咳《せき》をひとつして、二人を睨んだ。

アンネリーゼははっとして、声を潜めて続ける。

「とにかく。これが運命の証《あかし》です。赤い糸なのです」

アンネリーゼは右手を胸元まで上げ、運命の証をヨルクに見せる。

柔らかな風がリボンを揺らした。

「赤い糸……？　白い……リボンに見えるが……」

「お兄様にはわからないかもしれませんが……これは、運命の恋人同士を結ぶ、赤い糸なのです」

「そ……そうか……」

ヨルクの困惑顔が、徐々に哀れむような表情になっていく。

もっと詳しく赤い糸について説明したかったのだが、ヨルクはそれ以上訊いてこなかった。

「王女殿下、はじめまして」

挨拶に来た令息に、アンネリーゼは「はじめまして」と返す。

「まるで春の妖精のような可憐《かれん》さです。王女殿下、お目にかかれて光栄です」

令息がアンネリーゼの前で礼をして微笑んでくる。アンネリーゼは「わたくしが春の妖精なら、あなたは夏の木霊でしょうね」と適当に答えた。

「アンネリーゼ殿下、私は学園で級長を務めています」

「まあそれは、すごい」

アンネリーゼは微笑みながら応対した。

会話が途切れると、また別の令息が声をかけてくる。

正直なところ令息たちに全く興味はなかった。令息たちより、ヨルクのもとに挨拶に来ている令嬢たちのほうが気になった。

アンネリーゼは同年代の友人がいない。可愛《かわい》らしい彼女たちとお近づきになりたかった。

逆にヨルクは、令嬢たちに何の興味もないようで、終始つまらなげであった。

お話をしながら、お菓子を食べ、お茶を飲む。

見慣れないお菓子もあったし、どれも美味しい。しかし、白いドレスに零してはならないので、いつものように思うがままには食べられなかった。

そしてある程度の時間が過ぎた頃。

「ヨルク殿下。仲良くしたい者はおりましたか?」

宰相の妻で、此度《こたび》のお茶会の進行役を任せられている侯爵夫人が、ヨルクに訊ねた。

ヨルクが黙っていると、侯爵夫人は「一人に決めなくとも、数人でもよいのです。またその者たちと会う機会をもうけますので」と朗らかに続けた。

「まあ。お兄様。ハーレムね」

覚え立ての言葉を呟《つぶや》くと、隣にいる王妃が咳払いをした。

「せっかくこのような場をもうけていただき大変申し訳ありません。ですがご令嬢方と会い、わかりました。僕は今、勉学に集中したい。婚約については、まだ考えられません」

ヨルクは婚約者選びを、先延ばしにしたいらしい。以前から返答を考えていたのか、はっきりとした口調で言った。

「そうですか……。残念ですけど、仕方ありませんね。アンネリーゼ殿下はどうですか？　お友達を作る感覚でよいのですよ。お話ししたい者はおりましたか？」

「お話ししたい者は……おります。お友達からでなく、婚約者から始めたいです」

「あら、そのような者が」

侯爵夫人の目がキラリと輝く。

王妃とヨルクが意外だとばかりに、アンネリーゼを見た。

「ランベルト……キル……、キルシュ……キルシュナ？　キル、キルシュネル？　キルシュネラト……様です！　わたくし、あの方と、婚約します！」

アンネリーゼは右手首に巻かれた白いリボンを左手で撫《な》でながら、そう言った。

いくら一国の王女であろうとも叶《かな》わぬ願いはある。

母、そして父である国王からも、やんわりと別の者にするように言われた。

「キルシュネライトは二十二歳だ。お前が婚姻できる年齢まであと八年。キルシュネライトを三十歳まで待たせるのは可哀想であろう」

お茶会が終わったその日の夜。王太子である兄ジョゼフが、わざわざアンネリーゼの部屋に訪れ、そう諭した。

ナターナ王国の男性の結婚適齢期は二十歳である。二十二歳のランベルトは結婚していてもおかしくない年齢だった。

確かにジョゼフの言うとおりだ。けれどもアンネリーゼは初めての恋に夢中で、尊敬する兄の言葉を聞き入れることができなかった。

運命の恋に殉じる、そんな気持ちになっていた。

そうして運命の出会いから五日。未だ恋に囚《とら》われているアンネリーゼは、白いリボンを右手首に巻いたままであった。

「姫様、外しましょう。不衛生ですから」

マルガは注意するものの、アンネリーゼからリボンを強引に取り上げようとはしなかった。叱る口調でもない。諭すように優しい声音で言ってくる。なぜならば、お茶会から二日後、アンネリーゼが高熱で寝込んでしまっていたからだ。

「駄目……。これだけが心の支えなの……。やはりわたくしの命の期限は十年だったたわ……」

「お医者様は疲れからくるお熱だと仰っていたでしょう？　すぐによくなりますよ」

アンネリーゼの赤く火照った頬を撫でながら、マルガが言った。

高熱は流行病が原因ではなく、感染はしないらしい。けれど念のためにと、両親や兄との面会は熱が出て以降、禁じられていた。

他の侍女もいたにはいたが、マルガがほぼつきっきりで、アンネリーゼの傍にいた。

「あなたも……休んで……」

「姫様がお休みのときに私も寝ているので平気です。さあ、少しでも召し上がってください。召し上がってからお薬を飲みましょう」

「わたくし……それよりも、お菓子が食べたい……」

「お菓子……ゼリーを用意してまいります」

マルガが口に入れてこようとする野菜を煮込んだ恐ろしく不味《まず》いスープを飲みたくなくて、アンネリーゼは我儘《わがまま》を言った。いつもなら、マルガは好き嫌いを許さない。食事中にお菓子など、もってのほかだ。だというのにマルガは、優しくアンネリーゼに微笑んだ。

こうしてマルガが優しく接してくれるのは、死期が近いからだろう。

高熱はそれからしばらくの間続いた。

とにかく身体が重く、胸が苦しい。安らかな眠りなどない。

うつらうつらしても苦しくて目が覚め、ようやく眠れたかと思えば、身体が泥だらけの闇に覆われた夢を見て魘《うな》された。

十日目まではそのような状態が続いた。けれど恐ろしく不味いスープか煎じ薬のおかげか、少しずつ熱は下がっていった。

ひと月後には、ベッドから起き上がれるまでになった。


「アンネリーゼ……よかったわ。本当に」

ひと月ぶりに会う母は、以前より痩せ細って見えた。

どうやらアンネリーゼが心配で、食事もままならなかったらしい。

「お母様……もう大丈夫です。このリボンがわたくしを病魔から救ってくれました」

「……リボン？」

アンネリーゼは右手を振ってみせる。リボンは汗を吸い込み、若干嫌な臭いを放っている。

「キルシュ……キルネライト様にいただいたものです」

「……キルシュネライトがあなたにこれを？」

「いえ……それはもともと、アンネリーゼ殿下のリボンでございます。殿下が落としたリボンを、キルシュネライト卿が拾ってくださり、殿下にお返しになりました」

マルガが慌てて、訂正をする。

嘘を吐いたわけではない。少し話を盛っただけだ。

「アンネリーゼ。あなた」

「とにかく……恋がわたくしを、救ったのです！」

説教が始まる気配を感じたアンネリーゼは、叱られる前に愛の尊さを主張した。

「年の差を埋めることはできませんが、愛の深さは誰にも負けません。わたくし、あの方に相応《ふさわ》しい淑女になれるよう、努力いたします。苦手なお勉強も頑張ります。嫌いな人参《にんじん》もすすんで食べましょう。ダンスの練習も、仮病を使って休みません。健康になるためにこれからは不味いスープも苦いお薬も、嫌がらずに飲みます！」

と誓ったところで、盛大に噎《む》せた。

長い間寝込んだため体力は戻っていないが、アンネリーゼは今のところ健康体である。

噎せたのは興奮気味に喋《しゃべ》ったからだ。しかし母の目には、噎せた娘がひどく哀れに映ったのだろう。

王妃はアンネリーゼの背を撫でながら「無理をしては駄目よ」と悲しげな声で言った。

「……実は……キルシュネライトから、王家が望むのであれば、婚約を受けるという返答がありました」

「ほ、本当ですか！　お母様っ！　ぐほっ……ん、ごほごほ」

「ほら慌てないで……。キルシュネライトはあなたが病に伏せていると知り、同情をなさったのでしょう」

同情も愛情のひとつである。

同情や友情が、愛に変わることは珍しくない——と以前読んだ本に書いてあった。

「構いません……同情でも何の問題もございませんわ」

「……ひとつ、お母様と約束して、アンネリーゼ。ランベルト・キルシュネライトのほうから婚約を解消したいとの申し出があったら、そのときは諦めて身を引くと。それを守れるのなら、お父様にお願いしてみましょう」

「約束します。お母様」

約束さえすれば、婚約できるのだ。アンネリーゼは深く考えずに、誓った。

そしてその三日後。ランベルト・キルシュネライトは正式にアンネリーゼの婚約者となった。


「おかしくはありません」

「若草色のドレスがあったでしょう？　あちらのほうが大人っぽい気がするわ」

「ピンクのドレスがどうしても着たい。そう仰ったのは姫様でしょう？　それに合わせて髪型も決めたのです。今更、遅うございます」

「でも……おかしくはなくて？」

「おかしくはありません」

アンネリーゼは姿見の前に立ち、くるりと回っては首を傾げる。

「でも……子どもっぽくはないかしら……」

「姫様はまだ子どもなのだから、大人ぶる必要はございません」

「でもキルシュナ……キルネシュライト様は、大人っぽいほうが好きなのではないかしら」

「キルシュネライト卿は姫様に、大人の女性を求めていらっしゃらないと思いますが」

「まあ！　それはキルシュライト様が、幼女趣味ということかしら」

女性は若ければ若いほうがよいと考える殿方もいるという。

ランベルトがそういう殿方と同じ趣味嗜好《しこう》を持ち、アンネリーゼが『若い』という理由で婚約を受けたのならば大問題だ。

「それは困るわ。どれほど努力したって、子どものままではいられないもの！」

いくらアンネリーゼとて、自然の摂理を覆すことはできない。老いは必ず訪れる。

「いいえ、そういうことではなくて。……それに、もしそういう嗜好があるなら、全力でお止めしたいです」

マルガは複雑そうな表情を浮かべた。

「とりあえず、今日は時間もないことだし、このままでいくわ。おかしくはないかしら？」

「おかしくはありません。とても愛らしく可憐です、姫様」

幾度となく質問を繰り返し、何度もくるりと回る。そうこうしていると「ランベルト・キルシュネライト卿がいらっしゃいました」と、部屋の外から婚約者の訪れを告げる声がした。

婚約者同士とはいえ、未婚の男女だ。二人きりではない。室内にはマルガが控えていた。

挨拶を済ませたアンネリーゼは、ランベルトに椅子に座るよう勧めた。

テーブルを挟み向かい合わせに座る。

しばらくすると数人の侍女が、お茶を持ってきた。今日のデザートは蜂蜜のたっぷりかかったパウンドケーキだ。アンネリーゼの大好物だが、今は食い気より色気だ。我慢のときである。

「……殿下、気にせず召し上がってください」

じっとお皿にあるケーキを見つめ続けていると、ランベルトが言った。

「いいえ。わたくし、お腹《なか》がいっぱいですから平気です。キルシュナライト様こそ、お召し上がりくださいませ」

「いえ。私は結構です」

「甘いものはお嫌いですか？」

「いえ。蜂蜜が苦手でして」

「苦手なものをお出ししてしまって、申し訳ありません」

「いえ、お気になさらないでください」

じっとランベルトの顔を見る。

本当に麗しい顔をしている。けれど無表情なので何を考えているのかよくわからない。

心の底では『俺様の苦手なものを出すなど無礼にもほどがある。蜂蜜漬けにしてやろう』と憤慨しているのかもしれない。

取り繕うのが上手な大人の心を察するのは難しかった。

「キルネライト様は、他に苦手なものはございますか」

「……特には」

「なら、お好きなものはありますか？」

「……改めて問われると、思いつきません」

「なら、子どもは好きですか？　大人と子ども、どちらが好きです？」

「………どちらが好きなど……考えたことはありません」

「子どもが好き、つまりは幼女趣味というわけではないのですね。安心いたしました。わたくし、ずっと子どものままではいられませんから」

無表情だった顔が、少しだけ変化する。

「殿下」

「大人なのに子どものふりをし続けるのも無理がありますし……でもできるだけキルネライト様の好みに合わせたいのです。お嫌いなものと、お好きなものを、ぜひ教えてください」

書物から得た知識ではあるが、好きな女を自分の色に染めたいという男性がいるらしい。

アンネリーゼは、ランベルト色に染まりたかった。

「私のことなど気になさらず、殿下は殿下らしく健やかに成長されるのがよろしいかと」

「わたくし、らしく？」

「はい」

（わたくしらしいとは、どういうことだろう……）

アンネリーゼは思案し、以前マルガから『姫様は比類なきお菓子好き』と称されたことを思い出した。

「ならば……わたくし、ケーキを食べます」

アンネリーゼはフォークを手にし、パウンドケーキを頬張った。

ちょうどよいふわふわ感だ。蜂蜜がたっぷりかかっているわりには、甘すぎない。

「ああ！　美味しいわ！　口に入れるとじんわりと甘さが広がって、なのに甘ったるくはないの！　マルガ、わたくし、とても美味しかった！　料理人に、そうお伝えください」

「はい、アンネリーゼ殿下」

ニコニコしながら食べていると、ランベルトがこちらを興味深げに見ているのに気づく。

「キルネシュライ様も、召し上がりますか？」

「いえ。元気になられたようで、よかった」

病を患い、寝たきりになっていたあの悪夢のような日々を思い出す。大好きなお菓子すらあまり食べられなかった。けれど今は、お菓子も食べられるし、よく眠れる。最近は王宮の庭の散歩もしていた。

「ええ、わたくし、元気いっぱいです」

言ってから、はたりと気づく。

ランベルトは病気のアンネリーゼに同情し、婚約を受け入れたと母が言っていた。

ならば、病気でなくなれば、婚約を破棄されるかもしれない。

「いえ……わたくし……まだ弱々しいのです……病気なのです……。なので、婚約破棄しないでくださいませ」

アンネリーゼはフォークを置き、か弱い声で言った。

けれどお皿にあったパウンドケーキは、もう食べかすが少し残っているだけだ。信憑性《しんぴょうせい》に欠けるかもしれない。

「殿下がお元気になられても、私から婚約の破棄はいたしません。私でよろしければ、殿下が飽きるまで、お付き合いいたします」

飽きるまで付き合う――。

それは飽きなければ、生涯、アンネリーゼの婚約者でいてくれるということなのか。

これは遠回しの、求婚のような気がする。期待を込めて見つめるが、ランベルトは無表情で、とてもじゃないが求婚している風には見えなかった。

「……キルシュネライト卿……」

マルガがランベルトを呼ぶ。そして右腕を挙げ、目配せをした。

意味深なやり取りを見て、アンネリーゼは主人を差し置きランベルトと仲良くしているマルガに嫉妬した。

「……アンネリーゼ殿下。その右腕のリボンなのですが……私にいただけませんか？」

「なぜですか？　マルガにお渡しするのですか？」

「マルガ……」

「今、キルシュネ様に目配せしていた、わたくしの侍女です」

「いえ……今度、殿下には別のものを差し上げます……婚約の記念としていただきたいのです」

「わたくしのリボンを、キルシュライト様が右手首に巻くのですね！」

「いえ。…………大切なものなので、保管しておきます」

お揃《そろ》いのリボンを手首に巻いて過ごす。想像しただけで興奮したが、そういうわけではないらしい。

このリボンはアンネリーゼにとって大事な思い出の品だ。けれどランベルトがリボンを『大切なもの』として保管してくれるならば、渡してもよいと思う。

アンネリーゼは手首の白いリボンを外し、ランベルトに渡した。

そのあとは、アンネリーゼは勧められるままランベルトのぶんもパウンドケーキを食べた。他愛《たわい》のないお喋りをしているうちに、楽しい時間はあっという間に過ぎ去っていく。ランベルトは仕事があるらしく、一礼してアンネリーゼの部屋から退出した。

その夜はなんだか興奮して眠れなかった。

そして、二日後。アンネリーゼのもとにランベルトから、贈り物が届いた。

花の彫刻が施してある銀製の腕輪であった。

「ふふ……んんっ……ふふっ……ふふん……ふふ」

アンネリーゼは鼻歌を歌いながら、右手首を顔まで上げた。窓から差し込む陽光を浴び、右手首に嵌めてある銀製の腕輪がキラリと輝く。

「ねえ、マルガ。これは何のお花かしら」

「架空の花だと思います」

「まあ。異界に咲く運命の愛の花かしら！」

「よろしゅうございましたね、姫様」

「ええ！　わたくし、とっても幸せです！」

「銀製ですし、きちんと手入れはしないと輝きが失われてしまいます。夜は外して寝ましょうね」

愛の輝きが失われては困る。

アンネリーゼはマルガに言われたとおり、腕輪を夜は外すことにする。

思い出の白いリボンを彼に渡したのは惜しい。けれど、実を言うとアンネリーゼにはもうひとつ思い出の品があった。

白いハンカチーフである。

ランベルトが、泣いているアンネリーゼに貸してくれたものだ。

棚の抽斗《ひきだし》に大事に取ってある。もらったわけではない。けれどアンネリーゼはランベルトに返すつもりはなかった。

アンネリーゼは幸せだった。初恋が実り浮かれていた。

自分のせいで、誰かが不幸になっているなんて思いもしていなかったのだ。


「お前は……最低だ」

午前中の勉強を終え、ソファに座り腕輪を眺めていると、ヨルクがアンネリーゼの部屋に現れ、アンネリーゼをそう罵った。

「ヨルク様」

ヨルクの侍女が咎《とが》めるように名を呼んだが、兄の口は閉じなかった。

「のほほんとして、浮かれて！　自分が何をしたのか、わかっているのか！」

「殿下、おやめください」

今度はマルガがヨルクを制止する。

「マルガ、お前が甘やかすからであろう？　母上も父上も。兄上まで、何を考えているんだ！」

「姫様は病み上がりなのです」

「病気だったら、何をしても許されるのか？　可哀想だからと、我が儘を許すのか？」

マルガが青ざめている。

「お兄様。いったい何のお話です？」

ヨルクは顔を真っ赤にして怒りを爆発させているが、アンネリーゼは兄がなぜ怒っているのかわからない。

「わたくしが最近ずっと、蜂蜜のパウンドケーキをお願いしていることに、お怒りなのでしょうか」

あまりにも美味しかったから、三時のお茶の時間には、蜂蜜のパウンドケーキを頼んでいた。

あの日から五日経《た》っている。あれから五日間、パウンドケーキだ。

料理人も作りたいものがあるだろうに。確かに我が儘だった。アンネリーゼは反省する。

「ごめんなさい。今日から……いいえ、明日からは、料理人の方の作りたいものを食べます。あ、でも人参味とか、ほうれん草風味とか……お菓子に野菜系を混ぜるのは……やめてほしいです」

「違う！　ランベルト・キルシュネライト卿のことだ」

「ランベルト・キル……キルネシュライト様のこと？」

彼がいったいどうしたというのか。

「あの人には婚約者がいたんだ。そんな相手がいたというのに、お前のせいで、キルシュネライト卿は婚約破棄する羽目になった！　誰かを不幸にしてまで、自分の恋を叶えたいのか！」

ヨルクは騒動を聞きつけた母が訪れるまで、ずっとアンネリーゼを怒鳴り続けていた。


ヨルクが部屋から連れ出されたあと、アンネリーゼは母に真偽を確認した。母は、ヨルクの言葉が真実だと認めた。

ランベルトには、彼と同じ年の婚約者がいたのだ。

婚約者は伯爵令嬢。父親同士が友人で、幼い頃から交遊があった。気が合い、身分の釣り合いも取れていたので婚約をしたらしい。

ランベルトが忙しかったため、結婚は先延ばしになっていたのだが、そろそろ結婚を……という頃になり、ランベルトは王女に目をつけられてしまった。

（なんて酷《ひど》いお話なの……）

アンネリーゼは、ちょうど三日前、似たような物語の恋愛小説を読んだばかりだった。

その物語でも、愛し合う婚約者たちを邪魔した悪者がいた。悪徳王女である。

悪徳王女は容貌の可愛らしさとはうらはらに、性格は自己中心的で我が儘放題。そのうえ頭がすこぶる悪かった。

頭が悪いくせにずる賢い悪徳王女は、王女という身分を利用し、一目惚れした男性を手に入れるのだ。

（わたくしは……悪徳王女と同じだわ……！）

両親にお願いし、強引にランベルトと婚約を結んでしまった。

（けれど……わたくしは婚約者がいるなんて知らなかったもの！）

己を正当化してみるが、ランベルトに婚約者がいると知っていても、諦めなかった気もした。

アンネリーゼは自身の右手首を見る。

愛しい人からもらった銀の腕輪を見つめていると涙が零れてきた。

アンネリーゼはランベルトを愛している。けれども何も知らなかった頃のように、幸せな気持ちにはなれない。誰かを不幸にしていると知っていながら、ランベルトの婚約者であり続けるのは苦しかった。

悩みに悩んだアンネリーゼは、ランベルトの元婚約者クラーラ・ヒュグラー伯爵令嬢に会いに行くことにした。

けれどもいくら会いたいからといって、アンネリーゼは王女である。

悪徳王女よろしく好き放題に行動してはならない。まずは王妃に、クラーラに会いに行きたい旨を伝えた。最初は反対されたが、クラーラの気持ち次第で身を引く覚悟があると告げると、会いに行くのを許してくれた。

もちろん、アンネリーゼ一人ではない。

『失礼な真似をしないよう、アンネリーゼをよろしく頼みますよ、マルガ』

王妃の命により、マルガがアンネリーゼに同行した。

ヒュグラー家の領地は、王都から馬車で半日ほどかかる距離にあった。

朝に王宮を出発して、午後過ぎにヒュグラー伯爵家の屋敷に到着する。

ヒュグラー伯爵は不在なようで、アンネリーゼたちを出迎えたのは伯爵夫人だった。

「ようこそお越しくださいました……アンネリーゼ王女殿下」

伯爵夫人は笑顔だった。けれど頬がピクピクと引《ひ》き攣《つ》っているし、顔が紅潮している。声も上擦り、震えていた。

どうやら、娘が婚約解消されたことに腹を立てているようだ。

母親がこれほど怒っているのだから、当事者であるクラーラはアンネリーゼに殺意を抱いていてもおかしくない。

アンネリーゼは怯《おび》えながら、伯爵夫人の案内でクラーラのもとへ向かった。

客室に通される。

アンネリーゼの訪れを待っていたのだろう。ソファに座っていた女性が、すっと立ち上がった。

ランベルトの婚約者なのだからと、彼に並ぶに相応しい女性をアンネリーゼは想像していた。そのため、少し驚いてしまった。

クラーラは品のよく整った顔立ちはしているものの、美女と呼ぶには少々平凡な容姿だった。

「アンネリーゼ王女殿下。よくお越しくださいました。クラーラ・ヒュグラーです」

クラーラは淑女の礼を取ったあと、腰を屈め、アンネリーゼと目線を合わせてそう言った。

アンネリーゼはふと、甘酸っぱい香りが漂っているのに気づいた。

クラーラの背後、部屋の中心に置かれたテーブルの上にある皿。その皿に盛りつけられた艶やかな黄金色をした何かが香りの発信源のようだ。

「あちらにお茶を準備しております。アップルパイもありますよ。熱いうちに召し上がってくださいませ」

アンネリーゼの熱い視線に気づいたクラーラが、にっこりと微笑んで言った。

（アップル！　パイ！）

頭の中がアップルパイ一色になったのは一瞬だ。すぐにアンネリーゼは本来の目的と、今の状況を思い出した。

「毒入り、アップルパイなのですね……」

アンネリーゼは呟く。

「姫様！」

マルガが焦った声でアンネリーゼを呼んだ。

「……っ、毒入りなど……っ！　いくら王女殿下といえども失礼ではありませんか。突然、いらっしゃると聞いて、慌てて用意いたしましたのにっ！」

伯爵夫人が声を荒らげた。

「お母様、アンネリーゼ殿下と二人で話しますので、外でお待ちください」

クラーラが穏やかな口調で、伯爵夫人に退室を促す。

「何を言うの？　クラーラ」

「アンネリーゼ王女殿下は私に会いに来られたのです。殿下も、私と二人のほうが話しやすいでしょう？」

クラーラがアンネリーゼの顔をのぞき込む。

「あなたがそんな風だから、王家にも、あの者にも侮られるのですよっ」

伯爵夫人は吐き捨てるように言い、カツカツと足を鳴らし部屋から出ていった。

「あの……二人になるわけにはいかないのです。マルガはお母様から私が失礼な態度をしないよう見張りを言いつけられているのです。お役目を放棄してしまうと、お母様にマルガが叱られてしまいます」

「マルガ……？　ええ、もちろん構いません。私のお母様が邪魔だっただけですから」

クラーラは部屋の入り口近くで待機しているマルガに視線を向け、軽く会釈した。

「アップルパイに毒は入っておりません。けれどご心配ならば、私が先に食べて毒味をいたしましょう」

クラーラは柔らかく笑んで、そう言った。

世の中には善人のフリをして、人を騙す輩《やから》もいるという。人をたやすく信じてはならない。けれども、絶対とは言い切れないが、アンネリーゼはクラーラを善い人だと感じた。そして同時に、婚約者を強引に奪った悪徳王女に優しくしてくれるなんて！　と申し訳なく思った。

神々しいランベルトに比べるとクラーラの容姿は平凡だった。けれどもアンネリーゼだってランベルトと比べたら平々凡々な容姿だ。

幼いがゆえの愛らしさがあるぶん、アンネリーゼのほうがクラーラより可愛いかもしれない。けれども心の美しさは、アンネリーゼの負けだ。それも圧倒的な負け、完敗であった。

（わたくしより、この方のほうがずっとキシュルネライト様に相応しい……）

罪悪感と悔しさで、目がしょぼしょぼしてきた。

「……わ、わたくし……あなたのような人がいるとしらなくて、キルシライトさまに、婚約をせまってしまいました……でもでも、わたくし、キルライトさまへの好きの気持ちは、負けていないと思います……っ。好きなのですけど、でも、あなたがキネライトさまと愛し合っているなら、わたくし身を引きます。諦めきれないですけど……でも、でも、しかたないですし……っ」

だらだらと両目から溢《あふ》れ出した涙が、頬を伝い床に落ちていく。

泣き出したアンネリーゼに、クラーラがぎょっとした表情を浮かべる。

そして小さく息を吐き、アンネリーゼに手を伸ばした。

首を絞められるのかも、と身構えたが、クラーラの指は首ではなく、アンネリーゼの頬に触れた。

「殿下、お泣きにならないでください」

クラーラはアンネリーゼの涙を指先で拭った。

「私は殿下に感謝しているのです」

「…………かんしゃ？」

「ええ。私はずっとランベルトとの婚約を、解消したいと思っていたのです。けれど両親はランベ

ルトと私の結婚を強く望んでいて、解消するのは難しかった。殿下のおかげで、婚約を解消することができました」

アンネリーゼは驚く。あまりに驚いたので、涙も引っ込んだ。

「……あなたはキラライト様をお好きではなかったのですか」

「好いておりました。今も決して嫌いになったわけではありません。けれど……」

クラーラはそっと視線を窓の外にやった。

アンネリーゼもつられてそちらを見る。ランベルトより少し年上だろうか。庭師にあれこれ指示をしている男性がいた。

「今はランベルト以上に好きな人がおります」

クラーラはその男性を見つめ、愛《いと》おしげに目を細めて言った。

「……あの方をお好きなのですか?」

「彼はいつも私を支えてくれます。私を好きだと言ってくれるのです」

中肉中背の黒髪の青年だった。遠目なのではっきりと顔立ちはわからないものの、ランベルトのほうがずっと素敵に見える。

「……キシュネライト様のほうが素敵だと思うのですけど……」

つい心の中の声が口から出てしまう。慌てて「ごめんなさい」と言うと、クラーラはふふっと噴き出した。

「確かにランベルトのほうが、顔も頭もよいと思います。もちろん身分も……。彼は使用人、平民なのです。たとえランベルトとの婚約を解消したところで、彼との結婚は難しいでしょう。けれど……後先を考えて、人を好きになるわけではないから」

確かにそうだ。アンネリーゼはランベルトに一目惚れした。後のことも先のことも考えていなかった。ただ、ランベルトが好き。それだけだった。たとえランベルトが平民でも、本物の魔王だったとしても、恋に落ちていた。

「アップルパイが冷めてしまいましたね」

クラーラが、姿勢を正す。

アンネリーゼはクラーラのドレスを掴んだ。

昔に比べれば身分による差別はなくなったというが、貴族と平民の婚姻は未だに難しかった。けれど難しいだけ。決して無理なわけではない。

「クラーラ嬢！　わたくし、あなたの恋を応援します！」

アンネリーゼはドレスを掴んでいないほうの拳を振り上げ、叫んだ。

目の前の優しい女性の恋を叶えたかった。後先を考えて人を好きになるわけではない、という気持ちに共感したし、まるで物語のような身分差のある恋にときめいた。あと……ほんの少しではあるが、ランベルトとよりを戻されても困るからという不純な動機もあった。

アンネリーゼは己の感情のままに、クラーラと使用人との恋を実らせると誓った。

# 挿話　クラーラ

『これからもよろしく。クラーラ』

婚約が決まった日、ランベルトはクラーラの部屋を訪ねてきた。そして少し恥ずかしげに目を伏せて、手を差し出してきた。

『よろしくね、ランベルト。これからも、仲良くしてね』

クラーラはそう言って、ランベルトの手を握り返した。

結婚して、母親になって、年を重ねていく。一緒にたくさんの時間を過ごし、季節が巡ってもずっと隣にランベルトがいるのだと、クラーラは思っていた。けれど――。


ランベルトの父親とクラーラの父親は友人だった。その縁で、クラーラは十歳になった頃から、父や母に連れられて、何度もキルシュネライト家の領地パントデンに足を運んでいた。

両親、特に母はキルシュネライト家……ランベルトの祖父と遠戚になりたがっていた。

『気に入られるよう頑張りなさい』

ランベルトと初めて会う前、クラーラは母にそう言われた。

正直なところ、クラーラは気が重かった。何をどうやったら気に入られるのかわからなかったし、好きでもない男の子の気を引くのも面倒だった。

しかしランベルトに会うと、億劫《おっくう》だった気持ちはさっぱりなくなった。

銀髪に、印象的な夕闇の瞳。愛らしい顔立ちのランベルトを、クラーラは一目で気に入った。

（こんな綺麗《きれい》な子が、私のことを好きになってくれるかしら……）

気に入られるよう積極的に話しかけたが、自信はなかった。けれど自分のどこがよかったのかはわからないが、ランベルトもクラーラを気に入ってくれたようだった。

『クラーラ』

微笑んでクラーラの名を呼び、別れのときは『次はいつ来るの？　待っているから』と少し恥ずかしげに言った。

そして出会ってから二年後。クラーラは正式にランベルトの婚約者になった。

頻繁に会えるわけではない。けれど月に一度は互いの領地を訪ねた。手紙も送り合った。

十三歳になったランベルトが王都の騎士学校に入り、寄宿舎で生活するようになっても、二人の関係は変わらなかった。

ランベルトの身長は会うたびに高くなる。

顔立ちからは愛らしさが消え、代わりにだんだんと凜々《りり》しくなっていく。クラーラはそんな婚約者が誇らしかった。

けれど、ランベルトが十五歳になった頃、彼の両親が相次いで亡くなる。

両親の死は、ランベルトにとって衝撃だったらしい。ランベルトはそれを境に、変わっていった。笑顔を見せなくなり、クラーラがいくら話しかけても上の空といった状況が続いた。

そしてしばらく経ったある日。

ランベルトは重苦しい表情で『クラーラ、話がある』と切り出し、婚約を解消したいと言ってきた。

急にどうしたのだと問い詰めると、ランベルトは『結婚しても君を愛せない』と答えた。『私のことを嫌いになったの？』『誰か他に好きな人ができたの？』、クラーラのふたつの質問にも、首を横に振った。

（ご両親がお亡くなりになり、気鬱になっているのね……）

時間が心の傷を癒やしてくれる。そうすればランベルトは、クラーラの知っている彼に戻るはずだ。

『あなたに婚約を解消されてしまったら……私、お父様とお母様に叱られてしまうわ』

『……俺から話すよ』

『あなたから話しても同じよ。愛してくれなくてもいいわ。他に好きな人ができたわけじゃないなら、私との婚約を続けてほしい』

クラーラが頼むと、ランベルトは『君がそれでいいなら』と不承不承ではあったが頷いてくれた。

婚約を続けているうちに、以前のような関係に戻れるとクラーラは信じていた。しかし、それは叶わなかった。

『ランベルト、大丈夫?』

『すまない。一人になりたいんだ。帰ってくれないか』

気落ちしているランベルトを慰めようとしたが、冷たくあしらわれてしまう。

その後ランベルトは、騎士学校を優秀な成績で卒業すると、領地には戻らずそのまま騎士団に入団した。

婚約者だというのに、相談はなかった。ランベルトが騎士団に入団したことも、クラーラは父親から聞いた。

ランベルトの評判は、騎士学校から騎士団に移っても変わらない……いや、評判は上がる一方だった。ランベルトの活躍が聞こえてくるたび、誇らしい気持ちになる。けれど同時にランベルトへの恋心は少しずつ冷えていった。

手紙を出せば、以前は素っ気なくとも返事が来た。しかし返事が来なくなり、クラーラも手紙を出さなくなった。

一度だけ、ランベルトが騎士団に入団したばかりの頃、騎士団の宿舎を訪ねたことがあった。

久しぶりに会う婚約者にクラーラは胸を弾ませていた。そんなクラーラを見て、ランベルトはひどく疲れた顔で『来るときは連絡をしてほしい』と言った。

舞台や小説、物語の中の恋人たちは『永遠の愛』があると言う。ごく自然に、ただ一人の人を愛し続けている。

クラーラも物語の女性のように、何があっても、どんな困難が待ち受けていたとしても、一人の男性を愛し続けられると思っていた。自分の手を握るのは、初恋の少年なのだと信じていた。

けれど、クラーラは疲れてしまった。

自分を好きではない男性を慕い続けるのは、思っていた以上に大変だった。

会えない、傍にいてくれない、素っ気ない男性よりも、いつも傍にいて、自分を大切にしてくれる人に、クラーラは恋をしてしまった。


『王女殿下との婚約が決まった。君との婚約は解消することになる。すまない』

久しぶりに顔を合わせたランベルトは、頭を下げて謝罪を口にした。

王女は確かまだ十歳。ランベルトに幼女趣味があったのかと疑ったが、身体の弱い王女から『おねだり』され、国王がランベルトに婚約をするよう頼んだのだという。

他の女性と天秤《てんびん》にかけられ負けていたならば、もしかしたら少しくらいは悔しさがあったかもしれない。けれどクラーラが負けたのは王命だ。そのせいか、どこか清々《すがすが》しい気持ちだった。

『謝らないで。私も実は他に好きな人がいて……以前から、あなたとの婚約を解消したいと思っていたの』

クラーラの言葉に、ランベルトは僅かに目を見開いたあと、ホッとしたように『そうか』と呟いた。

そして今、ランベルトはあのときと同じように、クラーラに頭を下げている。

「アンネリーゼ王女殿下が会いに来たと聞いた。クラーラ、迷惑をかけてすまなかった」

「迷惑だと思っていないわ。……王女様は可愛らしいお方ね。アップルパイをそれはもう美味しそうに召し上がっていたわ」

『美味しいですわね』『こんがり具合がぜつみょうですわ！』『歯ごたえも、硬すぎず柔らかすぎず、甘さもちょうどよいですわ！』

アンネリーゼはひと口頬張るごとに、目を輝かせながら感想を口にした。

幼いながらもマナーは完璧で、品よくナイフとフォークを使っていたが、感想をいちいち口にするせいか、たんに無器用なせいか、ポロポロと食べかすを落としてしまっていた。けれど意地汚さは感じない。ニコニコと微笑む姿は愛らしかった。

「アップルパイ？　そうか……」

ランベルトは幼い王女の姿を脳裏に浮かべたのか、目を細める。そしてクラーラが他に好きな人がいると伝えたときと同じように、ホッとした表情を浮かべた。

――……キシュネライト様のほうが素敵だと思うのですけど……。

クラーラはアンネリーゼの言葉を思い出した。

確かにアンネリーゼの言うとおり、ランベルトはクラーラの知る、どの人物より素敵な容姿をしていた。

銀色の髪に触れたいと、夕闇の瞳に映っていたいと思う。逞《たくま》しい身体に抱きしめられたら、胸が躍るだろうとも思った。

（もしも、好きだったと言われたら。愛していると……、やり直したいと言われたら、私は……）

ランベルトを愛することに疲れ、別の男性に想《おも》いを寄せたのに、再びランベルトの手を取るのだろうか。

クラーラは未練のような感情を抱いていた。けれどそれは過去の恋心からくる未練ではなく、ランベルトが極上の男だから、縁が切れるのを惜しく感じているだけな気がした。

クラーラはそんな自分に呆れるが、ランベルトはこの容姿で、身分までよいのだ。女性であれば誰だって惜しむに違いないと思う。

「私に謝りながら、それでもあなたを諦めきれないと仰って、泣いておられたわ」

あんな幼気《いたいけ》な少女まで虜《とりこ》にしている。なんて罪な男なのだろう。

クラーラが軽く睨みつけて言うと、ランベルトは小さく溜め息を吐いた。

「年齢以上に幼いところがある。俺の見かけに、何やら多大な妄想を抱いているようだ。大人になれば目が覚める」

「目が覚めるまで、付き合って差し上げるの？」

「……ああ。女性の成長は早い。じきに俺が伴侶に相応しくないと気づく。自分に相応しい男を選択されるはずだ」

他に好きな人がいる。そう明かした自分への嫌みなのかと思ったが、ランベルトの表情に変化はなかった。

「……王女殿下は……私の恋を応援してくださったの」

「応援？」

「好きな人がいると言ったでしょう？　その相手は屋敷に仕える使用人なの。それを知った王女殿下が私と彼との間を取り持ってくれて……。母は反対しているけれど、王女殿下のおかげで結婚できることになったの」

アップルパイを食べ終えたアンネリーゼは、クラーラの父親に会いたいと言い、父の帰宅を待った。そして会うなり、クラーラとクラーラの想い人の使用人を結婚させるよう命じた。

国王は愛娘《アンネリーゼ》の願いを叶えるため、クラーラとランベルトの婚約を解消させた。その際、ヒュグラー家はキルシュネライト家からだけでなく、王家からも多額の慰謝料を受け取っていた。それもあって、父は大人しくアンネリーゼの命を聞き入れた。

けれども母のほうは納得できていないようで、嫌がらせでクラーラを平民と結婚させるつもりなのだと、王女と王家、ランベルトへの苛立《いらだ》ちを口にしていた。

クラーラ自身が結婚を望んでいるのだと言っても、聞く耳を持たない。

「結婚するのか？」

「ええ」

「そうか。おめでとう」

ランベルトは唇を緩ませ言った。

こんな風に優しく微笑むランベルトを見るのは、ずいぶん久しぶりな気がした。

クラーラは今のランベルトに少年の日の彼を重ねる。

ランベルトが変わったのは、彼の父親が亡くなってからだ。

（ランベルトはお父様を尊敬なさっていた。だからお亡くなりになって、衝撃を受けて、落ち込んでいると思っていた……）

しかし本当は、それ以外に何か、彼を変えてしまうような出来事が起きていたのではなかろうか。素っ気なくされても、ランベルトと向き合い、彼を想い続けていられたなら……物語の恋人たちのように永遠の愛を貫き通せたならば、自分たちにはもっと別の結末があったのかもしれない。

どうして急に変わってしまったの？　何を悩んでいたの？　なぜ相談してくれなかったの？　私のことを信用できなかったの？　私のことを嫌いになったの？

問いかけたい言葉もたくさんあった。後悔もある。けれど何度やり直したとしても、同じ結果になる気もした。

「ランベルト、今までありがとう。幸せになってね」

「ああ……君も。すまなかった。クラーラ」

ランベルトは僅かに目を伏せ、そう言った。

（あの天真爛漫《らんまん》な王女様なら、彼の憂いを晴らすことができるだろうか……）

王女様に振り回されるランベルトを想像し、クラーラは微笑んだ。

# 第二章

「キルシュネライト卿」

屋敷を出て庭に下りたところで名を呼ばれる。

ランベルトが足を止め振り返ると、ヒュグラー伯爵夫人が険しい表情を浮かべて立っていた。

「すでにお聞きかもしれませんが、クラーラの結婚が決まりました」

結婚の話は先ほどクラーラから聞いた。クラーラを拒んだのは自分だというのに、見限られたような複雑な感情を抱き、自嘲したばかりだった。

ランベルトとクラーラの婚約を強く望んでいたのは伯爵より、夫人のほうだと耳にしていた。

ランベルト自身を見込んでいたのではない。辺境伯家の嫡男で法王の孫である男と、娘を結婚させたがっていたのだ。

身分のある男に嫁がせる予定だった娘が、平民と結婚する。怒り心頭のはずだ。

詰《なじ》られても仕方がないと身構えたのだが、伯爵夫人の怒りはランベルトではなくアンネリーゼに向かっていた。

「横暴にもほどがあります。うちの娘が、王女殿下に何をしたというのでしょう！　いくら嫉妬だといえども、このような嫌がらせを受けるなど！　王女殿下はあの子の人生をめちゃくちゃになさるおつもりなのですか！」

「……クラーラは、この結婚を望んでいるようでしたが」

アンネリーゼに感謝をしていた。

「脅されているのです！　あの魔女に！」

――この国の者ならば、みんな双子の妹が忌み子だと知っております。

大きな黒い瞳からポロポロと大粒の涙を零す、幼い少女の姿が脳裏に浮かんだ。

くだらない迷信を信じる愚かな者たちから『魔女』と根拠のない蔑みを受けていたのだろう。彼女の心を思うと胸が痛んだ。

「その言葉は、王女殿下、王家への侮辱です」

ランベルトが睨み下ろすと、伯爵夫人はたじろいだ。

「わ、私はただ、クラーラが哀れで……」

「あなたはクラーラの言葉に、真摯《しんし》に耳を傾けるべきです」

クラーラはよく『お母様は私の言葉を聞いているようで、全く聞いていないの』と、口にしていた。

「私はあの子の母親です。あの子の気持ちは、聞かずともわかっています」

心外とばかりに、伯爵夫人は眉を顰めた。

――母親ですもの。

頭の奥で声がした。

母親ならば、子どもの気持ちがわかるのか。わかるのならば、どうして……。

やり場のない苛立ちに囚われる。けれどこの苛立ちや怒りは、過去のものだ。クラーラの母親に向けるべき感情ではない。

「失礼します」

伯爵夫人はまだ話し足りなそうであったが、ランベルトは足早にその場をあとにした。


王都から北東の位置にある国境の領地パントデン。

ランベルトはパントデンを治めるキルシュネライト辺境伯家の嫡子として生を受けた。

母はラード教国、法王の娘だ。

父が教国を訪れた際に二人は出会い、恋に落ちたのだという。

父は辺境伯という立場にあり、身分的にはそれほど問題はなかった。しかし高位聖職者との縁組みを考えていた法王は異国人との結婚を許さず、母は駆け落ちのように国を出て父のもとに身を寄せた。結局、娘の熱意に根負けし、法王は渋々ではあったが結婚を認めたらしい。

そのような経緯があったからか、両親は仲睦《なかむつ》まじかった。

結婚前、不運な事故で父は足が不自由になってしまったが、母はそんな父に嫌な顔ひとつせず、いつも寄り添っていた。

幼い頃のランベルトには怖いものがたくさんあった。

中でも一番怖かったのは、お化けだった。夜に白いカーテンが隙間風で揺れただけで、失神してしまうくらいの怖がりだった。

『まあ、ランベルト。お化けが怖いなんて、赤ちゃんね』

十歳を過ぎてもお化けにビクビクしているランベルトに、母は呆れたように言った。

『怖いものは怖いんだ。仕方がないよ』

ランベルトが言い返すと、母は肩を竦《すく》めた。

『お化けなんて怖がっていたら、騎士にも、お父様のような領主にもなれないわよ』

当時のランベルトにはふたつの夢があった。

ひとつは尊敬する父の跡を継ぎパントデンの善き領主になること。そしてもうひとつは、物語に出てくるような勇猛果敢な騎士になることだ。

確かに母の言うとおり、お化けに怯える領主は領民からの信頼を得られない気がした。お化けにビクビクしていたら、騎士など務まらないだろう。

『でも……お化けは人に取り憑《つ》いて呪う。恐ろしい存在なんだ……取り憑かれたら困るし……』

ブツブツ呟いていると、母は大きく溜め息を吐いた。そして、ハンカチーフを取り出して、ランベルトの手首に巻いた。母の行動の意味がわからず、首を傾げていると、

『怖いものがなくなるおまじないよ』

母はそう言って微笑んだ。

ラード教国で古くから伝わるおまじないだそうだ。

『おまじないなんて、女の子や子どもが信じるものじゃないか』

ランベルトは不満を口にしたが、一応……とハンカチーフを手首に巻いて寝た。すると不思議と怖い夢を見なくなり、夜中に小用に起きても恐ろしくなかった。

おまじないの効果に感動したのだが、不満を口にしていたのもあって、母には言わなかった。

『おまじない、効果があったみたいね』

だというのに、母はにっこりしながらそう指摘した。

なぜわかったのか問うと『母親ですもの』と、母は胸を張って言った。

父は、足こそ不自由であったものの、領民から慕われていた。

そしてランベルトの言葉に穏やかに耳を傾け、ともに考え、答えを導いてくれる、善き父親でもあった。

兄弟はいない。けれど父の弟である叔父のケビンがランベルトの兄代わりだったので寂しくはなかった。

ケビンは父より七歳年下。領主の側近として、足が不自由な父の補佐をしていた。

穏健な父と、朗らかで美しい母。そして優しく、頼りがいのある叔父。

屋敷の使用人たちに見守られながら、ランベルトは健やかに育っていった。

十歳を過ぎた頃。ランベルトは父の紹介で、伯爵令嬢のクラーラと会う。

クラーラはさっぱりとした明るい性格をしていて、どこか母と似た雰囲気があった。そのおかげか、今までろくに女の子と喋った経験のなかったランベルトだったが、クラーラとは身構えず会話ができた。

何度か会い、時間をともにしているうちに仄《ほの》かな恋心を抱くようになっていく。

父から『クラーラ嬢を婚約者にしないか？』と訊かれ、ランベルトはすぐさま頷いた。

十三歳になり、ランベルトは王都の騎士学校に入る。

父からはかなり反対された。しかし見聞を広めるのはよいことだ、将来領主になったときも経験は役に立つ、と叔父がランベルトの味方になってくれた。

母の説得もあり、ランベルトは父から許しをもらい、生まれ育ったパントデンを離れた。

慣れない寄宿舎生活に戸惑うことは多かったが、それ以上に充実した日々をランベルトは送っていた。

騎士学校では新たな出会いもあった。

在学していたナターナ王の長男ジョゼフと出会い、親交を深めたのだ。

同い年だがジョゼフは大人びていて、優秀。けれども偉ぶったところはまるでなく、気さくだった。

騎士としても臣下としても、ジョゼフは理想の主君だと、ランベルトは感じた。

ナターナ王国を今以上に豊かな国にしていきたい、というジョゼフの思いに賛同し、ランベルトはいっそう学問に没頭し、武術の腕を磨くようになった。

そんなランベルトのもとに、報《しら》せが届いたのは十五歳になったばかりの頃。

父が病で倒れたと知ったランベルトは、すぐにパントデンに戻った。

ランベルトは屋敷に着くや否や、家令の出迎えを待たず父の寝室へと向かう。

寝室の扉は僅かに開いていた。中から声がする。父と叔父の声だ。

父の声はか細かったが、最悪の状況も考えていた。ランベルトは胸を撫で下ろす。

ドアを開き、声をかけようとした。しかし、聞こえてきた言葉に、ドアノブを手にしたまま固まった。

「ランベルトはお前の息子だ……ランベルトを頼む。……シーラのことも」

「…………頼まれても困ります。兄上、弱気にならないでください。義姉上《あねうえ》やランベルトのためにも」

叔父の低く、掠れた声が響く。

（……お前の息子…………？）

言葉の意味がわからずにいると、足音が廊下の向こうから聞こえてきた。

ランベルトは慌ててその場を離れ、廊下の角に身を潜めた。

青ざめ、どこか窶《やつ》れた母が現れる。慌ただしくノックをし、部屋へと入っていった。

動揺したランベルトは、父と叔父と母のいる部屋ではなく、自室へと足を向ける。

ランベルトが不在の間も侍女が掃除をしてくれていたのか、埃《ほこり》ひとつなかった。

ベッドに腰かけ、先ほど聞いた言葉を頭の中で反芻《はんすう》する。

父は叔父に向かって『ランベルトはお前の息子だ』と言っていた。シーラを頼むとも口にしていた。シーラは母の名である。

(俺の父親が……叔父上という意味なのか……？)

思い返してみれば、母と叔父はよく二人でいたような気がする。けれどそれは義姉弟という関係だからで、取り立てておかしくはないはずだ。

叔父は三十歳を過ぎていたが、結婚をしていない。ナターナ王国の男性の結婚適齢期は二十代前半。貴族男性で三十歳を過ぎても未婚の男は珍しかった。

(母上と不義の関係だから……未婚でいるのだろうか……？)

まさか、そんなわけがない。ただよい出会いがないだけだ。

ランベルトは疑念を払うように頭を振る。

(きっと、聞き間違えだ……)

もしくは自分の死後、ランベルトを頼むという意味で『父親だ』と言った。そうに違いない。

しばらくして、ランベルトが帰っていると知った叔父が部屋を訪ねてきた。

『父上がランベルトはお前の息子だって言っているのを耳にしてしまったんですけど、叔父上は俺の父親なんですか？』

きっと叔父は笑いながら『そんなわけないだろう』と答えるはずだ。

問えばすっきりする。わかっているのにランベルトはその問いを口にできなかった。

もし叔父が『そうだ』と肯定したら。気まずそうに、目を逸《そ》らしたら。そう思うと恐ろしく、躊《ちゅう》躇《ちょ》してしまった。

父の看病のためか見違えるほど痩せ細った母にも、母以上にガリガリに痩せ、声を出すのすら苦しそうな父にも、問い質すことなどできなかった。

結局、何も訊けぬまま悶々《もんもん》と日々を過ごした。

周囲はランベルトの様子がおかしいのを、父が倒れたせいだと思っていたようだ。

そうしてランベルトが駆けつけてから、ちょうど十日後。父は亡くなった。

父に縋《すが》りつき、母は号泣していた。その母の肩を叔父が慰めるように摩《さす》っている。

父と叔父の会話を立ち聞きしなければ、ごく普通の光景に見えていただろう。けれど一度疑いを持ってしまったランベルトの目には、父の死を悲しんでいるはずの二人の姿が、ひどく歪《ゆが》んで見えた。

親族たちによる話し合いで、領主をいったん叔父に任せることが決まった。

ランベルトは十五歳。父の跡を継ぎ、領主として領地を治めるのには若すぎたからだ。

『王都には戻らず、こちらで学ばないか。せめて……義姉上が落ち着くまで、ここに残ってほしい』

叔父からそう言われたが、ランベルトは逃げるように王都に戻った。

疑いを持ったまま、二人の傍にいるのが苦しかった。

もちろんランベルトも、ずっと真実をうやむやのままにしておくつもりはない。

父が亡くなったばかりで動揺している。少しだけ、一人になる時間がほしかった。

ランベルトの勘違いだった場合は、母と叔父に謝らねばならない。もしも、本当に叔父の子どもだった場合は……と、悩み、これ以上悩んだところできりがないと思い始めた頃。ランベルトのもとに、母が心労で倒れたという叔父からの報せが届いた。

もともと身体が弱かった母は、心労がたたったのか流行病をこじらせたらしい。ランベルトが訪れたときには、意識こそありはしたがベッドから起き上がれない状態になっていた。

見違えるほど痩せ細った母の姿にランベルトは狼狽《ろうばい》し、母の命が尽きかけているのを察した。

そして……真実を知るには、きっと今しかないと思った。

病床の母に訊くのは正しくないのかもしれないが、どうしても訊いておかねばならなかった。

「……俺は……本当は叔父上の子どもなんですか？」

母は紫紺の瞳でランベルトを見据えた。

「……それを聞いて、どうするの？」

母は薄《うっす》らと微笑んで、問い返してきた。

否定をしない。それが母の答えだった。

怒りと悲しみが入り交じった感情が込み上げてきて、ランベルトは拳を強く握った。

「どうして、父を裏切ったんです……」

母はしばらく黙ったあと「裏切りだったのかしらね……」とまるで他人事《ひとごと》のように呟いた。

ランベルトはカッとして母を睨みつけた。

「裏切りだ。あんたは父上と、俺を裏切ったんだっ！　あんたのせいで、父上は死んだんだ」

父と自分を、母と叔父は騙していた。汚らわしさに吐き気がする。

「そうね。……そうかもしれない。でも……私は幸せなの。だから正しかったの」

母は笑みを浮かべたまま、そう言った。

自分が幸せなら、周りの者を不幸にしてよいのか。

ランベルトは激情のまま口を開こうとした。しかし目の前の母の青白い顔を見ると、心の中の罵りを口にはできなかった。

ランベルトは何も言わず、寝室を出た。

母が亡くなったのは、その翌日だ。

母の死を悲しいと思えなかったし、悼む気持ちにもなれなかった。けれど——。

「シーラはね、本当はケビン様と親しくなさっていたのよ。けれどキルシュネライト辺境伯が大けがを負ってしまって。不自由な身体になった辺境伯を見捨てて、ケビン様を選ぶことができなかったのでしょう。同情でキルシュネライト辺境伯と結婚したの」

ラード教国から法王の代わりに、母の叔母にあたる女性が葬儀に訪れていた。

その叔母が、国から連れてきた侍従に話しているのを、ランベルトは偶然耳にしてしまった。

「こんなに早く亡くなったのは、自分も身体が弱いのにキルシュネライト卿の看病をしていたからよ。法王猊下も嘆いていらっしゃるわ」

叔母の話によると、悪いのは『父』らしい。

兄弟で一人の女性を取り合い、結果、兄がその女を得た。

けれど本当に女が愛していたのは弟のほう。同情から、女は兄と結婚したのだ。

結婚後、どんな経緯があり母と叔父が再び愛を交わすようになったのかはわからない。

——ランベルトはお前の息子だ……ランベルトを頼む。……シーラのことも。

あの日、立ち聞きした言葉を思い出す。父は叔父を憎んでいないようだった。
それに、そもそも自分の子ではないと以前から知っていたのならば、ランベルトに辛《つら》く当たって
いてもおかしくない。しかし記憶にある限り、父に辛く当たられたことはなかった。
（……二人の結婚を邪魔したのだと……自分が悪いと思っていたのだろうか……）
二人の仲を引き裂いたと、母と叔父に対し罪の意識を抱いていたのか。
（母は被害者なのだろうか。不義を犯したのに？　だとしたら俺は……何の罪もない被害者である
母に怒りをぶつけてしまったのか……？）
何が正しく、何が間違っているのか、ランベルトにはわからなかった。
叔父に事実を問い質す気にもなれない。
それを知ったところで、母はもういないのだ。母に向けて放った己の言葉を、なかったことには
できない。
かろうじて、最期に母が口にした、耳にしたときは怒りを覚えた『幸せなの』という言葉が、皮
肉にもランベルトの救いになった。
母は父が亡くなってから、自分が死ぬまでの間、叔父と一緒にいられたのだ。短い時間だったと
しても幸せだったのだろう。
ランベルトは、叔父と母への罪悪感から逃げるように、王都に戻った。
今までは休暇のたびにパントデンに帰っていた。しかしランベルトはそれ以降、一度も帰郷をし
ていない。領地は叔父に任せたまま。事務的な連絡だけ取っている。

両親の死に動揺しているると思っているのか、それともランベルトが真実を知ったと察しているのか。叔父はランベルトを案ずるような手紙は寄越しても、薄情だ、無責任だと、帰郷を促しはしなかった。

そして……ランベルトは両親の死をきっかけに、人を信用できなくなった。

互いを大切にしているように見えた両親。兄夫婦と親しくしている風に見えた叔父。ランベルトの『家族』は、それぞれがドロドロした感情を抱えていた。

ランベルトの目に映っていた温かな家族は、すべて偽りだったのだ。特に、屈託なく微笑み父に寄り添っていた母が、心の中では父を恨み、叔父を愛していたのだと思うと、女性がひどく怖い存在に感じられた。

（クラーラとは結婚できない。いや、俺は……誰とも結婚はしない）

思い詰めたランベルトは、クラーラに婚約の解消を申し出た。しかしこの婚約はクラーラの両親たっての願いで成立したものでもあった。

クラーラから、家のために婚約を解消しないでほしいと頼まれると、断りづらくなる。

両親の思い出のあるパントデンに戻りたくなかったが、キルシュネライト家の直系はランベルトだけだ。いずれパントデンに戻らなければいけない日が来るだろう。

いくら結婚したくないと思っていても、辺境伯家に生まれた以上、結婚し世継ぎを作るのは義務だった。

クラーラと別れたところで、誰かと政略結婚する日が来る。

クラーラがランベルトの愛情を求めないのならば、このまま婚約を続け、結婚してもよいかもしれないと思った。

騎士学校を卒業したランベルトは叙任式を経て、騎士団に入団した。

しかし身分を慮《おもんぱか》られ、危険な任務のある部隊へは配属されず、ランベルトは不満を抱いていた。

そのため友好国であるシトル国での紛争に、ナターナ国が一団を派遣すると決まったとき、半ば強引に参加をした。

功績や、称号がほしかったわけではない。

ただ、自分の後ろにキルシュネライト家、そして祖父を見ている者たちへの苛立ちを募らせたがゆえの行動だった。

しかしその結果、功績を得て、周囲から一目置かれる存在になった。

元学友である王太子ジョゼフとの関係も良好で、しばらく領地に戻る予定がないのならば、王太子直属の騎士団『獅子《しし》騎士団』を率いてくれないか、という打診も受けていた。

領地に戻る予定はない。

ジョゼフを主君として尊敬していた。必要としてくれるなら、ありがたいと思う。

しかし己にそこまでの価値があるのかもわからず、返事を保留していた頃。

ランベルトはアンネリーゼに出会った。

◆　◇　◆

「大丈夫っすか？」

騎士団の兵舎内にある食堂で昼食を取っていると、今年の春にランベルトの従騎士になったばかりのヤンが、軽い口調で訊いてきた。

ヤンは平民上がりなのもあって、身分に頓着していないのか、貴族出身の騎士とは違い、いつも気さくにランベルトに話しかけてくる。

「……何がだ」

手を止め、向かいに座っているヤンを見る。

「悪徳王女様っす」

「悪徳王女……？」

「おい、ヤン」

ヤンの隣に座っていた騎士が焦った表情を浮かべたが、構わずヤンは話し始めた。

「キルシュネライト卿に一目惚れした悪徳王女。しかし卿には婚約者が！　悪徳王女の命令により、キルシュネライト卿は泣く泣く婚約者である伯爵令嬢と別れたそうです。だというのに！　悪徳王女はキルシュネライト卿をたぶらかした罪だと、伯爵令嬢と平民を強引に結婚させたんです。で、大丈夫なんすか？　そんな極悪非道の悪徳王女が婚約者で？　ランベルト様が嫌だと言ったら、王家のみなさんも聞き入れてくれるだろって、俺思うんですけど」

ヤンの言葉に、ランベルトは眉を寄せる。

「誰がそんなことを言っているんだ」

「みんなですよ。ちまたで噂になっているらしいっす」

「みんな？」

「社交界で噂が広まっているようです。それを耳にした者の誰かが、ヤンに話したのでしょう」

ヤンの代わりに、隣の騎士が答えた。


悪徳王女の噂を知ったランベルトは、王太子ジョゼフの政務室を訪ねた。

「聞いている。どうやら、噂の発端はヒュグラー伯爵夫人のようだ」

噂について訊くと、すでに調べ終えていたのかジョゼフはさらりと言った。

ランベルトはアンネリーゼを魔女と罵ったヒュグラー伯爵夫人に、王家への侮辱になると忠告した。だがランベルトの言葉は、ヒュグラー伯爵夫人に伝わっていなかったらしい。

それとも……魔女ではなく悪徳王女なら大丈夫だと思ったのか。

「キルシュネライト家から抗議して、謝罪させます」

叔父に連絡を取るのは億劫だったが、キルシュネライト家から正式な抗議をしたほうがよい。

ランベルトが言うと、ジョゼフは首を横に振った。

「いや、抗議はせずともよい」

「……王家から抗議するおつもりですか？」

王家から抗議を受ければ、少なからず家名に傷がつく。

王女を侮辱しているのだから仕方ないが、クラーラを思うと心苦しくなった。

「抗議はしない。アンネリーゼの我が儘から始まっているのは事実だ。それに、抗議によって噂が収束したとしても、権力で口を封じたと、王家への不信感がより強くなる可能性がある」

「しかし……それでは王女殿下の悪評が広まるだけなのでは」

「アンネリーゼも納得している。奉仕活動に精を出すよう助言した。あれも幼く、浅はかではあるが、一国の王女なのだ。自身の不名誉な噂は、自身の行いで晴らさねばならない」

ジョゼフはいつになく厳しい口調で言った。

冷遇しているわけではなく、厳しく接することでアンネリーゼに自立を促しているのが、真剣な表情から察せられた。

けれども王女はまだ十歳だ。か弱げに泣いていた姿を思い出すと哀れになる。

「まあ……気が向いたら、会いに行って元気づけてやってくれ」

ランベルトが黙ったままでいると、ジョゼフはそう言って苦笑した。

ランベルトはその足で、アンネリーゼの部屋へと向かう。

アンネリーゼの侍女に待つよう言われ、ランベルトは廊下で呼ばれるまで待機した。

「お待たせして、申し訳ございません」

アンネリーゼは若草色の華やかなドレスを纏っていた。髪には同色の大きなリボンが結んである。

「こちらこそ突然訪ねて申し訳ありません。眠っておられたのでしょう」

午後過ぎだが、アンネリーゼは身体が弱いと聞いている。身体を休めていたのだろう。

「わたくし、読書に耽《ふけ》っておりましたの。眠ってなどいませんわ」

「……ですが、頬にシーツの跡が」

アンネリーゼのふっくらした頬には、くっきりと寝跡が残っていた。

「これは、あの……本の、そう本の跡ですの！」

アンネリーゼは頬を押さえた。その右手首にはランベルトが贈った——正確には、アンネリーゼの母、王妃から渡すように頼まれた銀製の腕輪があった。

本を読んでいて、どうして頬に跡がつくのか。よくわからなかったが、追及するほど気になるわけではない。

「今日は何のご用でしょう？」

アンネリーゼが首を傾げ、訊いてくる。

「ヒュグラー夫妻に、クラーラの結婚を勧められたと耳にしました」

「ああ、そのことですね……わたくし、身を引くつもりでクラーラ嬢にお会いしました。けれどクラーラ嬢のお心は、キリュネライト様にないと知ったのです！　お怒りなのはわかりますが、わたくし、クラーラ嬢の恋をどうしても応援したくて……キリュライト様は元婚約者様のご結婚に反対かとも思いますが、クラーラ嬢の幸せのために、応援するべきです」

「反対もしておりませんし、怒ってもいません。ただ……あなたに、悪い噂が立っています」

「悪い噂？」

「悪徳王女だと」

「そうらしいですわね」

アンネリーゼは平然とした様子で頷き、続ける。

「知っておりますか？　悪徳王女は流行らしいのです！　わたくしも一冊は読んだことがあったのですが、先日まで流行しているとは知りませんでした。マルガに教えてもらいましたの。虐げられた主人公が、悪の限りを尽くす悪徳王女にざまぁをする。それが人気のようです」

「……ざまぁ……？」

「ざまぁみろ！　ですわ」

アンネリーゼは悪徳王女がいかに非道な存在かを、ランベルトに話す。

そしてキラキラと目を輝かせながら、悪徳王女が主人公の活躍によって落ちぶれていく様を語った。

「悪徳王女は、罪を暴かれ、断頭台に！　その可憐な首が飛ぶのですわ！」

「アンネリーゼ王女殿下」

「ほとばしる血しぶきと、恨みの声！　いえそれは悪徳王女の声ではなく、悪徳王女により不幸な目に遭わされた者たちの、憎しみの声！　なのですわ！」

「アンネリーゼ王女殿下。クラーラに事の経緯を話すよう相談してみようかと考えております」

天を見上げ拳を突き上げたアンネリーゼに、ランベルトは言う。

アンネリーゼは目をぱちくりさせた。

「けいい？」

「私が婚約を解消する前から、クラーラは使用人と恋仲でした。時系列が知れ渡れば、あなたを悪徳王女だと呼ぶのは間違いだと、みな気づくでしょう」

アンネリーゼはポカンとした表情を浮かべ、突き上げていた拳を下ろす。

そして胸の前で腕を組み、首を傾げた。

「キュネライト様との婚約中に、クラーラ嬢が別の方に恋をしていた――そのような噂が広まってしまうのでは？」

「それが事実です」

「わたくし……クラーラ嬢が悪く言われるのは嫌です」

「ですが」

ランベルトの言葉を遮るように、アンネリーゼが続ける。

「そもそもはわたくしがキュネライト様に恋をしたのが始まりなのです。わたくしはもともと双子の妹で、魔女とも言われていましたし、そこに悪徳王女が加わっても、大して変わりはありません。それに……ジョゼフお兄様には、王女として責任を持つよい機会だとも言われました」

初めて会ったとき、アンネリーゼは魔女だと言われているのを気にし、泣いていた。

今だって傷ついているはずだ。だというのに、クラーラを案じ、彼女の名誉を守ろうとしている。

ジョゼフは浅はかだと言っていたが、思いやりのある優しい王女だとランベルトは思った。

（身分違いの結婚で、クラーラは両親、特に母親に辛く当たられるだろう。周囲からも白い目で見られるかもしれない……）

ランベルトもクラーラに批難がいくのは避けたかった。だからといって、アンネリーゼばかりが批難されるのも受け入れがたい。

「私が……あなたに一目惚れし婚約をしたくなった。そのため邪魔なクラーラを結婚させたことにしましょう」

二人に批難がいかない策を思いつく。

「キルシュシュライト様が……わたくしに、一目惚れ！」

アンネリーゼはこれ以上ないほど目を見開き、うっと呻《うめ》いた。

しかし、はたりと何かに気づいたように眉を寄せたあと、長く息を吐く。

「……それですと、キュライト様が幼女趣味だという噂が立ってしまいます。小耳に挟んだのですが、幼女趣味は変態だとか……。わたくしが魔女とか悪徳王女と呼ばれるより、キュネライト様が変態と思われるほうがずっと嫌ですの。それとも……前に子どもは特に好きではないと言っておられましたけれど……」

話をいったん止め、アンネリーゼは上目遣いでランベルトを窺《うかが》った。

「キルシュネライト様は、本当は……やはり変態の幼女趣味なのですか？」

アンネリーゼは今まで一度もランベルトの名前を正しく発音できていなかった。けれど、正しくランベルトの名を口にして、そう訊いてきた。

「違います」

ランベルトが否定すると、「安心いたしました」とアンネリーゼは頷く。

「わたくし悪徳王女で構いませんわ。ですが、もし断頭台に送られるようなことがありましたら……わたくしを救ってくださいませ。いえ、救ってくださらなくとも、永遠に続く愛を……来世での愛を誓ってくださいますと嬉しいです」

アンネリーゼはにっこりと微笑んで言う。

永遠に続く愛。果たしてそのようなものが存在するのだろうか。

ランベルトはクラーラを愛おしく感じていた。クラーラもまた、ランベルトを想ってくれていたはずだ。けれど自身の出生の真実を知り、ランベルトは人を信じられなくなり、クラーラを以前のように真っ直《ま》ぐ《す》想えなくなった。

それでもクラーラは、そんなランベルトに寄り添おうとしてくれていた。けれど――。

(時間とともに彼女の心は離れていき、別の男性を愛した……)

クラーラと距離を取り、蔑ろにしたのはランベルト自身だ。もちろんクラーラを責める権利など、ランベルトにはない。

そしてランベルトは、今後も己の生き方や考え方を変えるつもりもなかった。

ランベルトに対し無邪気に『愛』を口にするアンネリーゼも、いずれ素っ気ないランベルトに不満を抱くようになるはずだ。クラーラのように他の男性を愛するようになる。

その男性はきっと、自分よりも若く誠実で、自分とは違い、アンネリーゼを心から愛する男なはずだ。

おそらく、それほど長い時間はかからない。その間、アンネリーゼのおままごとのような恋愛を静かに見守ろうとランベルトは思っていた。

「わたくし、よい妻になれるよう頑張ります」

キラキラした眼差しで見つめてくるアンネリーゼに少しだけ後ろ暗い気持ちになりながらも、ランベルトは「ええ」と曖昧な返答をした。


そして、月日は流れた。

# 第三章

アンネリーゼがランベルト・キルシュネライトと婚約を結んで四年の月日が過ぎていた。

アンネリーゼは十四歳、ランベルトは二十六歳。

アンネリーゼは背が伸び、体つきも女らしくなってきた。

ランベルトの容姿は変わらない。相変わらず美しい。いや、ますます美しく立派になっているようにも見える。

最初は距離感のあった二人だったがこの四年間で愛情を育み、今は仲睦まじく……と言いたいところだが、あまりランベルトとの関係は進展していない。

ランベルトが多忙なせいである。

ランベルトが王太子直属騎士団『獅子騎士団』の団長に任命されたのが三年ほど前。

そして二年ほど前、国王が持病の腰痛の悪化により、政務がままならなくなってしまう。代わりを務めるのはもちろん王太子のジョゼフだ。ジョゼフが忙しくなれば、ランベルトもまた忙しくなる。当然である。

それでも王宮にいるときならば、会いに行ける。廊下で待ち伏せしていると、すれ違うときに挨拶くらいはできるし、運がよければ会話、もっと幸運ならば一緒にお茶もできた。

しかし今のように、ジョゼフの外交のお供で王宮を不在にしているときはお手上げである。

法王の就任五十年を記念して催される式典に、ジョゼフはランベルトを伴っての参加を決めた。

そして十日前に、ラード教国に向かった。

帰都予定は一か月後。つまりあと一か月も、アンネリーゼは愛おしい婚約者に会えない。麗しい姿を垣間見る《かいまみる》ことすら許されないのだ。

(わたくしも、忙しいのが幸いといえば幸いなのだけれど)

暇だと、どうしてもランベルトについて考えてしまう。

ランベルトは今何をしているだろう。何を食べただろう。何を喋り、何を思っているのだろう。

本来ならば、頭の中はランベルトだらけだ。

けれど今のアンネリーゼには、ランベルト以外に考えなければいけない事柄がいろいろとあった。

この春から学園に通い始めたからである。

「姫様、学園でご友人はできましたか？」

アンネリーゼの黒髪を結い上げながら、マルガが訊いてくる。

「ええ……三百人ほどできたわ」

アンネリーゼは鏡越しに、背後にいるマルガをちらりと見て答えた。

「姫様……学園に生徒は三百人もおりません」

ナターナ王国は教育に力を入れていて、性別や身分にかかわらず、すべての少年少女が学べるようにと、王都内だけでもふたつの学校とひとつの学園があった。

ランベルトの母校で、アンネリーゼの双子の兄が通う王立騎士学校。王立中央学校。そしてアンネリーゼが籍を置くシルベル学園である。

シルベル学園以外は、原則的に誰でも入学できる。しかしシルベル学園は貴族、もしくは商家など資産がある家の子女しか入学できない。

そのため、学園には十歳から十八歳までの少年少女が在籍していたが、生徒数は二百人にも満たなかった。

「ええ、そうだったわね。失念していたわ」

見栄を張って三百人と言ってしまった。百人にしておけばよかったとアンネリーゼは後悔した。

「姫様は編入ですから。最初は馴染《なじ》めなくても仕方ないかと」

アンネリーゼは幼い頃病弱だったのもあって、学園には通わず、王宮に家庭教師を招き学んでいた。その状況に満足していたアンネリーゼだったが、同じように家庭教師から学んでいた双子の兄ヨルクが、十三歳になり騎士学校に通い始める。

ヨルクは自慢げに学校生活であった様々な出来事を話した。それを聞いているうちにアンネリーゼはだんだんと羨ましくなってきた。同年代のお友達というものがほしくなったのだ。

季節の変わり目は風邪を必ずひくが、それ以外は健康体だ。

アンネリーゼは両親に学園に通いたいとの要望を出した。

渋々ではあったが許可が出て、学園に編入というかたちで通い始めたのが二か月前。

通い始めれば自然と友達ができる。そう疑いもしていなかったアンネリーゼだったが、二か月が過ぎても友達は一人もできていなかった。

「そう！　百人どころか、一人もできないの！　編入だもの。仕方ないわ！」

まずいかもしれないと焦っていたのだが、マルガの『馴染めなくても仕方ない』との言葉にホッとして、アンネリーゼは声を弾ませた。

「一人も？　一人もできていないのですか？」

晴れやかに微笑んだアンネリーゼとはうらはらに、マルガの表情が一瞬で曇った。

「さすがに姫様をいじめるような輩はおらぬとは思いますが……大丈夫ですか？」

恐る恐るといった風にマルガが訊ねてくる。

編入といえども、一人も友達ができないのはやはりおかしいようだ。

「いじめというのは、悪口を言われたり、無視されたり、物をぶつけられたり、私物を隠されたりすることでしょう？　ならばいじめなど受けていないわ。挨拶をしたら、挨拶が返ってくるもの。話しかけたら返事もあるわ。……目は逸らされるし、返事は短め。食堂で昼食を取るとき、わたくしの周りには誰もいないけれど……。授業で二人組になってと先生が言うの。わたくしの学年の女子生徒は十三人。一人余るから、男子生徒といつも組まされるわ」

アンネリーゼの言葉に、マルガは顔を引き攣らせた。

「姫様が王族なので皆様気を遣っておられるのですよ。じきに、慣れたらご友人ができますよ。きっと……おそらく……」

気のせいだろうか。マルガの語尾が弱々しく聞こえた。

アンネリーゼは心の中で溜め息を吐く。

アンネリーゼがみなから遠巻きにされているのは、おそらく王女という身分だけが原因ではなかろう。

十歳のときに称された『悪徳王女』は、未だにアンネリーゼのふたつ名のままであった。

悪徳王女といえばアンネリーゼ。アンネリーゼといえば悪徳王女といっても過言ではない。

兄に言われたとおり、善き王女として民から見直されたいという不純な動機から、アンネリーゼは孤児院へ慰問に行っていた。今も、少なくとも一か月に一度は必ず訪れるようにしていた。

そのため、孤児院の子どもたちの人気は割とある。しかし、孤児院の子どもたちはアンネリーゼの素晴らしさを社交界で広めてはくれない。

『王太子殿下に命じられて、嫌々通っているらしいわ』

『子どもたちの前でも、偉そうに振る舞っているとか』

アンネリーゼが慰問に熱心なのは社交界でも知られていたが、好意的に受け止められてはいなかった。

ちなみに、王太子に命じられて通っていることも、子どもたちの前でも偉そうなのも事実だ。

二年ほど前。『王女様に婚約破棄を命じられましたが、おかげさまで幸せになりました』という長ったらしい題名の小説が国内で大流行した。

婚約者と仲睦まじく暮らしていた伯爵令嬢。しかし王女に横恋慕され伯爵令嬢は婚約者と別れることに。そのうえ、王女は目障りだと伯爵令嬢に平民との結婚を命じる。伯爵令嬢は平民と結婚し、新たな生活を始めるのだが――といった内容である。

主人公たちが悪徳王女や悪徳令嬢の横恋慕により、恋人や婚約者を略奪される題材は人気で、同類の小説はいくつもあった。その中で『王女様に婚約破棄を命じられましたが、おかげさまで幸せになりました』が人気になったのには、様々な要因があった。作中に出てくる悪徳王女アントリオーネがアンネリーゼなのでは、と噂されていたのも要因のひとつだ。

王女は、魔女だという噂も持つ双子の妹。アンネリーゼの身の上と、同じ設定だ。名前も似ているし、黒髪黒目の美少女だった。

読みやすい文体だったので『王女様に婚約破棄を命じられましたが、おかげさまで幸せになりました』は子どもたちからも大人気だ。

もちろん、孤児院の子どもたちからも。

『おーほっほっほ。わたくしに逆らう者はなんぴとたりとも許しませんわ！　さあ、お昼寝の時間ですわよ。さっさと寝てしまいなさい！』

アントリオーネを演じると、子どもたちもよく言うことを聞くので、アンネリーゼは多用していた。

偉そうに振る舞っているという噂が社交界で広まっているのは、この姿を見かけた淑女がいるからだろう。

お茶会や夜会でアンネリーゼに話しかけてくる者はごく僅か。話しかけてくる者も、挨拶を終えるとそそくさと離れていく。

アンネリーゼは社交界から遠巻きにされていた。そして同じ現象が学園でも起こっている。

（社交界だけでなく、学園の中でも広まっているなんて）

十四歳だとすでに社交界デビューをしている者もいる。学園の中で広まっているのは当然といえば当然なのだが、アンネリーゼは思い至らなかった。

（けれど、せっかくお父様たちを説得して学園に通い始めたんですもの！　それに……女友達の多い女性は、男性の目から見ても好印象だと何かの本でも見かけましたし）

「キルシュネライト卿が帰国するまでに、わたくしお友達を作ってみせますわ」

振り返り、アンネリーゼは宣言する。

「……姫様、御髪《おぐし》がまだ途中なので、動かないでくださいまし」

勢いよく振り返ったため、せっかく結い上げていた髪が解けてしまい、マルガが顔を険しくさせた。


前を歩いている女子生徒からはらりとハンカチーフが落ちる。

アンネリーゼは落ちたハンカチーフを拾い上げた。

絹のハンカチーフで、隅に名前が刺繍されていた。女性の名ではなく、男性の名前だ。

彼女のものではないのかしら、それとも名前が男性っぽいのかしら。など思いながら、アンネリーゼは女子生徒を呼び止めた。

「ハンカチーフを落としましてよ」

「あ！　ありがとうございます。アンネリーゼ王女殿下。アンネリーゼ王女殿下に拾っていただけるなんて感激です。本当はずっと話しかけたかったのです。でも勇気がなくて。これを機にお友達になってくださいませ」

恥ずかしげに女子生徒は言った――という妄想をアンネリーゼはした。しかし。

女子生徒はアンネリーゼの呼びかけに足を止め、振り返る。そしてハンカチーフを差し出したアンネリーゼを見るなり、

「あああああ、落としちゃうなんて……失敗だわ……」

と、眉尻を下げ、天を仰いだ。

(嘆くほどのことなのかしら……)

落として壊れたなら嘆くのもわかるが、ハンカチーフである。よほど大切なハンカチーフなのだろうか。

「あ……、ありがとうございます……」

女子生徒は弱々しい声でお礼を言い、アンネリーゼの手からハンカチーフを受け取る。

アンネリーゼは『どういたしまして』と答える。それから『そのハンカチーフ、大切になさっているのね？』と話を振り、話が弾んで二人は友人に――と妄想しながら『どういたしまして』と口にしようとした。しかし。

「あ！　聞いてよ～本当最悪！　十日目で大失敗よ！」

女子生徒はそう言いながら、通りかかった友人らしき女子生徒のほうへと駆けていった。

(最悪……？　も、もしかして……わたくしに拾われたことを最悪だと言っているのかしら……)

嘆いていたのは、大事なハンカチーフだったからではなく、アンネリーゼに拾われたからなのか。

そんなに嫌われているなんて！　と、アンネリーゼは衝撃を受けた。

マルガに友達を作る宣言をしたが、無理な気がしてくる。

(一人の友人もいないわたくしを、キルシュネライト卿は失望なさるかしら……いいえ、孤高の女性を目指せば……)

高嶺《たかね》の花として孤高に生きる女性。それはそれで人気がありそうだ。

いやそれよりも『お友達がいなくて寂しいのです』とうるうると涙を溜めて訴えて、ランベルトに慰めてもらうほうがよいかもしれない。

少々姑息《こそく》だけれど、なかなかによい案である。心の中でにんまりとしていたときだ。

「アンネ、どうしたんだい？」

視線をやると、亜麻色の髪と目をした青年が立っていた。

そこそこ逞しい体つき。まあまあ整った顔立ちの優男である。

実はマルガにも打ち明けていなかったが、アンネリーゼには『友人ができない』以外に、もうひとつ悩みの種があった。同級生の男子生徒、オーラフ・ベットリヒの存在である。

「別に、何でもありませんわ」

「何でもないって顔じゃない。悲しげな顔で立ち竦んでいたじゃないか。困ったことがあったら、何でも俺に相談してほしい」

オーラフは爽やかな笑みを浮かべながら、アンネリーゼに近寄ってくる。

まさに今、オーラフに話しかけられ困っている。

困るので、話しかけないでほしい。そう言おうかしらと思っていると、

「遠慮なんてしなくていいから、アンネ」

オーラフはそう言って、親しげにアンネリーゼの肩に手を置いた。ぞわりと不快感が込み上げてきて、アンネリーゼは眉を顰めた。

『学園内では身分などないんだ。だから君のことを王女として扱わない。アンネと呼ばせてもらうよ』

初めて会ったとき、オーラフは爽やかな微笑みを浮かべ、アンネリーゼに手を差し出してきた。

学園で王女という特権を使うつもりはなかった。アンネ呼びも慣れなかったけれど、習わしならば仕方がない。

『ええ、わかりましたわ』

アンネリーゼは頷いて、オーラフの手を握り返した。

『……俺のこと、覚えている?』

オーラフが意味深な笑みを浮かべた。

意味がわからず、アンネリーゼが首を傾げると、オーラフは『君の十歳の誕生日のお茶会で、俺たち出会っているんだ』と言った。

十歳の誕生日。お茶会があったのはアンネリーゼも覚えている。

けれども、あの日はアンネリーゼにとってランベルトと初めて会った記念日である。ランベルトの思い出で埋め尽くされていて、お茶会での記憶などほとんどなかった。

『まあ、あなたもあの場にいらしていたのですね』

『こんな風に再会するなんて……まるで運命のようだ』

オーラフは懐かしげに目を細めて言った。

運命。運命ではない気がするし、偶然と呼ぶほど驚く再会でもない。

あのお茶会はアンネリーゼとヨルクの婚約者選びの場でもあった。そのため、二人に年の近い多くの貴族子女が招かれていた。この学園には多くの貴族子女が在籍している。オーラフ以外にもあのお茶会に参加していた者が学園にはいるはずだ。

この出会いが運命ならば、運命の希少価値がなくなる。

『運命かどうかはわかりませんけど、再会できて嬉しいですわ』

アンネリーゼは適当に返して、握っていた手を放した。

『本当に……嬉しいよ』

オーラフはにっこりと微笑んだ。

爽やかで、愛想のよい人――初対面のときのオーラフの印象は、決して悪くもなかった。

翌日も『何か困ったことはない?』と声をかけてくれ、親切な人だと思った。初めての友人ができるかもしれないと期待もしていた。

しかし、それから少し経ったある日、オーラフと関わりたくなくなる、友人になどしたくもなくなる光景をアンネリーゼは目撃してしまった。

廊下を歩いていると、用具室から声が聞こえてきた。

何となく気になって窓をのぞき込む。男子生徒と女子生徒の姿があった。逢瀬《おうせ》をしているのかしら？　と好奇心が湧いてきて、アンネリーゼは耳を澄ませた。

『わざわざ学園内で話しかけてくるな』

『だ、だって、外では会って……くれないじゃないですか』

『チッ』

男子生徒が舌打ちをすると、女子生徒はびくりと怯えたように首を竦めた。

とてもじゃないが、愛し合う二人が逢瀬をしているようには見えない。

『で、何の用だ。俺は忙しいんだ』

『あの……知っていると思うけど、今日、私の誕生日なの』

『お前の誕生日なんて知らない。まさか、誕生日の贈り物をせびりに来たのか？　浅ましい女だな』

『ち、違うわ……ただ、今日、私の誕生日のお食事会があるの。遠戚の方々も招待しているから、私の婚約者を紹介したいって。だから……お父様がぜひ、あなたを誘うようにって』

『チッ、なんで今言うんだ？　もっと早く言うべきだろう』

『だって……あなたが会ってくれないから』

男子生徒は、わざとらしいくらい大きな溜め息を吐いた。

『俺は忙しいんだ。お前から、俺は来られないって言っておけ』

『でも……オーラフ』

後ろ姿だったため顔が見えなかったのだが、男子生徒はオーラフ・ベットリヒのようだ。

確かに、声も背格好もオーラフのものだ。しかし、乱暴な口調と彼の姿が繋《つな》がらず、アンネリーゼは驚く。

『俺に気安く触れるな』

オーラフは荒々しく言ったあと、追い縋るように触れた女子生徒の手を振り払う。そのうえ、振り払ったあと乱暴に女子生徒を突き飛ばした。

女子生徒は背後の用具にぶつかる。ガシャンとけたたましい音がした。

痴話喧嘩《げんか》に口を出すつもりはなかったが、これはさすがに見逃せない。アンネリーゼは用具室のドアを開けた。

『あなた、大丈夫⁉』

突き飛ばされた女子生徒のもとに駆け寄る。

棚に積み上げていた箱が床に落ちていた。けたたましい音はしたものの女子生徒に怪我《けが》はないようだ。

『女性に乱暴な真似をするなんて言語道断ですわ！　オーラフ・ベットリヒ、このことは教師に報告いたします』

アンネリーゼはキッとオーラフを睨んだ。

アンネリーゼの乱入に唖然《あぜん》としていたオーラフは、我に返ったのかハッとした表情を浮かべる。

『アンネ、君は誤解している。彼女がフラついて倒れたんだ。俺は助けようとしたのが、間に合わなかった。すまない、大丈夫かい？』

先ほどとは打って変わって優しい声音でオーラフは女子生徒に手を差し出した。

アンネリーゼは一部始終を盗み見ていたし、盗み聞いていた。そんな嘘は通用しない。そう言い返そうとしたのだが。

『オーラフの言うとおりです。私が一人で倒れただけなのです』

俯《うつむ》いていた女子生徒が顔を上げる。

その顔に見覚えがあった。同じ組で学んでいるバルバラ・ハイゼンという名の女子生徒だった。

金髪碧眼《へきがん》の愛らしい容姿をしているのだが、どこかおどおどした雰囲気がある少女である。

『ごめんなさい、お騒がせしてしまって。オーラフも、ごめんなさい』

バルバラは立ち上がり、頭を下げる。

『いや構わない。ここは俺が片づけておくよ』

『ありがとうございます』

そう言い残し、バルバラは用具室をあとにした。

なぜ暴力をふるわれたほうが謝罪をし、礼を口にしているのか。アンネリーゼには全く理解できなかった。

『そそっかしいのも困りものだ』

オーラフは肩を竦め、落ちた箱を片づけている。

『そうだ、アンネ。ここで会ったのも運命だ。今日、俺の屋敷に来ないか？　うちの料理人自慢のタルトを君にご馳走《ちそう》したい』

先ほど、バルバラに誘われたときは忙しいと言っていたその口で、オーラフは爽やかな笑顔でアンネリーゼを誘った。

『いえ、お断りいたしますわ』

アンネリーゼは目の前の男の変貌ぶりが怖くなり、そそくさと用具室を出た。呼び止める声も聞こえないふりをした。

オーラフとバルバラはどうやら婚約しているらしい。けれどバルバラへの言動は婚約者に向けるものではなかった。アンネリーゼに見つかると、ころりと態度が変化したのも恐ろしい。

オーラフ・ベットリヒはどこかおかしい。アンネリーゼは彼と関わらないようにしようと決めた。

それから少しして、アンネリーゼは呼び名の件もおかしいと気づく。

オーラフは学園内では身分など関係ないと言って、アンネリーゼをアンネと呼び始めた。けれどもいざ学園生活に慣れ、周りを観察すると愛称で呼び合っている者はごく僅か。親しき仲にも礼儀ありで、大抵の生徒は互いのことを『さん』『様』付けで呼んでいた。教師ですらアンネリーゼを『王女殿下』と敬称をつけて呼んだ。

そもそもこの学園は貴族子女しか通っていない。

学ぶのはもちろんだが、貴族間の交遊を深めるために通っている者がほとんどで、中には結婚相手探しが目的の者もいた。身分などない、わけがないのだ。

オーラフは級長だ。てっきり学園の理念だと信じ込んでいたが、オーラフ個人の考えをアンネリーゼにもっともらしく言ったにすぎなかった。

『アンネと呼ぶのはやめてくださらない？』

一応そうオーラフに頼んでもみたのだが『なぜだい？　恥ずかしがらなくてもよいのに』と、何やらおかしな誤解をし、聞く耳を持たなかった。

オーラフの父、ベットリヒ伯爵は父によく仕えてくれる大臣だ。極力邪険にしたくない気持ちもあるのだけれど、やはり関わりたくない。

アンネリーゼは一歩足を引き、オーラフから距離を取りながら、やんわりと肩に置かれた手を振り払った。

「あなた婚約者がいらっしゃるのでしょう？　こんな風にわたくしに触れるのは感心いたしませんわ」

「婚約者？　バルバラのことかい？　バルバラは婚約者といっても親が決めただけの、政略的な婚約者だ」

政略であろうと、恋愛であろうと婚約は婚約だ。

ベットリヒ家は名家だが、バルバラのハイゼン伯爵家も由緒ある家柄だ。なぜオーラフがバルバラを軽んじるのか全く理解できない。

「バルバラのことは気にしなくていい」

「あなたが気にせずともわたくしは気になるのです」

オーラフが再び肩に手を置こうとしてきたので、アンネリーゼはその手から逃れるように早口で言ってその場を立ち去った。

そして翌日。その日の授業が終わり、王宮に帰るため馬車へと向かっていると、今度はバルバラに呼び止められた。

「あの……アンネリーゼ王女殿下。お話があるのですが……聞いていただけますか」

断る理由はなかったけれど、あまり長い時間、御者を待たせるのは申し訳ない。

「少しならば、よろしくてよ。何かしら?」

アンネリーゼは早く話すよう、バルバラを促す。バルバラは目を伏せて、口を開いた。

「あの、私とオーラフは……婚約関係にありますけれど……その、あくまで政略的なものなので、お気になさらないでください。私に構わず、どうかオーラフと仲良くしてください」

いったい何を言い出すのかと、アンネリーゼはバルバラを見返した。そして「嫌ですわ」と即答する。

「オ、オーラフは、王女殿下が初恋の相手なのだそうです……十歳のときにお会いしてから、ずっと王女殿下を想っていたとか……」

バルバラは一瞬驚いた顔を見せたあと、そう続けた。

オーラフはお茶会で出会ったときに、アンネリーゼに一目惚れしたのだという。己の愛らしさは罪だと思うが、オーラフの初恋にアンネリーゼが責任を感じる必要もない。それに、

「ですが、今はあなたの婚約者なのでしょう？」

一途にアンネリーゼを想い続けているならまだしも、今はバルバラと婚約をしている。

そんな相手となぜ仲良くしなければならないのか理解不能だったし、なぜバルバラが自身の婚約者に不実な真似をさせようとしているのかも謎だった。

「……政略的な婚約ですので……私はオーラフが幸せならば、それでよいのです」

愛する人に幸せでいてほしい。アンネリーゼにも理解できる感情だ。

けれども、愛する人を幸せにする権利を他の者に譲ろうとしているバルバラの気持ちは、やはりわからない。

「どちらにしろ、わたくしはオーラフ・ベットリヒといても幸せになれませんの」

オーラフに冷たく接されているのを目撃し同情していたが、バルバラとも関わらないほうがよいかもしれない。

話は終わりと立ち去ろうとしたアンネリーゼは、ふとバルバラの手首が赤くなっているのに気づいた。

誰かに強く握られたかのように、真っ赤になっている。バルバラは色が白い。そのせいか赤みが余計に目立った。

「手首をどうかされたのですか？」

「これは……オーラフは悪くないのです。私が彼を怒らせてしまったから」

「オーラフ・ベットリヒの仕業なのですか⁉」

「あ、いえ……その、違います……その軽く手首を摑《つか》まれて、それで……」

バルバラは焦ったように眼差しを忙《せわ》しなくゆらした。

軽く摑まれただけで、跡が残るほど赤くはならないだろう。

「暴力をふるう男は最低ですわ」

「ぼ、暴力ではありません」

「……先日も突き飛ばされていましたけれど、いつもあんな真似をされているのですか？」

アンネリーゼの問いに、バルバラは黙る。

「私が……彼を苛立たせてしまうのが悪いのです……」

バルバラは弱々しい声で答えた。

アンネリーゼは今現在、とてもイライラしている。けれども、目の前のバルバラを突き飛ばそうなどかけらも思えない。

「苛立つと暴力をふるうような人と仲良くなれるわけがありません」

「王女殿下は、わ、私とは違います。オーラフを苛立たせはしないでしょう」

バルバラはそう言うと目を伏せる。

「わたくし、双子の兄がいるのです。兄はわたくしをよく叱ります。明らかにイライラしております。けれども、暴力をふるわれたことも、乱暴に扱われたこともありません。わたくし付きの侍女も、今日はイライラしているわ、と感じるときがあります。けれどもちろん、わたくしに乱暴な真似はしません。お母様やお父様も、わたくしの言動に呆れた様子をお見せになることはありますが、わたくしを突き飛ばしはしません。わたくしにはキルシュネライト卿という素晴らしい婚約者がおります。あの方はわたくしに対して、イライラした態度を見せたことは一度もありません。一度も、ありません！」

語っているうちに興奮してきて、最後はただの自慢になってしまった。それも、オーラフとは違い、ランベルトがどれだけ素晴らしいのか知ってほしくなって、二度も言ってしまった。

卑屈気味になっているバルバラに、おかしいのはあなたではなくオーラフだと言いたかっただけなのに。

ランベルトが優れた容姿の持ち主というだけでなく、人格者なのは事実だ。撤回するのもおかしい。けれど……。

（キルシュネライト卿の素晴らしさがみなに知れ渡り、恋敵が増えてしまったら……⁉）

アンネリーゼはランベルトを奪われぬため、臨戦状態で日々を過ごさねばならなくなる。

「私の家族も……私に苛立っても、乱暴なことはいたしません」

アンネリーゼが思案していると、バルバラが呟くように言った。

自慢に気づかなかったようだ。アンネリーゼはホッとする。

「そうですわ。普通は乱暴な真似はしません！　オーラフがおかしいのです。……ご両親にご相談なされたら？」

バルバラにとってオーラフとの婚約はよいものとは思えない。

バルバラの置かれた状況を知ったら、彼女の両親も婚約解消に動いてくれるのではなかろうか。

もしも、政略的な問題で婚約を続けなければならないのなら、王女の特権を利用して国王に相談してもよい。

「……オーラフの私への態度は、両親も薄々察しているようで……心配しています」

「なら」

ちょうどよい。婚約を解消してしまいなさい。そう言おうと思ったのだけれど。

「オーラフが好きなんです。彼にずっと憧れていて……彼は私の初恋なのです。幼い頃は、優しいところもありました。……結婚したら、あの頃の彼に戻ってくれると信じたいのです」

(好きだから、乱暴な物言いをされても平気なのね。憧れているから、突き飛ばされても彼は悪くないと庇える。初恋だから、他の女性と親しくしていても彼が幸せならばそれでよい。わかるわ。恋ってそういうものだもの。わかる……わかる？　わか…………いえ、わからない)

ランベルトに他に好きな相手がいた場合は、それでも彼の傍にいたいと願うかもしれない。

けれども暴力をふるわれたり、雑に扱われたら、百年の恋も冷める気がする。

そもそもアンネリーゼはランベルトの見かけも好きだけれど、真面目で優しく、誠実なところも好きなのだ。粗雑な暴力男ならば、恋などしていない。

あなたの恋は間違っている、と喉元まで出かかるが、アンネリーゼは寸前のところで止めた。

愛し方は人それぞれだ。他人があれこれ言うべきではない。

「あなたが今の状況を受け入れていらっしゃるなら、わたくし何も言いませんわ」

「待ってください。その、オーラフとは……」

「あなたの考えがどうであれ、わたくし、婚約者のいる殿方と仲良くしたくありませんの」

アンネリーゼは「ごきげんよう」と言い残しその場を去った。


オーラフとバルバラの件はこれでおしまい――にはならなかった。

バルバラと話した翌日。昼休憩の鐘が鳴り、アンネリーゼは食堂へ向かった。

シルベル学園の食堂は、全校生徒が利用する。そのため王宮の広間よりも広い。

天井は高くアーチ状で、高い位置にある窓はステンドグラスが嵌め込まれていた。

正午の陽光がステンドグラスを通して食堂に降り注いでいるのを見ると、荘厳な気持ちになった。

食事は各自がカウンターまで取りに行く決まりだ。

王宮の食事と比べたら量も味も落ちるけれど、そこそこ美味しい。

今日はポークソテーに、マッシュポテト。カリフラワーのサラダといつもより豪華だった。

それらの載ったトレーを手に、アンネリーゼはホクホク顔で席に着いた。

広い上に席は自由だ。アンネリーゼの周りは空席だけれど、気にしない。

アンネリーゼがナイフとフォークを手に、ポークソテーを標的に定めたときだ。

「アンネ」

振り向かずともわかる。アンネと呼ぶ者はオーラフしかいない。

(お食事中に話しかけてくるなんて！　伯爵家の子息だというのに、マナーがなっていないわ！)

空腹だったので、激しく苛立った。

「何ですの？」

フォークとナイフを置き、振り返ったアンネリーゼはぎょっとする。

オーラフがアンネリーゼのすぐ後ろで跪《ひざまず》いていた。

「アンネリーゼ、俺と結婚しよう」

オーラフが言う。大きな声だったため、生徒たちがパッと一斉にこちらを見た。

（けっこん……結婚？　結婚？　なぜ、結婚？）

アンネリーゼは意味がわからず、オーラフを凝視する。

「アンネ。俺の手を取ってくれるね」

オーラフはそう言って、アンネリーゼに手を差し出してくる。

「あなた……バルバラさんと婚約をしているのでしょう？　なぜわたくしに求婚するのですか？」

「バルバラとの婚約は、君のために破棄する。君もそれを望んでいるのだろう？　君こそが俺の運命の女性だ。君は俺の春の妖精。俺は君の夏の木霊だ」

にっこりとオーラフが笑んだ。端整な顔立ちの、まあまあな色男。どこか少年ぽさの残る微笑みは、魅力的だとも思う。

けれどアンネリーゼの婚約者は、この国一番の美形、いや大陸一、歴史上でもっとも麗しいランベルト・キルシュネライトなのだ。オーラフごときに、心は全く揺れない。微動だにしない。

「わたくしのために婚約を破棄されても困ります。そもそもわたくしだって、婚約者がおります」

アンネリーゼの言葉に、オーラフは鼻で嗤《わら》った。

「君も婚約を破棄すればいい。王命に逆らうのは難しいのかもしれないが……俺も君との愛のために頑張るよ」

「王命……？」

「王に命じられて、仕方なく婚約をしているんだろう？」

そんなわけないでしょう！　とアンネリーゼが言い返そうとしたとき「オーラフ」とか細い声がした。

見ると、バルバラが呆然《ぼうぜん》とした様子で立ち竦んでいた。

「……チッ。何の用だ？　もう話は終わっただろう。邪魔をするな」

オーラフはうんざりした様子で身を正した。

「アンネ、気にしなくていい。バルバラとは話はつけてあるんだ」

「私、納得していないわ！」

バルバラはふっくらとした下唇をふるふると震わせ、いつになく声を荒らげた。

「オーラフのご両親だって、納得なさらないわ。なぜ勝手に一人で決めてしまうの？」

「お前が不義を犯したと訴えれば、納得するさ」

「わ、私、不義なんて犯していないわ」

「バルバラ……俺の幸せを願ってくれないのか？」

「…………願っているわ。でも」

「俺が好きなら、これ以上俺を困らせないでくれ」

オーラフは冷たく言い放つと、再びアンネリーゼへ向き直り、にっこりと微笑んだ。

「婚約者がいるから、俺を拒んでいたのだろう？　もう俺たちを阻むものは何もないんだ」

オーラフはアンネリーゼに手を差し出した。

何と返事をしても、オーラフに伝わりそうにない。父に相談し、ベットリヒ家に注意をしてもらうほうがよいかもしれない。

心の中で盛大な溜め息を吐いていると、バルバラがオーラフとアンネリーゼの間に割って入った。

「オーラフ、せめて……王女殿下に求婚するのはきちんと婚約の解消をしてからにして。……あなたの評判だけじゃない、王女殿下の評判まで悪くなってしまうのよ」

昼休憩中で、多くの生徒たちが食堂にいた。遠くに座る生徒たちまでもが、こちらに顔を向けている。

確かにバルバラの言うとおりで、正式に婚約解消もしていないのに求婚しているオーラフの評判はただ下がりのはずだ。そんな相手に求婚されているアンネリーゼも、もともとの悪評も相まって、醜聞として面白おかしく噂されるだろう。

オーラフだけでなく、バルバラはアンネリーゼのことまで心配してくれている。

アンネリーゼはバルバラの心の美しさに感動した。しかし、そんなアンネリーゼとはうらはらに、オーラフの眼差しは険しくなる。そして。

「俺の邪魔をするなっ！」

パシッと乾いた音が響いた。

オーラフが手の甲でバルバラの頬を叩《たた》いたのだ。

「俺の邪魔をして……苛立たせるから悪いんだ」

カッとなり咄嗟《とっさ》に手が出てしまったのか、オーラフは気まずそうに言った。

バルバラが頬を手で押さえる。

彼女の双眸からぽろりと涙の粒が落ちるのを見て、アンネリーゼの頭の奥で何かがパチンと弾《はじ》けた。

アンネリーゼはすっくと立ち上がった。

「アンネ？　……っ、ぐお」

アンネリーゼは渾身《こんしん》の力を込め、オーラフの顔面に向けて拳を突き出した。

「な、何を……」

アンネリーゼは非力だ。けれども当たり所がよかったのか、それなりの痛手を与えられたらしい。

オーラフは愕然とした様子で、顔を押さえている。

「わたくしのお食事の邪魔をして、苛立たせるのが悪いのですわ！」

「……っ」

バルバラに対してだけではなく、オーラフはもともと攻撃的な性格をしているらしい。苛立った眼差しをアンネリーゼに向け、手を振り上げた。

「やめて！」

殴るなら殴ってみればよい……と思っていたのだが、オーラフが手を振り下ろす寸前、バルバラ

が叫ぶように言って、アンネリーゼの前に立ちはだかった。

我に返ったのか、オーラフの動きが止まる。

バルバラに二度も痛い思いをさせるわけにはいかない。

アンネリーゼはバルバラの肩に手を置いて、彼女を退けさせ、オーラフを見上げた。

「オーラフ・ベットリヒ。もしや、この国の王女たるわたくしに手を上げるおつもりだったのですか？」

「……違う、俺はっ……っ、俺は君が好きだ！　愛している！」

「愛しているならなぜ殴ろうとしたのです！　愛しているならば、何をしてもよいという考えは、大間違いですわ！　それに、愛しているならば、何をしても許せというのも間違いです！」

「何をしている！」

ようやく騒ぎに気づいたのか、食堂に教師の声が響いた。


伯爵家の子息を殴ったのだ。大問題に発展するかと案じていたが、オーラフがバルバラに乱暴な真似をしたのが発端だと、目撃者から多くの証言があった。

学園も大事にしたくなかったのだろう。処分はなく、口頭での注意だけで終わった。

その際、アンネリーゼはオーラフに付き纏われて困っているとも相談した。教師はオーラフに厳重に注意すると約束してくれた。

「王女殿下……」

教師との話を終えて廊下に出ると、バルバラがアンネリーゼを待っていた。

「手は大丈夫ですか?」

「手?」

自身の手を確認してみると、オーラフの顔面を殴った部分が赤くなっていた。

「少し、痛いですけど、大丈夫ですわ」

「本当に、すみませんでした」

バルバラは肩を落として謝罪を口にする。

「あなたが謝る必要はありません。それよりお礼を。わたくしがオーラフから殴られそうになったとき、庇ってくださったでしょう?」

バルバラは首を横に振った。

「違います。あれは……あなたを庇ったんじゃない……オーラフを庇ったのです」

アンネリーゼに暴力をふるえば、オーラフは厳しく処分される。退学もあり得た。それを恐れて、オーラフの手からアンネリーゼを守ったのだとバルバラは言う。

「でも、あなたのおかげで叩かれなかったのは事実ですもの。やはりお礼は言いますわ」

アンネリーゼが微笑むと、バルバラは大粒の涙を零し始めた。

「バルバラさん……泣かないでくださいませ」

「わかっていたんです……。……愛しているなら許せって言われても、許せるわけがない……我慢を強いられる関係は正しくないと、わかっていた……でも、好きだったから……どんな彼も全部受け止めなきゃいけないって……」

「バルバラさん……」

「でも…………私、王女殿下に殴られているオーラフを見て、スカッとしたんです。やっぱり嫌なものは嫌なんです。受け止められるわけがなかったんです」

「バルバラさんがスカッとしたならば、殴った甲斐がありましたわ」

バルバラの肩に手を置いて言う。

「ありがとうございました。王女殿下」

オーラフの呪縛は解けたのだろう。

バルバラは涙を拭い、アンネリーゼに穏やかな微笑みを向けた。


休日。いつもより遅めに起床したアンネリーゼは、マルガに髪を整えてもらっていた。

「姫様、最近ご機嫌がよろしいですね。お友達ができたのですか？」

鼻歌を口ずさんでいるアンネリーゼに、マルガが訊いてくる。

「お友達はできていないわ。けれど、弟子ができたの」

アンネリーゼは、鏡越しにマルガを見る。

「弟子……でございますか？」

アンネリーゼの髪を梳《と》かしていたマルガは、手を止めて首を傾ける。

「ええ、わたくし……恋の達人、恋の師匠になったの」

「達人……？」

困惑するマルガにアンネリーゼは事の経緯を説明した。

食堂でのオーラフとのやり取りは、かなりの生徒が目撃していた。そのため瞬く間に、バルバラという婚約者がいるにもかかわらず、オーラフがアンネリーゼに求婚、それに腹を立てたアンネリーゼがオーラフを殴った——という話が広まった。

悪徳王女というふたつ名に箔《はく》がつき、今まで以上に遠巻きにされるに違いない。けれどもバルバラがオーラフと別れるきっかけになったのだから、それでよいと割り切っていた。

しかし意外にも、バルバラだけでなく、みなからも敬意を払われる結果になった。

オーラフを殴った行為が、浮気者への粛正だと賞賛されたのだ。

オーラフは外見がよく、家柄も頭もよい。バルバラという婚約者がいても、以前は女子生徒からそこそこの人気があった。けれどここ最近のバルバラへの態度は酷く、不快感を覚えている者たちもいた。

男子生徒からは、級長ということもあるのだろうが、偉ぶっていると、もともと好かれていなかった。

そんな中でオーラフが食堂で見せた態度は、みなから反感を買い、彼の好感度低下に追い討ちをかけた。

そのオーラフをアンネリーゼは殴った。

アンネリーゼの行動は、バルバラだけでなく、それを目撃していた者たちにも爽快感を与えたらしい。ざまぁみろと。そう、ざまぁと思ったのである。

そしてアンネリーゼは、一部の生徒たちから敬意や憧れのようなものを向けられるようになった。尊敬や憧れだけに止《とど》まらず、なぜ恋の達人や恋の師匠と呼ばれるようになったかというと、バルバラがアンネリーゼの素晴らしさをみなに広め始めたからだ。

あの一件のあとすぐ、バルバラはオーラフとの婚約を解消した。そして、アンネリーゼを恩人だと……恋の恩人だと感謝するようになった。

『アンネリーゼ王女殿下がオーラフを殴り、それで目が覚めました。あの一撃がなければ、私は一生愚かな恋を続けていたでしょう。王女殿下は恋の恩人なのです』

と、バルバラは涙ながらに話した。

『拳ひとつでバルバラさんを目覚めさせるなんて』

『あんな細腕なのに。素晴らしい一発だったわね』

みながアンネリーゼの拳を誉《ほ》め称《たた》えた。そして誰かが『拳の達人』だと言った。

『拳？　いえ、恋の達人です』

それをバルバラが訂正した。そしていつの間にか、アンネリーゼは恋の達人、恋の師匠と呼ばれるようになった。

もちろん、一番弟子はバルバラである。

「……拳……？」

「……拳は比喩《ひゆ》ですわ。バルバラさんを言葉の拳で目覚めさせたため、みなに敬われるようになったのです！」

つい流れで暴力をふるってしまったと喋ってしまいそうになり、アンネリーゼは慌てて誤魔化した。

アンネリーゼはオーラフを殴ったことをマルガにも両親にも話していない。内々で済ませたため学園からの報告もないはずだ。

いくら黙っていたところで、目撃者は多くいる。殴った件は社交界で広がるだろうが、もともとアンネリーゼの噂話は脚色されている。大げさに伝わり、広まっているとアンネリーゼの周りの者たちは考えるはずだ。たぶん。

「一人のか弱き女性を、悪い男から救ったのだもの。恋の救世主です」

「はあ」

「最近は恋のお悩み相談もしているわ。ほら、わたくし、恋の知識が他の人たちよりあるでしょう？」

アンネリーゼはちらりと本棚に視線を向けた。

そこには各国から取り寄せたアンネリーゼの愛読書が並んでいる。

「……恋愛小説で得た知識を、みなに語っていらっしゃるのですか？　もしかして最近夜更かしされているのは……」

「ええ。より深く読み込まないと。なぜなら、わたくしは恋の師匠なのですから」

「……学園生活を楽しまれているのならば、ようございます」

ですが夜更かしはおやめください、とマルガは溜め息交じりに言って、止めていた手を動かし始めた。

アンネリーゼの黒髪を器用に編み込み、白い刺繍の入った赤いリボンで結ぶ。

「ドレスはこちらにしましょうか」

マルガがドレスを持ってくる。ドレスもリボンと同じく赤地で白い刺繍が入っている。ふんわりと裾の広がった愛らしいドレスを、アンネリーゼは気に入っていた。

けれどそれは外出用のドレスである。そういえば、髪もいつもより複雑に編み込んであった。

「来客でもあるのですか？」

外出の予定はなかったはずだ。

アンネリーゼが問うと、マルガは頬を緩めた。

「今朝、王太子殿下が戻られたそうです」

「まあ！」

兄が戻ってきたということは、当然ランベルトも一緒だ。

予定ではあと三日ほどかかると聞いていたが、早めに帰国できたらしい。

一か月と七日ぶりにランベルトに会えると、アンネリーゼは目を輝かせた。

「待ち伏せに行きますわ！」

「着替えてから参りましょう」

「ええ！」

アンネリーゼはいそいそとドレスに着替えた。

ランベルトは獅子騎士団の団長であると同時に、王太子ジョゼフの筆頭護衛騎士でもある。そのため、日中はジョゼフと行動をともにしていた。それだけではない。ランベルトの寝起きする部屋はジョゼフの自室の隣にあった。羨ましい限りである。

「とりあえず、ジョゼフお兄様のお部屋に行ってみましょう」

部屋に行き不在ならば、次は政務室。頭の中で予定を立てながら、回廊を歩く。

「あら」

アンネリーゼは庭の四阿《あずまや》に人影を発見し、足を止めた。

「キルシュネライト卿とジョゼフお兄様がいらっしゃるわ」

「……どちらにいらっしゃるのです？」

後ろからついてきていたマルガがキョロキョロと周囲を窺う。

「あちらの、庭の四阿よ」

アンネリーゼの指差した方向に、マルガは顔を向け、目を細めた。

「確かに誰かいらっしゃるようですが……お姿はわかりません。王太子殿下とキルシュネライト卿なのですか？」

「あの麗しいお姿が別の者であったら、それはそれで問題だわ！　確かめねばなりません！」

どこからどう見てもランベルトであるが、マルガにはわからぬらしい。

アンネリーゼは庭に下り、四阿に向かうことにする。

「あのお衣装は確かに陛下とキルシュネライト卿のようです。姫様は目がよろしいのですね。驚きました」

近くまで行き、ようやくマルガも確認できたらしい。

「マルガ、声を控えて、足音に気をつけ、気配を消しなさい」

感心するマルガを振り返り、アンネリーゼは命じた。

「……なぜです？」

「わたくし、盗み聞きをします」

アンネリーゼは兄とランベルトが普段何を話しているのか気になった。

『お前の愛おしい婚約者に会えるぞ。待ち遠しいだろう』

『これほど長い間、愛おしい婚約者と離れ離れになってしまうなど……お恨み申します殿下』

『はっはっは。まあそう言うな。私も愛おしい妹と会えなくて寂しかったのだ』

『愛おしさでは、私のほうが上です』

『はっはっは。張り合うなよ。我が義弟《おとうと》よ』

などという微笑ましい会話をしているかもしれない。

つまらない政治的なお話をしていたら、すぐに声をかけようと決め、アンネリーゼは四阿近くの木陰に身を潜めた。

ジョゼフの横顔と、ランベルトの艶やかな後頭部が見える。

「……姫様、お行儀が悪いです」

マルガが眉を寄せ、小声で叱ってくる。

アンネリーゼはマルガの声を無視し、聞き耳を立てた。

「本当によかったのか？　法王猊下からの縁談を断って」

兄の口から出てきた『縁談』という言葉に、アンネリーゼはピシリと固まる。

「正式に申し込まれた縁談ではないので、外交問題には発展しないでしょう」

うっとりするほどの、低く麗しい声が聞こえてきた。一か月と七日ぶりに聞く、ランベルトの美声である。

「別に外交問題を心配しているわけではないが……なかなかお目にかかれない美女だったろう？　お前も珍しく親しげに話していたし」

ジョゼフの発する言葉は実に不快である。アンネリーゼは胸がムカムカしてきた。

「親戚筋の令嬢なので……猊下の手前、無下にできなかっただけです」

「本当か？　……妹のことなら気にせずともよいのだぞ。婚期を逃してまで、アンネリーゼのおままごとの恋愛に付き合う必要はない。だいたい父上も母上も、アンネリーゼに甘すぎるのだ」

これは兄の皮を被《かぶ》った魔物なのでは？　アンネリーゼはギリギリと奥歯を噛《か》みしめた。

「学園に通われ始めましたし、恋愛ごっこから、じきに目を覚まされるでしょう。王女殿下のほうから、婚約の解消を切り出されるかと」

ランベルトは淡々とそう口にした。

苛立ちが消え、冷や水を浴びせられたかのごとく心が震えた。

ジョゼフがアンネリーゼの想いを『おままごとの恋愛』と称するのは、腹が立つけれど仕方がない。しかしランベルトに『恋愛ごっこ』と言われるのは心外だった。

アンネリーゼのこの四年間の一途な想いを、ランベルトは少女の淡い初恋どころか、気の迷い程度だと受け止めていたのだ。

ランベルトも少しくらいは好きになってくれているのでは……そう妄想していた自分がすごく恥ずかしい。

（わたくしの想いを、恋愛ごっこだと思っていたなんて……両想いとか片想いとか、それ以前の問題だわ……）

目の奥が熱くなる。両目から涙が溢れ、頬を伝った。

アンネリーゼは手の甲で涙を拭い、踵を返した。

「……っ、姫様」

マルガがアンネリーゼの手を摑もうとするのを振り払う。

その際、腕が木に触れ、ガサリと大きな音が鳴った。

「アンネリーゼ？」

ジョゼフの声がしたが、アンネリーゼは振り返らず全力で駆け出した。

王宮内なので比較的安全とはいえ、侍女も付けず一人でいるのはよくない。王女としての自覚がないと、みなから責められても当然の振る舞いをしている。

自覚していたが、走るのを止められなかった。

走るのは嫌いではない。むしろ好きだ。けれども身体が弱かったため、過剰な運動はしないよう言われていた。そのせいで持久力はあまりなかった。

アンネリーゼは走っているうちに脇腹が痛くなる。足がふらつき始め、何もないところで躓いてしまった。

転んでしまう、と地面に手をつこうとしたときだ。ぐいっと腹に手を回され、背後から抱き上げられた。

マルガだろうか。いや、マルガはアンネリーゼより背も高く体つきもしっかりしていたが、さすがにこんなに軽々と抱き上げられはしない。

ならば、ジョゼフだろうか。それとも偶然通りかかった近衛《このえ》騎士だろうか。それとも――。

「王女殿下」

耳が蕩けてしまうかと思った。ちらりと背後を窺う。

白磁のように滑らかな、染みひとつない肌と、陽光でキラキラ輝く銀色の髪。長い睫《まつげ》に彩られた切れ長の紫紺の瞳。かたちのよい鼻梁《びりょう》と、これまたかたちのよい唇。眩《まぶ》しいほどの美形が、アンネリーゼを抱きしめていた。

初めて出会った頃より、確実に男の色気が増していた。いや、会えなかった期間でさらに麗しくなっている。何となく体つきも逞しくなっている気もする。

「危ないので、走ってはなりません。大丈夫ですか？」

ランベルトはアンネリーゼを地面に下ろし、訊いてくる。

大丈夫では、ない。好きすぎて、頭が桃色に染まってしまう。

（はあああぁん、好き！　いえ……落ち着くのです、アンネリーゼ！）

久しぶりに見る美麗な顔に我を失いかけ、アンネリーゼは己を叱咤《しった》した。

「ありが、とう、ございます……キルシュ……ネライト……卿」

転ぶ寸前で助けてくれた。その礼を言わねばならないと、アンネリーゼは肩で息をしながら礼を口にした。

「殿下、そちらに石段があります。とりあえずお座りください」

ぜえぜえと息を切らしているアンネリーゼを見かねたのか、ランベルトが近くにある石段に座るよう促す。

アンネリーゼはちょこんとそちらに腰をかけた。

座るとどっと額から汗が噴き出してくる。

「どうぞ」

ランベルトが白いハンカチーフを差し出してきた。

「ありがとうございます」

アンネリーゼはハンカチーフを受け取り、流れ出る汗を拭った。

「……泣いておられたのですか？」

アンネリーゼの前で跪いたランベルトが、顔をのぞき込み訊いてくる。

「これは……汗です」

本気で恋い慕っているのに、ランベルトはアンネリーゼの恋を恋愛ごっこだと言った。アンネリーゼの本気度が足りなかったのではない。ランベルトにとって、アンネリーゼは子どもにしか見えなく、恋愛相手として眼中になかったからだ。

すぐに泣く子どもだと――そう思われたくない。

「マルガ、遅いですわね」

そろそろ捜しに来てもよいはずだ。

傷つきも悲しみもしていないフリをし、アンネリーゼはキョロキョロと当たりを見回した。

「侍女殿は来ません。私が責任をもって王女殿下を部屋までお送りすると約束しましたので。ちなみに、王太子殿下も捜しには来られません」

「そ、そうなのですか」

ならばしばらく、二人きりということだ。

初夏の心地よい風が吹き、新緑がざわめく。

庭の少し行った先には薔薇園《ばらえん》があった。ここからでもアーチ状のピンクの薔薇が見える。

しばらくではなくて、永遠にここにいたいと思った。悪い魔女に魔法をかけられ、石像にされてもよいとすら思う。

父が亡くなり、ジョゼフが玉座を継ぐ。失政して革命が起こり、ナターナ王国が滅ぶ。滅んだあとも王庭でこうして、石像として見つめ合っていたい。

（石像は『見つめ合う恋人』と呼ばれている。でも……ナターナ王国が滅びたら、石像は壊されて

しまうかもしれないわ！　だって王女と、王太子の騎士の石像ですもの）

「学園には慣れましたか？」

革命後、石像が保管され続けるにはどのような理由があるだろう……などと考えを巡らせていたアンネリーゼは、ランベルトに問いかけられ、我に返った。

「みんなとお喋りをするようにもなりましたし、お勉強にもついていけています」

最初は馴染めなかった。けれど、今はバルバラたちと食堂で一緒に食事を取るようになった。食堂のステンドグラスはとても美しく、食事は美味しい。

勉強は難しかった。でも家庭教師と一対一で学ぶより、みなと一緒に教師の話を聞くほうが楽しい。

オーラフという乱暴で不躾《ぶしつけ》な生徒がいた。なぜか求婚され、彼を叱咤したのをきっかけに恋の達人と尊敬され、周りから師匠と呼ばれるようになった。

久々に会うランベルトに聞いてほしい、話したい出来事はたくさんあった。

けれど所詮自分は『恋愛ごっこ』の相手でしかない。近況を詳しくランベルトに伝える気持ちにはなれなかった。

端的に答え、アンネリーゼは口を噤《つぐ》む。

ランベルトは少しの沈黙のあと、穏やかな声で話し始めた。

「殿下は今まで王宮しか知らなかった。しかし学園に行けば、新たなことを知り、新たな者と出会う。視野が広がれば、様々なものに目を向け興味を抱くようになるでしょう」

「……何が仰りたいのですか？」

「先ほどの話を聞いておられたのでしょう？」

ランベルトに相応しい大人の女性ならば、こういうときどんな返答をするのだろう。考えてもわからない。わからないので、心のままに答えた。

「わたくしのキルシュネライト卿への気持ちは、恋愛ごっこではありません。確かに学園で多くの人たちと出会いました。もちろん、この先いろんなことに興味も持ち、多くの人と出会うでしょう。けれど……視野を広げたからといってキルシュネライト卿への想いは変わりません。むしろ、よりキルシュネライト卿の素晴らしさを実感できるかと思います！」

四年前よりも今のほうがずっと好きなのだ。四年後、八年後のほうがずっとずっとずっと好きになるに違いない。

美麗な顔を真っ直ぐ見つめて言うと、ランベルトは目を伏せた。

「私は王女殿下が思っているような人間ではありません」

「に、人間ではないのですか？」

常々、美しすぎると思っていたがやはり人外だったのか。アンネリーゼは驚いて目を瞬いた。

「いいえ、人間です。そうではなく、あなたが思うほど立派な男ではないということです」

「若いながらも獅子騎士団の団長を務めていらっしゃいますし、騎士学校も首席で卒業されたと耳にしています。キルシュネライト卿が立派でなければ、この世界にいる大半の者たちは堕落者です」

「身分や見かけ、経歴ではなく、性格的な問題です。私はあなたの善き夫にはなれないでしょう」

ランベルトはきっぱりと言う。

「夫になれないと思われるのは……わたくしが妻として相応しくないからですか？　法王猊下に紹介された女性が本当は好きなのですか？　それともクラーラさんに未練があるのですか？　わたくしに落ち着きがないからでしょうか？　容姿が好みではありませんか？　それとも年下だからですか？」

アンネリーゼは矢継ぎ早に訊ねる。

「いいえ、他の女性がいるからでも、王女殿下のせいでもなく、私自身の問題です」

（キルシュネライト卿自身の問題……）

アンネリーゼはハッとする。

「もしかして……男性しか愛せないのですか？」

異性が恋愛対象にならない者は案外多く、遠い異国では同性婚が認められている地方もあると耳にしたことがあった。

「違います。私は……愛というものがわからない。異性だろうが同性だろうが、みなのように普通に人を愛せない。王女殿下がいくら私を想ってくださっても、同じだけの愛情を返すことはできないのです」

ランベルトは淡々と言う。

普通の愛とは何なのか。愛情の重さ、深さ、愛情の表し方は人それぞれだとアンネリーゼは思う。

それにアンネリーゼは、ランベルトに自分と同じだけの愛情を求めてはいなかった。

アンネリーゼの想いはアンネリーゼだけのものだ。

ランベルトが自分を愛してくれたら嬉しい。けれど、アンネリーゼの顔を見るだけ、声を聞くだけで胸がきゅんきゅんするほど愛してほしいわけではない。

アンネリーゼは、愛がわからないと言うランベルトの気持ちが理解できなかった。

愛がわからないのならば、知ればよいだけだと思う。

「わたくし、恋愛の達人なのです！」

「…………達人？」

「ええ。恋愛の達人です。愛の求道者、もしくは愛の伝道師。学友から師匠と呼ばれております。ですので、お任せくださいませ」

師匠と一部の者たちには呼ばれていたが、求道者や伝道師と称されてはいない。けれど肩書きが多いほうがランベルトも安心するだろうと見栄を張った。

「任せる……？　何をです」

「わたくしがキルシュネライト卿に、愛がどのようなものなのか教えて差し上げます！」

ちょうど学友たちからの『達人』との賞賛に応えるべく、恋愛小説を読み込み知識を深めているところだった。

「いや……俺は」

「まずは……そうですね。髪をお切りになりましたか？」

ラード教国に発《た》つ前より、ほんの僅かだが前髪と襟足の部分が短くなっている。

「…………は？　髪、ですか？　ええ……法王猊下にお目にかかる前に髪を整えてもらいましたが」

「よく似合っておりますわ！　それに、若干、日に焼けられたのではありませんか？」

「ええ、まあ……馬での移動でしたし……」

「心なしか身体が引き締まったように見えます。男の色気が倍増ですわ！　さあ今度は卿の番です」

「……は？」

「お互いの些細《ささい》な変化に気づくのは、恋愛においてとても重要なのです！　お会いしていなかった一か月と七日間で、わたくしも多少の変化があったはずです。気づいたところがあれば、ご指摘くださいませ」

愛——恋は、相手の些細な変化に気づくところから始まるという。

今のランベルトはアンネリーゼに恋をしていない。けれど変わったところを探しているうちに、恋の感情が芽生えてくるかもしれない。

「変化、ですか……背が少し高くなられたのでは？」

「ええ！　そうですの！　少し高くなりましてよ！」

アンネリーゼは毎日起きてすぐ、柱の前に立つ。幼い頃からの習慣だ。柱に印をつけ身長の伸び具合を確認していた。

ランベルトの言うとおり、この一か月と七日間でほんの僅かではあるが身長が伸びていた。

「恋の、第一歩ですわ！」

アンネリーゼは大きく頷き、微笑んだ。

「……いえ、あの王女殿下」

「そうですわ！　交換日記をいたしましょう！」

「…………交換……日記ですか」

「お手紙のやり取りに似ていますが、少し違います。お互いにその日、何があったのか日記を書いて、交換するのです。恋愛はお互いを知ることから始まるのです！」

ランベルトが普段何をしているのか、知れる好機でもある。

「思いついたら即行動ですわ！　今日から始めましょう！」

まずは日記を書く帳面が必要だ。マルガに使っていない帳面があるか聞かねばならない。

アンネリーゼは立ち上がり「部屋に戻ります」と言った。

「お部屋に戻られるなら、お送りいたします」

跪いていたランベルトも姿勢を正す。

部屋に向かおうと足を踏み出したところで、アンネリーゼはふと思い出し足を止めた。

「あ！　大切なことを言い忘れておりました！　キルシュネライト卿、おかえりなさいませ！」

この一か月と七日間でアンネリーゼは背が伸びてはいたが、ランベルトとの身長差は頭ひとつぶん以上あった。

アンネリーゼが言うと、ランベルトは一瞬の間のあと、アンネリーゼを見下ろし、優しげに目を細めた。

それから一か月。

休日の午後。アンネリーゼが焼き菓子を頬張っていると、双子の兄ヨルクが突然予告もなく、自室に現れた。

「アンネリーゼ！」

「ヨルクお兄様。わたくしと午後のひとときをともにしたいならば、前もって仰ってくださらないと。焼き菓子はわたくしのぶんしかありませんの」

どうしてもと言うならば分けてあげてもよい。どうしてもと言うならば……、とアンネリーゼは切ない気持ちで手元にある焼き菓子に目を落とした。

「お前とひとときを過ごしたくて、来たわけじゃない！」

ヨルクはそう言いながら、アンネリーゼの向かいの席に座った。

「まあ。ヨルクお兄様、それはツンデレですわね」

「……つん……でれ……？」

「最近、わたくし恋愛についてお勉強中ですの。普段は冷静な人物が恋愛対象にのみ甘くなったり、病的に執着し愛したり。敵対的な態度を取りながらも、本心ではデレデレ。お兄様は典型的なツンデレですわね」

「……お前の言っていることが、何ひとつ僕にはわからない！」

アンネリーゼにはランベルトという婚約者がいたが、ヨルクにはまだ婚約者がいない。ランベルトと同様に、いやおそらくランベルト以上に愛がわからないのだ。

愛を知らぬ兄は、ランベルト同様哀れだ。けれども、ランベルトとは違い、教えて差し上げたいとは思えない。

「ヨルクお兄様、ごめんなさい。アンネリーゼはキルシュネライト卿としか交換日記はしたくありませんの」

「交換日記……？　お前は何を言っているんだ！　というか、キルシュネライト卿と交換日記をしているのか！」

「ええ」

アンネリーゼはぱくりと焼き菓子を口の中に放り込みながら頷く。

「つまらないことで、キルシュネライト卿のお手を煩わせるな！」

「まあ、嫉妬でございますか？」

「違う！　あの方はものすごく忙しいんだぞ！」

「忙しいときは、お休みしてもよいとお伝えしておりますもの」

アンネリーゼとて、ランベルトの仕事の邪魔をするつもりはなかった。

そもそも、ヨルクの言うとおりランベルトは多忙なので毎日会えない。それにアンネリーゼだって風邪をひき寝込んでしまったら書けない。

「お互いに忙しいときは書かない。ゆるゆる交換日記をするつもりです」

「そうか、それなら……いや、やはりお前のくだらないお遊びに付き合わせるなど言語道断だ！」

「仕方ありませんわね。そこまで言うなら、ヨルクお兄様も交換日記をいたしますか？」

「お前、僕の話を聞いてるのか！　いや……僕を交換日記に加えてくれる、ということか……。キルシュネライト卿と、交換日記……キルシュネライト卿と」

ヨルクは顎に手を当て、ブツブツと呟く。

「お前がどうしてもと言うならば、僕もその……交換日記をしてもよい……。そうだな、お前がキルシュネライト卿に失礼なことを言っていないか、僕が監視せねばならないしな」

若干頬を赤らめて、ヨルクが言った。何やら誤解をしているようだ。

「ヨルクお兄様、勘違いなさっています。三人で交換日記をするのではありません。わたくしと二人で交換日記をしますか、とお訊ねしたのです」

「……っ！　誰が、お前なんかと交換日記なんてするものか！」

ヨルクの顔が先ほどよりも赤くなる。耳まで真っ赤だ。

（照れているのかしら。やはりツンデレだわ！）

アンネリーゼが兄のツンデレぶりに感心していると、ヨルクは何かを思い出したように目を見開いた。

「ハッ！　僕はそんな話をしに来たのではない。アンネリーゼ、お前は学園でいったい何をしているのだ！　こちらにまでお前の話が流れてきたぞ」

ヨルクは騎士学校に通っていた。

騎士学校もアンネリーゼの在籍するシルベル学園も王都にある。そのため、兄は騎士学校、妹はシルベル学園、という自分たちと同じように、兄弟が別の学舎に通うのは珍しくなかった。

騎士学校の生徒の婚約者、あるいは友人や知人がシルベル学園に通っているのも珍しくないどころか普通によくある。

なのでシルベル学園での出来事が、騎士学校の者たちの間で噂になるのも当然であった。

「何が恋愛の達人だ！　学園は勉強をするところだろう！　令嬢たちに恋愛を勧めているそうではないか！　いったいお前は何をしているのだ！」

「ヨルクお兄様。ご自分が恋愛に疎いからといって、恋愛を馬鹿にしてはなりませんわ。わたくしたちは両親の愛があり、生を受けたのですよ。愛はとても尊いのです」

「僕は恋愛を馬鹿にしているのではない。お前を馬鹿かもしれないと疑っているのだ」

「まあ、馬鹿だなんて！　失礼でしてよ。わたくし、みなから『師匠』と呼ばれ、敬われているのです。最近では、愛の指導者とも呼ばれておりますわ」

「悪徳王女だという噂も収まっていないのに、お前はなぜまた自分の名を貶《おとし》めるようなことをするのだ」

ヨルクが眉を顰め、悔しそうに言った。

「……ヨルクお兄様……」

「悪徳王女などと呼ばれ、侮られて……。お前のせいで婚約を解消した者もいるそうじゃないか……淑女に享楽を広めているとまで言われて……面白おかしく噂されているんだぞ」

「…………わたくしも、悪徳王女と呼ばれたくはありません」

「わかっている。お前だって辛いだろう。だから、そう呼ばれぬためにもっとしっかりしろと言っているんだ」

「そう、だからしっかりと恋愛の極意を広めているのです。悪徳王女から、愛の指導者になるために、わたくし頑張っております！」

きっとそう遠くない未来、アンネリーゼは『愛の指導者』と呼ばれているだろう。アンネリーゼはその日を想像し、にっこりと微笑んだ。

「…………お、お前……頭の中が、お花畑すぎだろう……」

ヨルクが愕然とし、呟いたときだ。彼が来訪すると同時に部屋から退出していたマルガが「失礼します」と言い、現れた。

「焼き菓子をお持ちしました」

ヨルクのぶんの焼き菓子を用意してくれたらしい。よく気がつく侍女だと、アンネリーゼは感心する。

「ヨルクお兄様、ご一緒に召し上がりますか？」

断ったら一人でいただいてしまおうと思ったが、ヨルクはわざとらしく溜め息を吐いたあと「別に僕は焼き菓子を食べに来たわけじゃないんだぞ！　でもせっかく用意してくれたんだ。もちろん、いただくさ！」とツンツンしながら言った。そして少しして、ツンデレの見本のように「ありがとう、マルガ」と、礼を口にしていた。

◆　◇　◆

今日は学園に行きました。今日は快晴でした。

今日は歴史を学び、そのあとは刺繍をしました。刺繍はあまり得意ではありません。

今日の昼食はお魚のムニエルとサラダと野菜のスープでした。バルバラさん（学友）と食べました。バルバラさんはお魚が好きではないそうです。

バルバラさんはわたくしのことを師匠と呼びます。金髪碧眼の美しいわたくしの大事な弟子です。

最近読んだ本を教えて差し上げるととても喜んでいました。

王宮に戻り、授業で作成した刺繍をマルガに見せました。ハンカチーフに自分の名前を刺繍していたのですが、アンへーゼになっていると言われました。

バルコニーに出ると、お星様がたくさん出ていました。きっと明日はお天気でしょう。

アンネリーゼ

アンネリーゼは意外にも……といったら失礼ではあるが、字が上手だ。

美しい筆跡で書かれた日記を読んだランベルトは、アンネリーゼの署名の下に、自身の名を記入する。

交換日記にもマナーがいくつかあるらしく、読んだあとには読みましたという印をつけなくてはならないらしい。ランベルトが書いた日記の下には、アンネリーゼが可愛らしいお花の絵印を描いていた。

今夜、ジョゼフは公爵家の主催する夜会に招かれていた。ランベルトもジョゼフの護衛として同行する予定だ。そのため休憩と夜会の準備で、ランベルトは昼過ぎに自室に戻った。

夜会まではまだ時間がある。それまでにアンネリーゼとの交換日記を書いてしまおうと思ったのだが……日記を広げ、羽根ペンを持ったまま、ランベルトは固まってしまった。

何を書くべきか思いつかないのである。

アンネリーゼは学園での出来事を日記に書いていた。しかしランベルトは仕事での出来事を書くわけにはいかなかった。

筆頭護衛として王太子の傍にいると、国家機密とまではいかなくても、今後の政治方針や政策について知る機会がある。それらをアンネリーゼが相手とはいえ明かすわけにはいかない。ましてや文書で残すなどあり得ない。

読んだ本の感想でも書けばよいのかもしれないが、ランベルトはめったに本は読まなかった。取り立てて趣味といえるようなものもない。

休みの日もほぼ出歩かず、寝てばかりだ。

(……つまらない男だな……)

己に呆れていると、扉を叩く音がした。ジョゼフが姿を見せる。

「どうされたのですか？　まだ出発するには早いかと……」

「相談事があるのだ」

ジョゼフは一国の王太子だ。本来ならばすでに結婚して子どもがいてもよい年頃なのだが、同盟国の王女との婚約があちらの都合で解消になったり、意中の相手がなかなか靡《なび》いてくれなかったりと、いろいろと事情が重なり、未婚だった。

けれども、ようやくその意中の相手と上手《うま》くいきそうで、今夜の夜会でジョゼフは求婚するつもりなのだという。

求婚中に護衛が控えていたら邪魔だ。その打ち合わせをするため、ランベルトの部屋を訪ねてきたらしい。

今夜は、相手から見えない位置で、気づかれないよう潜んで護衛をすることになった。

「すまないな」

「いえ、上手くいくのを祈っています」

「ありがとう」

ジョゼフは少し緊張した風に微笑む。そしてふと、ランベルトの机の上にある日記に目を留めた。

「これが例の……交換日記か？」

「ええ。私が交換日記を始めたと、王女殿下から聞かれたのですか？」

「ヨルクからだ。お前が多大な迷惑をかけられているから、アンネリーゼを叱ってくれと言われた」

「……お叱りになったのですか？」

「いや、まだだ」

ランベルトはホッとする。叱られて、しょげているアンネリーゼを想像すると胸が痛む。

「私は迷惑だとは思っていませんので、殿下をお叱りにならないでください」

ジョゼフは呆れたように溜め息を吐き、続ける。

「迷信とはいえ、未だに双子は不吉だと言う者もいる。ヨルクのほうはそれを気にして、善き王子になろうと人一倍、学業を頑張っているようなのだが……肝心のアンネリーゼのほうは、何というか……いつもふわふわしている。悪徳王女という醜聞すら、真剣に受け止めていない。父王はそういう無邪気さがアンネリーゼの美徳なので放置しておけと言うが……我が儘な性格は美徳とはいえない」

「……王女殿下は確かに無邪気なお方ですが……我が儘な振る舞いは、されていないかと」

この四年間。婚約者として、ランベルトはアンネリーゼと顔を合わす機会が何度もあった。

天真爛漫で侍女たちを振り回してはいるが、横柄な我が儘を言って困らせているようには見えない。侍女たちも、アンネリーゼに『困ったお姫様』と苦笑を浮かべはしても『我が儘なお姫様』だと腫れ物に触れるように接したり、怖がったりする様子は全くなかった。

「我が儘というのはお前に対してだ。妹の我が儘に付き合わずともよいのだぞ」

――わたくしがキルシュネライト卿に、愛がどのようなものなのか教えて差し上げます！

陽光の下だったせいか、アンネリーゼは黒い双眸を、いつも以上にキラキラと輝かせて言った。

その提案は、的外れなお節介ではあるものの、不思議と嫌な気持ちにはならなかった。

「我が儘だと、思ってはいませんよ」

「……まさか交換日記に乗り気なのか！　もしや、アンネリーゼとその……いや、お前に不満がないのなら、アンネリーゼも熱心だし、それでよいのだが……お前なら選《よ》り取り見取りだろう……本当に、アンネリーゼでよいのか？」

ジョゼフがしどろもどろに訊いてくる。

「王女殿下はご友人ができたようですし、学業だけでなく、社交界、王家の行事で今以上にお忙しくなるでしょう。すぐに飽きますよ。それまではお付き合いするつもりです」

交換日記も、婚約も。忙しくなれば情熱は薄れていく。

「……そうか。うむ。……お前が迷惑だと感じたら、断ってくれてよい。もしも断りづらいようなら、私から言おう」

ジョゼフは交換日記に目を落とし言う。

「まあ、私がとやかく言うことでもないしな……」

ジョゼフは複雑そうな表情を浮かべて呟き、「では今夜は手筈《てはず》どおりに頼むぞ」と言い残して、部屋を出ていった。

（王太子殿下は、俺と王女殿下の婚約をどう考えておられるのだろう……）

ランベルトの『すぐに飽きますよ』との言葉に残念げな顔をした。しかし、乗り気だったら、迷惑なら断れなどとは言わないだろう。

煮え切らない態度なので、ジョゼフの本心はわからなかった。

王女の降嫁先として、キルシュネライト家は申し分ない家柄だ。そのうえ、ランベルトの祖父はラード教国の法王。アンネリーゼの父、ナターナ国王は、ランベルトの意思を優先するとしながらも、婚約が上手くいくのを願っているようだった。

しかし国王夫妻はもちろんのこと、厳しい発言はしていてもジョゼフもアンネリーゼを大切に思っている。アンネリーゼの意に添わない結婚を進めはしないだろう。

(陛下や王太子殿下がどう思っていようが……結局は、王女殿下のお心次第だ)

ランベルトは交換日記を始めた日のことを思い出す。

ランベルトとジョゼフの会話を盗み聞きしたアンネリーゼは、しょげ返っていた。

十四歳といえども、一人の女性だ。いずれ、アンネリーゼ自身が当時の想いを振り返り『恋愛ごっこ』だったと感じたとしても、今ランベルトが指摘するべきではない。

傷つき、怒るのは当然だとランベルトは反省し、きちんと目線を同じにして、向き合わねばならないと感じた。

愛がわからない。同じだけの愛情を返すことはできない、と自分の気持ちを正直に打ち明けたのだが――打ち明けた結果、なぜか交換日記をすることになった。

交換日記をして、愛がわかるようになるとは到底思えない。けれど……。

(まあ……仕方がない)

初めて会ったとき、泣いていたせいだろうか。アンネリーゼに泣かれると、胸がひどく痛んだ。

幼かったアンネリーゼは、年を重ね可憐な少女へと成長していた。

きっと近い未来、本当の恋をする日が来るだろう。

迷惑だとは感じていないが、手間はかかる。けれど、すぐにアンネリーゼも飽きる。

そう長く続かないだろうから、それまでの間ならばと……ランベルトは交換日記を続けるつもりでいた。
ランベルトは羽根ペンを取り、何を書こうかと思案した。

本日は雲が全くない、快晴でした。
心地のよい風が吹いていて、清々しい気持ちになりました。
昼食は野菜の煮込みと、肉炒《いた》めでした。
ジョゼフ王太子殿下も、楽しそうに過ごされていました。

ランベルト・キルシュネライト

# 第四章

二年後――。

シルベル学園には広い中庭があった。休憩時間は中庭で過ごす生徒も多い。

身体を動かしている生徒もいれば、ベンチに座り読書している生徒もいた。

アンネリーゼは学友たちとともに、大樹の下に布を敷いて陣取り、くつろいでいた。

「師匠、浮かないお顔ですね。どうかされましたか？」

大木に背を預け、みなの会話に耳を傾けていると、隣に座るバルバラがアンネリーゼの顔をのぞき込んできた。

師匠というのはもちろん、アンネリーゼのことだ。一部の女生徒たちからアンネリーゼは師匠と呼ばれていた。

アンネリーゼは師匠の座を不動のものにするべく、学友たちの恋の相談に乗ったり、愛とは何か説いたり、なかなか手に入らない恋愛小説を王族という特権で貸し与えたりしていた。

ただ、賞賛があれば批難があるのが世の常だ。

『嫌なものは正直に嫌と言うべき』『思いやりのない婚約者ならば婚約解消の道を探すべき』など、恋に悩む者にそんな助言をしているうちに『うちの娘を悪の道へと引き摺《ひず》り込もうとしている』と、アンネリーゼは一部の貴族から責められ始めた。

そして日を重ねるごとに、アンネリーゼの『悪徳王女』という異名は不動のものになっていった。

両親や兄ジョゼフに対して、申し訳ない気持ちはある。けれど、家族の叱責を恐れ凶暴な婚約者、あるいは冷酷な婚約者と結婚するなど、いくら貴族の結婚は家同士の繋がりが重視されるとはいえ、間違っている気がしてならなかった。

自分の考えが正しいと思っているのもあって、悪徳王女と呼ばれても別段悲しくも苦しくもない。

浮かない顔は、それが理由ではもちろんなかった。

「昨夜、遅くまで起きていたので、少々眠いのですわ」

朝から寝不足で気分が重かったのだが、昼食を終えると急激に眠くなってきた。そのうえ、今日は快晴だ。ぽかぽか陽気を浴びていると、さらに眠気は増した。

「寝不足はお肌の大敵ですわよ」

右斜め前に座る学友が、心配げな表情を浮かべて言った。

「お肌の大敵ですけど、試験も近いですしね」

左斜め前に座る学友が、肩を落として言う。

シルベル学園の生徒はほぼ貴族子女だ。試験の結果が悪かったとしても退学になりはしないし、教師からの指導も特にはない。ただ、成績優秀者上位十名は表彰されるので、みなから賞賛の目で見られる。

左斜め前に座る学友は、表彰者の常連だった。ちなみにアンネリーゼは一度も表彰されたことはない。

「勉強をされていたのですか？」

驚いた風にバルバラが訊いてくる。睡眠を削ってまでアンネリーゼが勉強していると、想像できないのだろう。アンネリーゼも想像できない。

「いいえ。昨夜は……いろいろあって眠れなかったのです」

「いろいろ……もしかしてキルシュネライト卿……ですか？」

「ええ」

バルバラの問いにアンネリーゼが頷くと、周りから「きゃー」と歓声が上がった。

ランベルトは二十八歳の男盛り。獅子騎士団の団長、王太子がもっとも信頼している側近だ。いずれ領地に戻るという話もあったが、どちらにしろ結婚相手として申し分ない存在であり、衰えを知らぬ美麗な容姿も相まって淑女たちの憧れ的存在だった。

みなが歓声を上げるのもわかる。

「羨ましいですわ～！」

「さすが、アンネリーゼ師匠ですわね！」

羨ましがられるのは、それだけランベルトが素敵だからだ。

目一杯自慢したいところだ。けれど、今はそういう気持ちになれない。

アンネリーゼは長い溜め息を吐き、昨日の夕食時の出来事を回想した。

アンネリーゼの父は国王で、母は王妃だ。王太子である兄も、いつも忙しない。夕食はできるだけ家族一緒に、と父は言っていたが、テーブルにみなが揃うことはめったになかった。

昨日も、両親は公務。ジョゼフは一年前に結婚した王太子妃とともに、大臣の主催する夜会に出席していて、夕食時に現れたのは双子の兄ヨルクだけだった。

『アンネリーゼ』

ヨルクはアンネリーゼの顔を見るなり、帳面を差し出してきた。

見覚えのある帳面に、アンネリーゼは眉を寄せた。

『なぜヨルクお兄様がこれを？』

『ランベルト様から、お前に渡すよう頼まれたのだ』

ヨルクは騎士学校を卒業し、騎士見習いとしてランベルトの騎士団に所属していた。

代々、王族の男子は騎士学校に通う。もちろん騎士になるためではない。王たる者は学問だけでなく身体も鍛えるべき、という教えのためだ。あくまで形式的なものだというのに、ヨルクは民と兄を守りたいとの理由で、騎士団に入団していた。

『昼食をともにしたときに、預かった。ランベルト様は王太子殿下のお供で夜会に出席なさるから、お前と会う暇がないそうだ』

アンネリーゼはヨルクから帳面を受け取りながら、唇をわなわなと震わせた。

『ただの一介の騎士でしかないヨルクお兄様が、団長であるキルシュネライト卿となぜ昼食をともにするのでしょう。王族だからといって、贔屓《ひいき》されすぎでしょう。それに……ランベルト様……という呼び名は何なのでしょう。王族だからこそ、呼び名には気をつけるべきです』

つい先日まで、ヨルクはランベルトのことをアンネリーゼと同じく『キルシュネライト卿』と呼んでいた。なのになぜ、誰の許しを得て『ランベルト様』と呼ぶのか。

『僕はランベルト様の従騎士になったのだ。お傍にいるのは当然で、昼食を一緒にするのは無礼ではない。あと、騎士団ではランベルト様と呼ぶ者が多い。中央騎士団にも団長はいるし、団長だとわかりにくいからな』

ヨルクはニヤリと、どこか自慢げに笑った。

結婚すれば『ランベルト様』もしくは『旦那様』と呼ぶのだ。別にみなが『ランベルト様』と呼んでいたとしても、悔しくなどない。呼び名については、気にしない。けれど。

（わたくしは数日置きにしか会えないというのに……ジョゼフお兄様だけでなく、ヨルクお兄様まで、キルシュネライト卿にほぼ毎日会えるというの……？　ズルいのではなくて……）

それに今回だけでなく、今後もランベルトが交換日記の受け渡しにヨルクを介すつもりだとしたら……。アンネリーゼがランベルトに会える貴重な機会が減ってしまうのでは。

不安になったアンネリーゼは、交換日記に『ヨルクに日記を預けないでほしい』という一言を書こうとした。しかし寸前のところで止める。

ヨルクに嫉妬する心の狭い女だとも、忙しいのに無理やり会いに来る鬱陶しい女だとも思われたくなかった。けれども、実際のアンネリーゼはランベルトが自分以外の者と親しくしているとイライラするくらい心も狭いし、始終付き纏いたいくらい鬱陶しかった。

（自分に正直になるべきだわ。いいえ、本性を見せず騙し通すことで愛が得られるならば、我慢すべきよ）

その夜、アンネリーゼはベッドの中で一人で激しく言い合いをした。しかし決着はつかず、いつの間にか眠ってしまった。今もまだ、答えは出ていない。

「嫉妬……愚かな感情だけれど、愛しているがゆえに抱く感情ですわ……」

ランベルトはこの愛ゆえの心の狭さを許してくれるだろうか。

アンネリーゼは天を見上げて呟いた。

「嫉妬……？　もしやキルシュネライト卿に嫉妬されて……夜、寝かせてもらえなかったのですか！」

「いいえ。嫉妬したのはわたくしのほうです。キルシュネライト卿を奪われている気がして……。……我慢ができないのです……」

「……我慢……できない……」

右斜め前の学友が、なぜか頬を紅潮させ、アンネリーゼの言葉を反復した。

「……もしや、浮気をされておられるのですか……？」

バルバラが心配そうに訊ねてくる。

「いいえ、浮気は……しないでしょう」

以前ランベルトに、男性しか愛せないのか？　と訊ねたことがあった。ランベルトは即座に否定していたので、ヨルクを好きというわけではなかろう。

「あの方がわたくし以外の人と親しくしていると胸が痛むのです。わたくしの心が狭いだけなのですわ……」

ヨルクだけではない。幼い頃はあまり気にしていなかったが、アンネリーゼは最近、ジョゼフにまで嫉妬していた。

ランベルトはジョゼフの騎士だ。ジョゼフに仕えるのがランベルトの仕事なのだと理解はしている。けれどもジョゼフの都合で、アンネリーゼとの予定が延期になることが何度かあった。公務なのだから当然だ。

けれどアンネリーゼの中には、心が狭く嫉妬深いアンネリーゼがいる。嫉妬深いアンネリーゼは、ジョゼフを恨んでいた。

「そういうことでしたら……ハンカチーフのおまじないをしてはいかがでしょう？」

左斜め前に座る学友が、言った。

「ハンカチーフのおまじない？」

「割と昔からあるおまじないなんですけど、師匠、ご存じなかったのですか？」

「バルバラさん、あれは意中の相手を夢中にさせるおまじないよ。キルシュネライト卿に二心はないのなら、師匠には必要ないかと」

右斜め前の女生徒の言葉に、アンネリーゼはピクリと眉を動かした。

「意中の相手を、夢中にさせるおまじないとは、どういうものなのでしょう？」

アンネリーゼが問うと、バルバラがおまじないの詳細を教えてくれた。

ハンカチーフに好意を寄せる相手の名前を、心を込めて刺繍する。そしてそのハンカチーフを二十日、肌身離さず持ち、夜寝る前に月の下で振る。

二十日間、晴れていないとならないし、おまじない期間中に自分以外の者がハンカチーフに触れても失敗。成功は困難だが、それゆえに絶大な効果があるらしい。

アンネリーゼがおまじないのやり方を頭の中に書き記していると、

「バルバラさんは、そのおまじないのあと、今の婚約者さんのお心を射止めたんですよ」

と左斜め前の女生徒が言った。

バルバラは二年前、オーラフ・ベットリヒとの婚約を解消した。なかなか次の相手は見つからないようだったが、二か月ほど前、子爵家の次男と婚約を結んだ。

「おまじないの効果もあったのかもしれませんが……師匠の恋の助言のおかげです」

バルバラはにっこりと微笑んだ。

アンネリーゼはオーラフに辛く当たられていたバルバラを思い起こした。

今のバルバラの婚約者はひとつ年下で、騎士学校に通っている。家柄は元婚約者のベットリヒ家より下で、お世辞にも美形とは言えなかったが、真面目で優秀な青年だった。

夜会で偶然顔を合わせたオーラフに嫌みを言われているとき庇ってくれ、恋に落ちたのだという。

（そうだわ。あのことも……バルバラさんの幸せのためにも気をつけないとならないわね）

アンネリーゼはちらりと近くの木陰で、一人座っている男子生徒に目をやった。

男子生徒……バルバラの元婚約者オーラフ・ベットリヒが木にもたれかかり、本を開いていた。

しかし読書をしながらも、時々視線がこちらを窺っている。

アンネリーゼは目が合いそうになり、慌てて視線を下にやった。

二年前の一件以降、オーラフは周囲から距離を置かれるようになった。

周囲の変化に意気消沈したのか、己の行いを反省したのか。それとも教師から厳重に注意されたせいか。華やかで活発だったオーラフは、寡黙になり、目立たなくなった。

アンネリーゼもこの二年間、オーラフとは挨拶くらいしかしていない。アンネリーゼはオーラフの存在を全く気にしていなかった。

けれど二か月前くらいから、オーラフが意味深な視線を送ってくるようになった。視線を感じると、そこにいつもオーラフがいて、こちらを見ているのだ。

ちょうどバルバラが婚約した辺りからである。

「師匠、どうしたのですか」

急に俯いたアンネリーゼを、バルバラが訝しむ。そしてすぐに、オーラフの存在に気づいたのか、

「……師匠、気をつけてくださいね」と声を落として言う。

「気をつけるのは、あなたのほうではなくて？」

アンネリーゼの返しにバルバラは眉を寄せ、他の二人に視線を向けた。

「とにかく……学園内ではみなで行動しましょう」

バルバラの言葉に二人が頷く。

バルバラは一人でいるのが不安なのだろう。

「そうですわね。しつこいようなら、わたくしが追い払って差し上げますわ」

バルバラの幸せを守らねばならない。いざとなれば、二年前のように自らの拳でオーラフを追い払うのだ。

アンネリーゼがバルバラを励ますように言うと、なぜか彼女は複雑そうな表情を浮かべた。


「姫様、どうされたのですか？」

アンネリーゼがソファに座り刺繍針を手に苦悶の表情を浮かべていると、マルガが目を丸くして訊いてきた。

「刺繍をしているのです」

「刺繍をされているのは見ればわかります。刺繍は苦手でしたでしょう？　学園での提出物か何かですか？」

「違いますわ……あっ！」

マルガに気を取られていたせいで、刺繍針で指を刺してしまった。

「姫様」

マルガがアンネリーゼの手を取ろうとする。アンネリーゼは慌てて身を捩《よじ》った。

「マルガ、触らないで！」

「……触らないでと言われましてもお怪我をされたのでしょう？」

アンネリーゼは刺繍途中のハンカチーフを背後に隠し、自身の指を確認する。刺繍針を刺した場所にぷくりと血の粒ができた。

マルガがアンネリーゼの指をのぞき込む。

「お医者様を呼ぶほどでもないですね。少々お待ちください」

マルガは部屋を出ていき、すぐに包帯を手にして戻ってきた。

「触ってもよろしいですか？」

触っては駄目なのはハンカチーフだけだ。アンネリーゼは頷く。

マルガはアンネリーゼの手を取ると、手慣れた仕草でくるくると包帯を巻いた。

「大げさなのではなくて。これでは刺繍ができませんわ」

刺した部分は人差し指の先だというのに、指の根元まで巻かれてしまった。

「提出物なら、私がお手伝いいたします」

「自分でしないと意味がないの」

「まあ、姫様。成長なさったのですね。感動いたしました」

いつも学園からの提出物をマルガに手伝わせているからだろうか。マルガは嬉しげに言う。

マルガの感動に水を差したくなかったが、アンネリーゼは首を横に振る。

「提出物ではなく……恋のおまじないなのです」

アンネリーゼはバルバラから聞いたおまじないを、マルガに話して聞かせた。

「血が付着せず助かりました。これはふたつとない、大切なハンカチーフですもの」

新しいハンカチーフにランベルトの名を刺繍するつもりだったが、アンネリーゼはふと宝箱に入れている大事な宝物の存在を思い出した。

そう、ランベルトと初めて会ったとき、彼からもらったハンカチーフである。大切な思い出の品でおまじないをすると、効果がさらに上がるような気がした。

「返さずにしまっておいてよかったわ！」

「はあ」

おまじないを信用していないのか、マルガは気の抜けた相づちを打つ。

「もちろんわたくしだって、半信半疑です。でも、何事も挑戦だわ……けれど、これでは今日は刺繍は無理ね。明日、頑張りましょう。マルガ、今後このハンカチーフが置いてあったり、落ちたりしていたとしても、決して触っては駄目よ！　他の侍女にもよく言い聞かせておいてね」

アンネリーゼの願いにマルガは「承知いたしました」と溜め息交じりに言った。

刺繍針が刺さっただけだ。翌日の朝に包帯を取ると、当然血は止まっていた。少しだけ赤くなっていたが痛みもない。

アンネリーゼはその日も、学園から帰るとすぐに刺繍に再挑戦した。

お世辞にも上手だとは言えなかったが、十四歳の頃よりは上手くなった。アンネリーゼは二日がかりでランベルトの名をハンカチーフに刺繍した。

夜空は雲ひとつなく、美しい半月が浮かんでいた。

アンネリーゼは自室の窓を開け、月に向かいハンカチーフを振った。

（キルシュネライト卿がわたくしに夢中になりますように。わたくしを愛しますように。わたくしが好きで好きでたまらなくなりますように）

月に向かって、アンネリーゼは祈った。

――わたくしがキルシュネライト卿に、愛がどのようなものなのか教えて差し上げます！

二年前、偉そうに言ってはみたものの、ランベルトはまだ愛を理解していない。ような気がする。

交換日記は続けているし、顔を合わせたときは、できるだけ褒めたり、些細な変化を言葉にして伝えるようにしていた。

アンネリーゼだけでなくランベルトも『身長が少し伸びましたね』『髪が伸びました』と言ってくれる。二日やそこらで身長は変わりはしないし、髪を切ったのでむしろ短くなっているときもあったが、事実よりもランベルトがそう感じたことのほうが重要だった。

若干ではあるけれど、ランベルトの態度は変わっているように思う。

しかし……いつも期待を込めて窺うが、ランベルトの紫紺の瞳に恋の熱のようなものは浮かんでいない。

冷たげな紫紺の双眸が、甘やかで情熱的な色を宿すのを見てみたい。そして、そこに映るのは自分であればよいとアンネリーゼは思った。

（愛を教えると言ったのに、おまじないに頼るなんて……）

冷静な自身の突っ込みは、欲望の前では無力だった。

おまじないを開始して一日が過ぎた。

休みだったので、いつもより遅く起きて朝食を取り、ソファでくつろいでいると、マルガがランベルトの来訪を知らせてきた。

ランベルトが交換日記を届けに部屋を訪ねてくるのは珍しくなかったが、アンネリーゼが日中学園に行っているのもあり、大抵は夕方付近の頃合いだった。

午前中に訪ねてきたのは記憶にある限り初めてだった。

まさかもうすでに効力を発揮しているのだろうか。おまじない、素晴らしい。

アンネリーゼは感心しながら、姿見の前で身だしなみを整えた。

「ごきげんよう！　卿は今日も美しくていらっしゃいますね。まあ、今日はお休みなのですね。騎士服も素敵ですけれど、普段着も素敵でしてよ。白いシャツのボタンを上まできっちり留めておられるのも素晴らしいです。なぜならばはだけていたら、目のやり場に困りますし、淑女たち、いいえ紳士たちまで、夢中にさせてしまいますもの！　好きです！」

「………おはようございます。アンネリーゼ王女殿下。今日もお元気そうですね」

「ええ。元気でしてよ！　お休みならば、どこかに出かけましょう。そうですね……焼きたてで、クリームがたっぷりのったパンケーキを食しにまいりましょう」

王都の大通りにある店ならば、そう時間もかからない。朝食を終えたばかりだったが、デザートは別腹だ。

アンネリーゼの誘いにランベルトは首を横に振った。

「今日は午後から、王太子殿下の視察に同行します」

「まあ……そうですの……」

アンネリーゼの休日を狙って訪ねてきたのだ。デートのお誘いかと、少し期待してしまった。アンネリーゼは肩を落とした。

「……庭を散歩する時間くらいならばありますが」

「お散歩、いたしましょう！　マルガ、帽子を用意してください！」

マルガがつばの広い帽子を持ってきてくれる。

部屋を出て、回廊から庭へと向かう。

初夏の爽やかな風がアンネリーゼの頬を撫で、髪を揺らした。

青々とした木々も風でざわめいている。

(手を……手を繋ぎたいわ！　繋いでもいいかしら。いきなり摑んでも？　いいえ、許可を得るべきかも……)

アンネリーゼが一歩先を歩くランベルトの右手を凝視していると、ふと彼の足が止まった。

振り返り、紫紺の双眸がアンネリーゼを見下ろす。

「……今日お訪ねしたのは、日記のことが気になったからです」

「日記？」

「交換日記です。お渡しして四日が経ちましたが、返ってこないので。何かあったのかと……。いえ、何もなければ別によいのですが」

そういえばヨルクから日記を渡され、四日経過していた。今まで、自分が風邪で熱を出したり、ランベルトが王宮を不在にしていたりしない限り、アンネリーゼは交換日記を受け取った翌日には彼に渡していた。こんな風に遅くなるのは初めてだった。

（ヨルクお兄様に預けないでと、書き添えるか添えないべきか迷って……そのままになっていたわ）

おまじないに必死になりすぎて、大事な交換日記をすっかり忘れていた。

「すみません……失念しておりました！」

「……………謝らずとも。忘れておられただけならば、こっちこそ急《せ》かすような真似をして申し訳ありません」

「いえ、急かしてくださって、とても嬉しいです！」

渡すのを忘れると、こうして会いに来てくれるのか。忙しいランベルトに手間を取らせるのは心苦しいけれど、三度に一度くらいは忘れたい気持ちになった。

アンネリーゼがニコニコしながら言うと、ランベルトはそっと目を逸らした。

「前回、ヨルク殿下にお預けしたので……そのことを不愉快に感じられているのかと思いまして」

ランベルトの言葉に、アンネリーゼは正直になるべきかならざるべきか迷った。迷ってもどちらが正しいかわかりそうになかったので、その迷いも含めてランベルトに明かすことにした。

「ヨルクお兄様から日記を渡されて、残念というか損したというか……とても複雑な気持ちになったのです」

「……申し訳ありません」

「謝らないでくださいませ。ただ……キルシュネライト卿が日記を届けに来てくれる、その時間はわたくしにとってとても貴重で大切な時間なのです。もちろんお忙しいのはわかっております。わたくしの我が儘なのですけど。忙しいときは、日を開けても構いませんから……ヨルクお兄様に頼まず、卿が届けに来てくださいませ」

アンネリーゼは上目遣いでランベルトを見て、お願いをする。

ランベルトは眉を少し寄せ、アンネリーゼを見下ろした。

「わかりました」

「でもどうしてもどうしても、どうしても忙しかったら、ヨルクお兄様に頼んでもよいですよ」

「いいえ、ヨルク殿下に預けず、私がお届けするようにします」

ランベルトは僅かに頬を緩めて言った。

狭量だと嫌われてしまわないか不安だったので、アンネリーゼはホッとする。

「ヨルクお兄様に預けないでと、書き添えようかどうしようか迷っていて、日記をお渡しするのを忘れてしまったのです」

「迷う？　なぜです？」

「我が儘を言ってキルシュネライト卿に嫌われたら……わたくし、落ち込んでしまいますもの」

「我が儘を言ったくらいで、嫌いにはなりませんよ」

本当だろうか、とアンネリーゼはランベルトを訝しげに見る。

「我が儘を仰っても、叶えられるかどうかはわかりませんが」

ランベルトは少し怯《ひる》んだのか、そう付け加えた。

結婚してほしい。毎日一緒にいたい。デートをしたい。可愛いと言ってほしい。たくさんお喋りしたい。たくさんの我が儘が、アンネリーゼの頭の中に浮かんでくる。

その中で、アンネリーゼは今一番したい我が儘を口にした。

「わたくし、手を繋いでお散歩したいです！」

「……いいですよ」

ランベルトは少し驚いた顔をしたあと、左手を差し出してくる。アンネリーゼはドキドキしながら、ランベルトの手を握った。ランベルトの手は大きくて硬く、ひんやりと冷たい。

アンネリーゼの右手首につけている銀製の腕輪が、陽光でキラリと輝く。この腕輪はランベルトが婚約の記念としてアンネリーゼに贈ってくれたものである。六年の間に二度、手首が太くなったため、直してもらっていた。

ちらりとアンネリーゼは横を歩くランベルトを窺う。

以前はランベルトの腰辺りまでしかなかった身長も、今では彼の胸辺りまである。

昔は不釣り合いだったと思う。けれど今は、ランベルトに相応しい淑女になっているような気がした。

しばらく、お喋りをしながら庭を歩いた。ランベルトはアンネリーゼの他愛のない話に耳を傾け、返事をしてくれた。

もっとずっと一緒に歩いていたい。永遠に、死ぬまで手を繋いでいたい。――しかし、そう思う気持ちとはうらはらに、普段歩かないのでだんだんと足が疲れてきた。緊張で手汗も酷い。

いくら愛があっても、ままならないのが人生だ。

アンネリーゼは名残惜しいけれど、部屋に戻ることにした。

「わたくし、そろそろお部屋に戻りますわ」

「部屋までお送りします」

ランベルトはアンネリーゼの自室まで送ってくれた。

「あ、少々お待ちくださいませ。交換日記をお持ちします」

一言を添えるか迷っていただけなので、日記はすでに書いてある。

アンネリーゼはランベルトをドアの前で待たせ、机の上に置いていた帳面を取りに行った。

「お待たせいたしました！　……あ！」

戻ってきたアンネリーゼは、ランベルトを見て固まる。

ランベルトが白いハンカチーフを手にしていたのだ。

白いハンカチーフなど、この世界には何枚もある。アンネリーゼの大事な白いハンカチーフではないはず。

そう思いたかったのだけれど、おそらくランベルトが拾った場面を目撃していたのだろう。マルガが慌て顔と困り顔が混じった、複雑そうな表情を浮かべていた。

ランベルトが手にしているのは、ドレスのポケットに入れていたアンネリーゼのハンカチーフに間違いない。

(おまじまい、失敗してしまったわ……)

また一から頑張ろう。落胆しながらも、アンネリーゼが己を励ましていると……。

「ありがとうございます」

ランベルトがなぜか礼を口にした。

「いえ、こちらこそ」

交換日記を持ってきたことへの感謝だと思い「遅くなってすみません」とアンネリーゼは続けようとした。しかしランベルトは、予想外の言葉を放った。

「殿下が刺繍されたのですか」

「……え、あ。ええ」

「そうですか。……ありがとうございます」

ランベルトはハンカチーフに目を落とし、再び礼を口にした。

どうやらランベルトは、アンネリーゼが落としたハンカチーフを、自分への贈り物だと思っているようだ。

ランベルトが誤解するのは当然だ。ハンカチーフの隅にはランベルトの名が刺繍してあった。

どうせ最初からやり直さねばならないので、おまじないについてはいったん忘れる。

一番の問題は、そのハンカチーフがアンネリーゼにとって思い出の宝物なことだ。もともとはランベルトのハンカチーフなのだけれど、アンネリーゼはできれば返したくなかった。

贈り物ではないと訂正し、返してもらいたい。けれども贈り物でもないのに、ランベルトの名を刺繍してある理由が思い浮かばない。

ランベルトの愛をおまじないにより得ようとしていたのだ。正直に、おまじないをしているとも言いづらかった。

「……あの」

「刺繍がお上手ですね」

決して上手ではない。けれどお世辞でも上手だと言ってもらえるのは嬉しい。

「卿に差し上げるためにわたくし訓練したのです！　喜んでいただけたなら、嬉しいですわ」

褒められたせいで、嘘がするりと口から出てきた。

「大事にします」

ランベルトはそう言うと、ハンカチーフと交換日記を手に退室した。

「姫様、あのハンカチーフは……」

ランベルトがいなくなると、マルガが呆れた表情で口を開いた。

「あれは、キルシュネライト卿への贈り物ですわ！」

「……はあ」

「むしろ……あのハンカチーフにより、キルシュネライト卿のわたくしへの好感度が上がった気がしますわ！」

失敗したが、ある意味成功ともいえる。

アンネリーゼの宝箱の中には、もう一枚ランベルトからもらった……正確には貸してもらったままになっているハンカチーフがあった。そちらは二年前、ランベルトとジョゼフの会話を盗み聞いたときに、汗と涙でぐしゃぐしゃに顔を濡らしていたアンネリーゼに彼が差し出してくれたものだ。

（おまじないは、あれでまた試せばよいもの）

「庭を歩いて疲れたので、休憩いたします」

とりあえず、今は足が疲れたので休みたい。

マルガはすぐに、お茶と焼き菓子を用意してくれた。


（これもおまじないの効果かしら）

失敗してこれならば、成功した場合どうなるのだろう。

お膝に乗せられて、焼き菓子をつまんだ彼が「あーん」と言いながら、わたくしのお口に焼き菓子を。そして「ああ、バターがふっくらした可愛らしい唇に」と言って、わたくしの唇を彼の唇が塞ぐ――とアンネリーゼが頭の中で邪《よこしま》な妄想を繰り広げていると「どうかしましたか？」とランベルトの低くて耳に心地よい声が聞こえてきた。

アンネリーゼはハッとしランベルトを見上げる。

「いいえ何でもありませんわ。卿があまりに素敵なので見蕩れていたのです」

素敵なので見蕩れ、妄想をしてしまったのだ。嘘ではない。

「王女殿下も、赤い色がよくお似合いです」

「まあ、ありがとうございます！」

母が若い頃に着ていたものを譲り受け、今風に手直ししてもらったドレスだった。

お気に入りなので、お似合いと言われるとすごく嬉しい。

アンネリーゼがにっこり微笑んで礼を言うと、ランベルトが手を差し出してくる。

アンネリーゼはしずしずとその手に自らの手を重ねた。


今日はナターナ王国の建国日だ。建国祭と称して王都だけでなく、国内のいたるところで祝祭が行われていた。

王宮では毎年、大臣や高位貴族など、大勢の人が招かれて盛大な舞踏会が開催される。

王族であるアンネリーゼも毎年出席している行事である。

バルバラを始め、シルベル学園で親しくしている令嬢も出席していて、いつも会えるとはいえ、おめかしした彼女たちを見るのは新鮮だった。けれど……社交界での評判がよろしくないのもあって、どちらかというと楽しさよりも億劫さのほうが勝っていた。

けれども今年は違う。

なぜなら初めて、アンネリーゼの隣にはランベルトがいるからだ。そう、初めてランベルトがアンネリーゼのエスコート役をしてくれることになったのだ。

アンネリーゼも十六歳。婚約者としてそろそろランベルトがエスコートしたほうがよいのではと、兄ジョゼフが提案してくれたらしい。両親はジョゼフの案に、ランベルトが了承すればと条件をつけた。双子の兄ヨルクは悪徳王女のエスコートなどランベルトが哀れだと、大反対だった。

悪徳王女のエスコートが哀れだというのは、ヨルクの主観だ。決めるのは、両親の言うとおりランベルト自身だ。

そして、当の本人であるランベルトはヨルクの心配をよそに、エスコート役を快く了承してくれたのである。

壇上にいる父王の挨拶が終わると同時に、宮廷楽団が円舞曲を奏で始める。

アンネリーゼはちらりと隣にいるランベルトを窺った。

銀色の艶やかな髪はいつもよりきっちりと整えられていた。顔はいつもと同じく麗しい。装いは社交服ではなく、いつもの騎士服姿。けれど正装なので、若干華やかだ。

(好きを百回言っても、まだ足りないわ！　好き好き好き好き……)

アンネリーゼは己の婚約者への愛情を再認識し、頭の中で好きを連呼した。

大広間に目をやると、紳士淑女の中に見知った顔を見つけた。バルバラである。婚約者とダンスを踊っていた。仲睦まじい二人の姿に、アンネリーゼは羨ましくなる。

「キルシュネライト卿、わたくしたちも踊りましょう」

「……私はダンスが不得手でして」

「わたくしにお任せくださいませ。ダンスは得意ですの」

アンネリーゼはそう言ってランベルトの手を引いた。

ダンスは学園でも習っていたし、王宮の家庭教師からも訓練を受けていた。ランベルトによいところを見せる絶好の機会だと思っていたのだけれど……不得手というのは謙遜だったようだ。

アンネリーゼは、ランベルトとダンスを踊るのは初めてだった。そのため緊張して、見蕩れ、足がふらついてしまった。ランベルトはアンネリーゼが転ばぬように、そっと腰を支えてくれる。それだけでなく周りにアンネリーゼの失敗が気づかれないよう、誘導してくれた。

自然に、流れるような一連の動きは、ダンスが下手な男性とは思えない。

「不得手だと仰ったのに」

アンネリーゼは唇を尖《とが》らせ、ランベルトを見上げた。

「いえ、本当に苦手なんですよ」

これで苦手ならば、得意がっていた自分はいったい何なのだ。

文句を言いたくなるけれど、せっかくのランベルトとのダンスである。怒るより楽しんだほうがずっといい。

「本当に不得手なのか、確かめて差し上げます。今夜はわたくしが満足するまでお付き合いしてくださいませ」

アンネリーゼはそう言ってにっこりと微笑んだ。

「王女殿下、大丈夫ですか」

「ええ……大丈夫ですわ……」

満足するまで、と言ったものの踊り始めてそう時間もかからぬうちに、息が上がってしまった。悲しいかな、体力がないせいで心が満たされる前に身体が音を上げてしまう。

「少し、外で涼みますか」

広間にも休憩する椅子はあったが、アンネリーゼもランベルトも目立つ。人目を気にしてか、ランベルトは庭での休憩を提案してきた。

舞踏会は始まったばかりだ。自室に戻るわけにもいかない。アンネリーゼは少しだけ休み、すぐに戻るつもりで、ランベルトの手を借りて庭に出た。

出てすぐのところにある椅子に腰をかける。

舞踏会は午後過ぎから始まっていた。

夕暮れ前の空は穏やかだったけれど、風が少し強い。

マルガがリボンと髪飾りで結ってくれた髪が強風で乱れてしまいそうだ。

「風が強いですね……中に戻りますか」

アンネリーゼの斜め右横に立っていたランベルトが、左へと移動した。吹きつけていた風が弱まる。ランベルトが風よけになってくれていた。

何気ない気遣いにアンネリーゼは感激し、己の愛を再確認する。

もっとずっとここに二人でいたいと思うけれども、ランベルトもきっちり整えていた髪が乱れている。髪の乱れたランベルトもたいそう麗しかったが、彼が風の攻撃を受けているのは許せない。

ランベルトの髪を乱すのは、自分でありたい。

「そうですわね。戻りましょう」

上がっていた息も少し楽になった。

ランベルトの手を借り立ち上がったときだ。

「……きゃあっ！」

女の子の小さな叫び声が聞こえた。

「あっ～」

十歳くらいの青色のドレスを着た少女が、アンネリーゼたちの前方を、悪者にでも追われているような必死さで駆けていた。

そして大きな木の前で止まり、じっと上を見上げる。

何をしているのか気になり、アンネリーゼは少女に近づき、声をかけた。

「どうかしましたか？　上に何かあるのですか？」

「……ハンカチーフが……風で飛ばされてしまったの。……取れなくて」

少女は眉尻を下げ、言う。

少女の視線の先に目を向けると、枝に白いハンカチーフが引っかかっていた。

アンネリーゼが背伸びしても、届きそうにない。

「私が取りましょう」

アンネリーゼの後ろにいたランベルトは、そう言うと木に近づいていった。

確かに長身の彼ならば届きそうだと思っていると、少女がランベルトの騎士服を摑んだ。

わたくしの婚約者に気安く触れないで！　と、狭い心でアンネリーゼは嫉妬したが、続いた少女の言葉に怒りは解けた。

「おまじない中だから、他の人に触られたら駄目なの！　わたしが取らないと！」

どうやら少女も、ハンカチーフの恋のおまじないをしていたらしい。

「……おまじない？」

「好きな男の子の名前をハンカチーフに刺繡して、そのハンカチーフを毎日、月の光の前で振るの。二十日続けると恋が叶うの。でも……その間に、自分以外の人が触ったら、おまじないは失敗しちゃうから……わたしが取らないと駄目なの」

訝しむランベルトに、少女はおまじないについて説明した。

(……待って!?　わたくしのおまじないが……気づかれるのではなくて！)

先日、アンネリーゼはおまじない中のハンカチーフをランベルトに拾われていた。ランベルトは贈り物だと誤解し、アンネリーゼは訂正しなかった。

あのときの出来事と、今の状況がランベルトの頭の中で結びついてしまうと大変だ。ランベルトに大嘘つきだと思われてしまう。

「あ！　お兄さん、わたしを抱き上げて。抱き上げてくれたら、ハンカチーフが取れそう！」

焦っているアンネリーゼをよそに、少女が無邪気に言う。

(無邪気……本当に、無邪気なの……。本当はわたくしからキルシュネライト卿を奪おうとしていたのだ。
（あのハンカチーフに刺繍された名は、ランベルト・キルシュネライトなのでは）
少女といえども女である。アンネリーゼも少女と同じ年頃のときに、ランベルトに運命の恋をし
るのではなくて？

「いえ、わたくしが抱き上げますわ！」

少女の誘惑からランベルトを守らねばならない。

「……お姉さんが？」

邪魔をするなと思っているのか、少女が嫌そうな顔をした。

「わたくしでは不満でして？」

アンネリーゼが挑むように見下ろすと「お姉さんじゃ、届かないと思う」と少女が言った。

「何事も試してみないとわかりませんわ！」

アンネリーゼは力強く答え、少女の腰を掴んだ。

「……っ！　……くっ！」

持ち上がらない。持ち上がらなすぎて、後ろによろけてしまう。

「大丈夫ですか」

ランベルトがそっとアンネリーゼの背を支えてくれた。

「私が抱き上げましょう」

アンネリーゼには無理だと判断したのだろう。ランベルトが少女に近づく。

アンネリーゼはランベルトの袖を掴み、それを制した。

「それは駄目です……。そうです！　わたくし四《よ》つん這《ば》いになります。わたくしを踏み台になさいませ。そうしたら、ハンカチーフが取れるでしょう」

「私が抱き上げたほうが早いかと……」

「わたくし以外の女性に触れるのは駄目です！　あまつさえ、抱き上げるなど」

つい本音が口から出てしまう。

こんな稚《いとけな》い少女に嫉妬など、と呆れられるかと思ったが、ランベルトは一瞬驚いたような表情を浮かべただけだった。

「なら……私が踏み台になりましょう」

そう言うと、アンネリーゼが止める間もなく身を屈める。

地面に手をつき、ランベルトは四つん這いになった。

「わあ、ありがとう！　お兄さん！」

騎士服が汚れてしまう、とアンネリーゼは慌てるが、少女は臆することなくランベルトの背に足をかけた。

「！　ちょっと、あなた！　靴くらいお脱ぎなさいませ」

「構いませんよ」

アンネリーゼは大きな声で叱ったが、踏みつけられているランベルトは平然と許可を出した。

（キルシュネライト卿がわたくし以外の女性を抱き上げるのも嫌だけれど、キルシュネライト卿がわたくし以外の女性に踏みつけられているのも、なんだか胸がざわざわしますわ）

決して自分はランベルトを踏みつけたいわけではないというのに、少女に成り代わりたいような気がしてくる。

胸の奥がざわざわ、イライラするが、今更やめさせるわけにもいかない。

（早く終わらせたほうがいいわ！）

「早く、ハンカチーフをお取りなさいませ！」

人の背は、本物の踏み台とは違い安定感がないのもあって、少女は足をかけたものの上手く上れずにいた。アンネリーゼは少女に手を貸し、ランベルトの背に乗るのを手助けする。

「んん〜、あと少し！」

少女はランベルトの上で背伸びをする。少女の手がハンカチーフを掴む。

「ありがとう、お兄さん、お姉さん。取れたよ！」

にっこりと微笑んで見下ろす少女に、アンネリーゼもつられて微笑む。

「さあ、すぐに下り」

「何をしているの？　捜したのよ！」

下りるよう言いかけたとき、女性の声が響いた。

「お母様！」

「あなた方、娘に何をさせているのです」

紫色のドレスを纏った少女の母親が、ツカツカとこちらへと歩いてくる。

「何もさせられていないわ。ハンカチーフが木に引っかかって、取るのを手伝ってもらっていたの」

「ハンカチーフ……？　っ！　お、王女殿下」

近くまで来て、娘を支えている人物がアンネリーゼだと気づいたのだろう。母親は目を瞠《みは》り青ざめた。そして娘の踏み台になっているランベルトを見て、息を呑む。

どう説明しようかしら、とアンネリーゼが思案していると、運が悪いというか何というか「見つかったの？」「あら」などと、いかにも姦《かしま》しそうな淑女の集団が、こちらに近づいてきた。少女を捜していたのは母親だけではなかったようだ。

「まあ！」

「アンネリーゼ王女殿下。それに、あれは……ランベルト・キルシュネライト卿」

「な、なんて無礼を……っ！　申し訳ありません」

母親は他の淑女たちの言葉にハッとし、少女をぐいっと引っ張るようにして抱き上げ、地面へと下ろす。

さすが母親力持ち、とアンネリーゼが感心していると、力持ちな母親は眉をつり上げ怒鳴り始めた。

「大人しくしているよう言ったでしょう！　いったい何をしているの！」

「ハンカチーフが風で飛ばされて」

「ハンカチーフなんてどうでもよいでしょう！　王女殿下、キルシュネライト卿、娘がご無礼を働き大変申し訳ありませんでした」

頭を深々と下げる母親の横では、先ほどまで嬉しげにしていた少女が、顔を真っ赤にし涙目でハンカチーフを握りしめていた。

そして母子の後ろでは、淑女たちが様子を見守っている。淑女たちの目は興味津々に輝いていて、唇は愉快さを堪《こら》えるように歪んでいた。

社交界では些細な出来事すらも、面白おかしく広まってしまうのを、アンネリーゼは身をもって知っていた。

（……いいえ、これは些細な出来事ではないのかもしれないわ……）

ランベルトは騎士団長の位にあり、領地を叔父に任せてはいるものの辺境伯という地位にある。そのうえ法王猊下の孫だ。

たとえ、どのような事情があろうとも、一介の貴族令嬢が踏み台にしてよい存在ではない。十歳の少女だったとしても、親の管理が行き届いていないと批難されるだろう。

ランベルトもこの状況の収拾を模索しているのか、四つん這いになったままであった。しかしいつまでもこのままでは埒《らち》が明かないと思ったのだろう。起き上がろうとした。

アンネリーゼは、起き上がろうとしたランベルトの背を踏みつけた。

「わたくしが馬になるようキルシュネライト卿に命じたのですわ！　そこの少女に、キルシュネライト卿を踏みつけるよう命じたのも、このわたくし。それが、何か問題がありまして？」

アンネリーゼはランベルトの背に右足を乗せ、優雅に微笑み、首を傾げてみせた。

母子も淑女たちも唖然としている。

「用がないなら、去っていただけるかしら？　婚約者との逢瀬を邪魔されるのは不愉快ですの」

傲慢に言うと、淑女たちは「申し訳ありません」と謝罪はしたものの、ヒソヒソと小声で何か言い合いながらその場を去っていく。

母親は戸惑い顔で頭を下げたあと、踵を返し少女の腕を引いた。少女がこちらを振り返ったので、アンネリーゼは『悪徳王女の微笑』ではない、柔らかな笑みを浮かべて手を振る。少女も安心したように笑みを返してくれた。

やり遂げたような気持ちになっていたアンネリーゼだったが、ランベルトを踏みつけたままになっているのに気づく。

アンネリーゼは慌てて、ランベルトの背に乗せていた足を下ろした。

「踏みつけてしまいました。申し訳ありません」

「ドレスが汚れてしまいます」

アンネリーゼが身を屈めようとするのを制し、ランベルトは立ち上がる。

手に土が付着したのか、パンパンと両手を叩いた。

「お召し物が……」

手だけでなく、膝にも土がついている。アンネリーゼが払おうとすると、ランベルトは「大丈夫です」と言って自らの手で土を払った。

黒い騎士服の背中に、アンネリーゼと少女の靴跡がついているのに気づく。

「背中に、靴跡が！」

背中のほうは、アンネリーゼが丁寧に手で靴跡を払った。

「思わず強く踏みつけてしまいました。痛めてはおりませんか？」

ランベルトに怪我を負わせてしまっていたらどうしようと、アンネリーゼは青ざめた。

「大丈夫です。それより……なぜあのようなことを？」

「あのようなこと？」

「馬になるよう命じた、と」

ランベルト・キルシュネライトともあろう者が、王女の我が儘に振り回され、あろうことか馬になり踏みつけられるという屈辱的な格好まで取らされていた――という噂はあっという間に社交界に広まる。自分だけが批難されるならよいが、ランベルトを軟弱者だと嘲る者もいるかもしれない。

「申し訳ありません。卿にもご迷惑を……」

「ハンカチーフを取るためだったと、事実を話すべきでした。あのような言い方をしたら、殿下の評判が下がります」

「事実といっても……抱き上げると仰っていた卿をお止めしたのはわたくしですし……。それに理由を説明しても、少女の無礼さを批判する者が現れるでしょう。けれども、ああ言っておけば悪徳王女の被害者として彼女は同情され、批判はされないかと思います」

「しかし……あなたが批判されます」

「わたくし、すでに批判されていますし、評判もよくありません。……わたくしだけでなく、卿の評判まで下げてしまったのは、本当に申し訳ないのですけど……。どうしても少女の評判が下がるのが嫌だったのです。悪評が広がると、彼女の恋は叶わなくなるかもしれません。せっかくのおまじないが台無しになってしまいますもの」

アンネリーゼは恋の達人なのだ。他人の恋路の邪魔はしたくない。

ランベルトが小さく息を吐く。

アンネリーゼのせいで自分の評判が下がったと怒っているのだろうか。それとも馬になったのを後悔しているのか。もしかしたら、アンネリーゼが背を踏みつけたことに腹を立てているのかもしれない。

他のよい方法はなかったのかしら、と少しだけ反省しながらアンネリーゼはランベルトの顔を窺う。ランベルトもアンネリーゼを見下ろしていて、目が合った。

特に怒った風ではない。仕方ないな、といった感じの表情を浮かべていた。そういう表情も素敵だし大好きだ。見蕩れていると、ランベルトが「そういえば」と口を開いた。

「おまじないというのは、何ですか？」

「……おまじないというのは、目に見えない神秘的な力――健康、社会的成功、または恋の成就などを神秘的な力に頼り、叶えようとすることです。方法は様々で、四つ葉を探し本に挟む、あるいは何か事を起こすとき『絶対、大丈夫なはず』と三回呟くなど、いろいろあります。中には人に不幸を招くおまじないもあるようです。人を模した人形に相手の髪を入れ、深夜に誰にも見つからない場所で、釘《くぎ》を刺す……恐ろしいおまじないです」

「……おまじないの詳細について訊ねているわけではないのですが……。ハンカチーフのおまじないというのは、どういうものですか？」

「…………ハンカチーフのおまじないは、意中の相手の名をハンカチーフに刺繍するのです……そして二十日間、月の光の下でハンカチーフを振って……その間、自分以外の誰にも触れさせてはならないという……そういうおまじないです」

嘘を吐こうかとも思ったが、ハンカチーフのおまじないは割と有名な部類のおまじないであった。騎士団内でランベルトが誰かに訊ねたとしたら、すぐにアンネリーゼの嘘はバレてしまうに違いない。

アンネリーゼは愛のためならば、いくらでも狡猾《こうかつ》になれる自信があった。悪徳王女だというのも、あながち間違いではない。一生気づかれない嘘ならば、平然と吐く。

けれども知られてしまう可能性の高い嘘を吐くほど、愚かではない。

「……先日拾ったハンカチーフは……」

「ええ。実は……卿への贈り物ではなく、おまじないをしていたのです。落としてしまって……」

怒っているのか、ランベルトは黙り込んでしまった。

「おまじないの力で、卿の心をわたくしでいっぱいにさせようとしていたのです。言いづらかったうえに、刺繍を褒められたのも嬉しくて、つい嘘を……申し訳ございません」

アンネリーゼは肩を落とし、俯いて素直に謝罪を口にする。

「いえ…………誤解したのは私ですし、謝らないでください」

「怒ってはいないのですか?」

「怒っていませんよ。ハンカチーフは……お返ししたほうがいいですか?」

アンネリーゼはがばりと顔を上げた。

「ええ、返してくださいませ！　あのハンカチーフ、実はわたくしの思い出の品なのです！」

「思い出の品？」

「初めて出会ったときに、卿がわたくしにくださったハンカチーフです。宝物だからこそ、おまじないの効果があるに違いないと思って、あのハンカチーフに刺繍したのです！　あ……くださったというか、正確には泣いているわたくしに貸してくださったハンカチーフですけど」

ランベルトは驚いた風に目を見開き、アンネリーゼを凝視した。

「あ……申し訳ございません。貸してくださったハンカチーフを返しておりませんでした」

返さないどころか、宝物として大事に保管していた。そのうえ、おまじないに使用してしまった。

自分の私物を勝手に使われたのだ。今度こそ本当に怒らせてしまったと、アンネリーゼは眉尻を下げる。

「悪気はないのです。どうか、寛大なお心でお許しくださいませ」

アンネリーゼが上目遣いで見上げると、ランベルトは大きく瞬きをした。

そしてすぐにアンネリーゼから視線を逸らし、額に手を当てる。

「……キルシュネライト卿……」

相当怒っているようだ。アンネリーゼは絶望した。

「盗人だと、わたくしを訴えてもらっても構いません。罰は受けましょう」

アンネリーゼがそう言うと、ランベルトは首を横に振った。

「いえ……ハンカチーフのことはすっかり忘れておりました。殿下を盗人だとは思っておりません」

「許してくださるのですか？」

「許すも許さないも……差し上げたようなものですから」

「そうなのですか⁉　ならばわたくし遠慮はせず、自分のものとして扱いますね」

「ええ。……みな心配しておられるかもしれませんね。そろそろ戻りましょう」

ハンカチーフを借りたまま返さなかった件が許されたとしても、今夜のアンネリーゼはランベルトに酷い真似をしていた。

偉そうに言ったわりにダンスは上手くなかったし、背中を踏みつけた。そのうえ、嘘を吐いていたことも、おまじないで心を手に入れようとしていたことまでも知られてしまった。

ランベルトは寛大なので怒りはしなかった。けれど不愉快な気持ちにはなったのだろう。先ほど目を逸らされてから、一度も視線が交わらない。

（もう一度、謝ったほうがよいかしら）

頭を下げようとしたアンネリーゼの前に、掌が差し出される。

「行きましょう」

ランベルトは相変わらずアンネリーゼから目を逸らしたままであったが、エスコートはしてくれるようだ。

アンネリーゼはホッとしながら、ランベルトの掌に己の手を重ねた。

（やはり……怒っているのかしら……）

触れ合った瞬間、ランベルトの手が震え、力がこもった。

◆◇◆

本日はナターナ王国の建国日でした。

今後も平和で、民たちが穏やかに暮らせるよう祈っております。

天候は快晴でしたが、風が強かったです。

舞踏会がありました――。


舞踏会を終えたランベルトは、自室に戻り着替える。そうしてから、机に座り帳面を広げた。

今日の出来事を書き連ねていたランベルトだったが、舞踏会でのアンネリーゼが頭に浮かび、手が止まった。

アンネリーゼは赤いドレスを纏っていた。ドレスに関する知識はないが、いつもより大人っぽく見えた。

アンネリーゼに会ってから、六年の月日が流れていた。

稚かった少女も、美しい女性に成長したと、改めて感心した。そして同時に、くるくるとよく変わる表情はあの頃のままだと、安堵《あんど》に似たような気持ちにもなった。

――ええ、返してくださいませ！　あのハンカチーフ、実はわたくしの思い出の品なのです！

初めて会ったとき、アンネリーゼは双子の迷信により傷つき泣いていた。

大きな黒い瞳からぽたぽたと大粒の涙が零れていたのはよく覚えている。しかし、ハンカチーフのことはすっかり忘れていた。

ランベルトは机の抽斗を開く。抽斗の中にはランベルトの名が刺繍してある白いハンカチーフがあった。

アンネリーゼはあのときのハンカチーフを『宝物』として大事にしてくれていたらしい。

胸が激しくざわめいた。

ランベルトは己の感情を誤魔化すように首を横に振り、別件について考える。

（おまじないか。おまじないだったならば……俺が触れてはいけなかった。つい拾ってしまったが……）

自分以外の者が触れてはならないと言っていた。ならば、ランベルトが拾ってしまったせいで、アンネリーゼのおまじないは失敗したのだろう。

拾わずに、アンネリーゼか侍女に確認すればよかった。自分のせいで、アンネリーゼの恋が成就しなかったとしたら――と思い、彼女の恋の相手は自分だったと気づく。

居たたまれない、落ち着かない気持ちになった。

ハンカチーフの話をアンネリーゼから聞いたときも、動揺してしまい、ぎこちない態度を取ってしまった。アンネリーゼはランベルトが怒っていると思ったようで、何度も謝罪を口にしていた。

（なぜ……こんな気持ちになるのだ……）

舞踏会が終わってから、いやここのところずっと焦燥に似た感情に囚われている気がする。

ランベルトは額に手を当て、長い息を吐いた。

『そうですわ！　交換日記をいたしましょう！』

アンネリーゼにそう言われ、交換日記を始めてから二年。すぐに飽きると思っていたが、今もなお交換日記は続いていた。

忙しく、アンネリーゼに会う暇がないときは日記を交換しない。毎日書かなければならないという決まりがないせいか、二年続けても億劫さは全くなかった。

それどころか、内容は天気やその日の食事など大したことではないものの、一日を振り返り書き記すという作業は心を落ち着かせる作用があり、ランベルトに充足感のようなものをもたらしていた。

その日は夕方に届けに行くつもりで、ランベルトは朝から交換日記帳を携えていた。

『まだ交換日記を続けているのですか？　迷惑ならば、はっきりと言ってやってください。アンネリーゼは鈍いので、空気を読んで遠慮などという技能は持ってはいませんよ』

昼食時。帳面に気づいたのだろう。横に座っていたアンネリーゼの双子の兄、ヨルクが険しい顔をして言ってきた。

王子という身分にもかかわらず、ヨルクは騎士団に入団していた。

国王夫妻とジョゼフは反対したらしいが、ヨルクのしつこい懇願に折れ、許可をしたという。

古くから、双子は不吉で忌まわしい存在といわれていて、未だに偏見を残している者もいる。

『王族、王子としてではなく、周りから認められたいのかもしれないな』

ヨルクの社交界での評判は、アンネリーゼとは違い良好だったが、どこか引け目のようなものを感じて騎士を目指しているのでは、とジョゼフは言っていた。

無理をさせないよう見張っていてほしい、とのジョゼフの願いでランベルトはヨルクを自身の従騎士として傍に置いていた。

ヨルクは身長は男性にしては低い。茶色の髪と目こそ違っていたが、アンネリーゼとよく似た顔立ちをしていた。

性格は全く違う。天真爛漫なアンネリーゼとは違い、ヨルクは生真面目だった。そのせいか、兄妹の仲はあまりよくないようだ。

交換日記を面倒だと感じたことはない。ランベルトはそう答えたが、納得できないのかヨルクはアンネリーゼがどれだけ鈍いのか言い連ねた。

肌寒くなってきたのに、鈍いせいで薄着をして体調を崩す。

美味しいからといって、果物を大量に食べてお腹を壊す。

読書に没頭し夜更かしし、朝起きられない。

悪徳王女などという不名誉な噂を流されても、へらへらしている。

ヨルクはグチグチとアンネリーゼへの不満を口にしたが、根底にあるのは『心配』だった。

無邪気であるがゆえに、どこか危なっかしく見えるアンネリーゼを案じているのだろう。

幼い頃に比べればずいぶん丈夫になったらしいが、アンネリーゼは季節の変わり目には必ず風邪をひく。

体調管理について、それとなくアンネリーゼ本人かマルガ、もしくはジョゼフに注意するよう言っておいたほうがよいかもしれない。いや、自分がわざわざ言わずとも、気をつけているだろう
……などと思っていると、

『僕が夕食のときに、アンネリーゼに渡しておきますよ』

ヨルクが交換日記に目をやり、言った。

ランベルトは何と答えるべきか迷う。

『王子殿下、それは余計なお世話ってやつです』

ランベルトの斜め横、ヨルクの正面に座っていたヤンが口を挟んでくる。かつて従騎士だったヤンは、働きが認められ中級騎士まで昇格していた。

仕事ぶりは真面目で、頭も剣の腕もよい。ただ、性格はよく言えば気さく、悪く言えば軽かった。

『余計なお世話……ですか？　何がでしょう？』

ヨルクは王族で、ヤンは平民。身分は圧倒的にヨルクのほうが上だったが、立場はヤンのほうが上だ。

ヨルクは敬語でヤンにも接していた。

『だって～、ランベルト様が王女殿下に会いに行くのを阻んでいるじゃないですか。交換日記の本

質は、交換日記を書いて相手に読ませることじゃないんっす。それだと手紙と変わんないでしょ。交換日記は、交換することに意味があるんっすよ。交換日記を渡す、受け取る。そのたびに、相手と会える。それが交換日記の神髄っす。そうっすよね、ランベルト様』

ヤンはニヤッと笑い、ランベルトを見た。

『ごきげんよう。キルシュネライト卿』

数日ごとに、アンネリーゼは交換日記帳を手にランベルトのもとを訪ねてくる。

『こんばんは。アンネリーゼ王女殿下』

こんばんは、のときが多かったが、おはようございますのときもあった。挨拶は違えど、ランベルトもまた、数日ごとにアンネリーゼのもとを訪ねていた。

顔を合わすたびアンネリーゼは邪気のない微笑みを見せる。その微笑みに、日々の疲れが癒やされていたのは確かだが……別に、会いに行きたいために交換日記をしているわけではない。

『ヨルク殿下、これをアンネリーゼ王女殿下にお渡しください』

ランベルトは交換日記帳をヨルクに渡した。

『えええ～、王女殿下が寂しがりますよ』

ヤンが不満げに唇を尖らす。

『一度、交換日記を持っていかないだけだ。寂しくなどならないだろう』

『乙女心をわかってないっす！』

『少しぐらい寂しがらせればいいんですよ』

ヤンだけでなく、ヨルクもアンネリーゼが寂しがると思っているようだった。

この二年の間、二、三日会えないことは度々あったし、ジョゼフが外交や国内視察に赴くときは、ランベルトも同行する。ひと月会えないときだってあるのだ。

そもそも大抵アンネリーゼは、渡した翌日には交換日記を携えランベルトに会いに来ていた。一度くらい、ヨルクに預けたところで寂しがるわけがない。

ランベルトが思っていたとおり、アンネリーゼは全く寂しさなど感じていなかったらしく、翌日、交換日記を渡しに来なかった。

アンネリーゼも十六歳になった。学園の行事や勉学、学友との交遊も増える。日々の忙しさで、日記が後回しになっても当然だ。

特に気にしていなかったのだが、二日が過ぎ、少し不安になってきた。

『交換日記を王女殿下に渡してくださいましたか？』

ヨルクが渡し忘れているのではと思い訊ねた。ヨルクはランベルトから預かった当日の夕方に渡したと答えた。

三日目もアンネリーゼは現れない。

(もしかしたら交換日記に飽きてしまったのかもしれない)

いつかそんな日が来るとは思っていた。一日が二日置きになり、二日置きが三日置きになり、徐々に飽きていく。あるいはアンネリーゼとの婚約が解消され、そのときに交換日記もやめることになる、そう思っていた。

（こんな風に、急に終わるのか――）

ランベルトは棚に保管してある三冊の帳面を取り出し、溜め息を吐く。

書き終わった帳面は交互に保管することになっていた。ランベルトのもとには三冊の帳面がある。アンネリーゼのもとには、彼女が捨てていなければ四冊あるはずだ。

パラパラと帳面を捲《めく》っていると、懐かしさと同時に空しさが襲ってきた。皮肉にも、突然の終わりにアンネリーゼよりランベルトのほうが寂しさを感じていた。

（……いや、だが……）

ランベルトはヨルクに交換日記を預けていたのを思い出す。

（王女殿下は飽きたのではなく、ヨルク殿下に預けたことを不愉快に感じているのでは……）

双子は仲が悪い。ヨルクは何も言わなかったが、もしかしたら渡す際に何か諍いがあったのかもしれない。

その可能性について考えていると、だんだんとそれが理由に思えてきた。

（だとしたら、謝らねばならない）

ランベルトは心の中でそう呟きながら、アンネリーゼに会いに行った。

部屋を訪れると、アンネリーゼはいつもと変わらない様子でランベルトを出迎えた。

怒っていたわけでも、交換日記に飽きたわけでもなく、ランベルトに自身の思いを伝えてよいものか迷っていたらしい。

――キルシュネライト卿が日記を届けに来てくれる、その時間はわたくしにとってとても貴重で大切な時間なのです。

ヤンが語っていた交換日記の神髄は、正しかったようだ。

ランベルトは今後、ヨルクに交換日記は預けないと決める。

そしてその話をした帰り、自身の名が刺繡されたハンカチーフを拾った――。


ハンカチーフを拾った経緯を思い出しながら、ランベルトは再び長い溜め息を吐いた。

(……このままでいいわけがないのに……)

いずれアンネリーゼのほうから婚約の解消を切り出すだろう。

学園に入って人との交流が増えれば、出会いもある。他の男に目を向ける機会もあるだろうからと、婚約解消の時期をアンネリーゼ任せにしていた。

けれども、アンネリーゼが自分に向ける好意は二年前とほとんど変わっていないように思う。

自分という婚約者がいるせいで、他の男が寄りつかないのならば、ランベルトのほうから身を引かねばならない。

そう考えてはいる。考えてはいるのだが……初めて会ったときアンネリーゼは泣いていた。あんな風に、アンネリーゼを泣かせてしまうのだろうかと思うと、なかなか切り出せなかった。

今回のエスコートの件も、アンネリーゼの将来を考えるなら、ジョゼフの頼みであっても断るのが正解だったのだろう。

『お前とアンネリーゼの婚約を疑う者……正確には、アンネリーゼが婚約していると言い張っているだけで、お前自身は未だに納得していない。そう噂する者がいるのだ』

ランベルトとアンネリーゼが婚約して六年。夜会などで顔を合わせはしたが、ランベルトは一度もアンネリーゼをエスコートしたことがなかった。

アンネリーゼが出席する夜会には、大抵ジョゼフも出席している。たんにジョゼフの護衛を優先しているのが理由なのだが、勘ぐり、悪質な噂を広めている者がいるらしい。

アンネリーゼは悪徳王女という異名がすっかり定着してしまい、社交界の評判も悪くなる一方だった。

二人の仲が親密だと周知されれば、アンネリーゼの新たな出会いが減る。しかし、アンネリーゼがランベルトとの婚約を強制しているという噂が定着しても困る。

迷った結果、ランベルトはアンネリーゼのエスコート役を引き受けた。

しかし結局は、アンネリーゼの評判を下げるだけで終わってしまった。

（とりあえずこれは、王女殿下に返さねばならないな）

ランベルトは抽斗からハンカチーフを取り出す。

アンネリーゼが真面目な顔をして、ランベルトの名を刺繡している姿を思い浮かべる。微笑ましく温かい気持ちになるのに、なぜか胸の奥が苦しくなる。

ランベルトは己の気持ちを誤魔化すように軽く頭を振り、交換日記を書くため再び羽根ペンを握った。

アンネリーゼのもとを訪れたのは、建国祭の二日後であった。

仕事を終え夕方に部屋へと向かう。

「少々、お待ちくださいませ」

アンネリーゼ付きの侍女に取り次いでもらう。

少し待っていると「ごきげんよう、キルシュネライト卿」と屈託ない微笑みを浮かべたアンネリーゼが現れた。

アンネリーゼは大抵髪を下ろしているのだが、今日は長い髪をひとつに纏め、ヒラヒラとした赤いリボンをつけていた。衣服も普段と違う。侍女の着るような地味な色合いの上下に白いエプロン姿だった。

そしてなぜか、甘い匂いがする。

不思議に思いながら、交換日記帳とランベルトの名の刺繍が入ったハンカチーフをアンネリーゼに手渡した。

「まあ！　ありがとうございます。キルシュネライト卿、少しお時間がありますか？」

上目遣いでランベルトを見上げながら、アンネリーゼが訊いてくる。

特に用はない。部屋に帰って休むだけだった。

「時間はありますが……」

早いがすでに夕食は済ませていた。食事に誘われても、もう食べられそうにない。

「マルガ！　準備を……いいえ、わたくしがします！　少々、お待ちくださいませ！」

アンネリーゼは慌ただしく部屋の奥へと消えていく。

そして少しして戻ってきたアンネリーゼの手には、小さな箱があった。

妙に派手な色合いをした箱を両手に乗せ、アンネリーゼがランベルトに差し出す。

「どうぞ」

「……何ですか？」

「チョコレートですわ」

「チョコレート……」

「東方の国では恋人にチョコレートを渡すそうです。学友から教えてもらったので、挑戦いたしました！　もちろん一人では無理でしたので、料理人とマルガに手伝ってもらいましたが……。ですけれど、パウダーを振ったのはわたくしですし、箱に入れ、紙に包んだのもわたくしなのです！」

よく見ると、箱を包んでいる派手な色合いの紙はかなり皺《しわ》が寄っていた。

「明日渡そうかと思っていたのですが……できたてのほうが美味しそうですし。召し上がってくださいませ」

「今、ここでですか？」

「ええ。お茶をご用意いたしましょうか？　そういえば、以前蜂蜜が苦手だと仰っていましたね。もしやチョコレートもお嫌いですか」

しょんぼりとした顔で訊かれ、ランベルトは首を横に振った。

「いえ、嫌いではありません」

「では、どうぞです」

腹がいっぱいなので、食べる気がしない。けれども、キラキラした瞳で見つめられると断れない。箱は小さいので、当然中のチョコレートも少量だろう。少しくらいならば腹に入るだろうと、ランベルトは丁寧に包んである紙を取り、箱を開けた。

ワインのコルク栓ほどの大きさのチョコレートがひとつ、箱の中に入っていた。薄茶色い粉がかかっている。

「どうぞ！」

にっこり顔で勧められ、ランベルトはチョコレートをつまんで、口に入れた。

甘さが口に広がっていく。

ランベルトは甘いものが好きでも嫌いでもなかった。チョコレート自体は、ほどよい甘さで美味しかったのだが、アンネリーゼが振りかけたというパウダーが難敵であった。

おそらくパウダーのせいではない。アンネリーゼがかけすぎたのだ。甘いだけでなく、粉っぽい。

ランベルトは噎せそうになるのを必死で堪えた。

「わたくし、料理をしたのは初めてなのです。喜んでいただけたら、嬉しいのですけど」

アンネリーゼは頬を紅潮させ、期待のこもった眼差しでランベルトを見上げた。

「……ええ、美味しいです」

ランベルトは必死でチョコレートを噛み砕き、飲み込み、言った。

「本当ですか！」

「ええ。本当に美味しいです」

自分でも驚くくらい抑揚のない声で答えてしまう。

これでは本当は美味しくなかったのでは、とアンネリーゼが疑うかもしれない。ランベルトは取り繕うように、笑みを浮かべた。

「好きですか？」

「え、ええ……好きです」

「……毎日食べたいくらい好きですか？」

さすがに毎日は食べたくない。好きなので毎日食べたいと答えれば、アンネリーゼは毎日チョコレートを持って現れそうだ。

「いいえ……毎日は無理というか……。三日置きくらいならば、大丈夫かと思います」

「三日置きに作るのは、わたくしも無理かもしれませんが、頑張ってみますわ」

「いいえ、殿下もお忙しいですし、無理をしてまで三日置きに作る必要はございません」

「どれだけ忙しくともキルシュネライト卿のためならば、わたくし頑張れます」

「いいえ、学生の本分は勉学です。勉学を優先なさってください」

アンネリーゼは少々不満げながらも「わかりました」と頷く。そして……。

「結婚しましたら、三日置きに作るよう頑張りますわ」

アンネリーゼはほんのり頬を朱に染め、言った。

口の中で広がったチョコレートの甘さが、胃の奥にまで届いたかのような、そんな気持ちになった。

「美味しかったです。それでは失礼します」

ランベルトは早口で言い、部屋をあとにした。


結婚。そう、婚約を続けていれば、いずれアンネリーゼと結婚せねばならなくなる。

婚約者なのだから、アンネリーゼが自身の将来の夫にランベルトを想定するのは当然である。

自分から解消の申し出をしづらいからといって、このまま婚約状態を維持し、交換日記を続け、あまつさえアンネリーゼの手作りチョコレートをもらっているわけにはいかない。

身を引くべきだと考えているのに――。

ランベルトはアンネリーゼの誕生日の三日前、王都にある服飾店を訪れていた。

（誕生日なのに贈り物がないと悲しむだろう。だから贈り物をするのは正しい……いや、喜ばせたところでいずれ悲しませるならば、贈り物など渡さないほうがよいのだろうか）

悶々と悩んでいるものの、誕生日の贈り物はすでに一か月前に注文していた。

アンネリーゼと婚約してから、毎年彼女に誕生日の贈り物をしていたが、ランベルトは女性に疎いのでいつも何を買ってよいのか迷う。そのため、交友関係が広く流行にも敏感なヤンに相談し、何を贈るか決めていた。

昨年はショールを贈った。今年は、帽子だ。

ランベルトは店の奥にいた店員に声をかけ、帽子の入っている箱を受け取った。

「……ランベルト？」

箱を持って店の外に出たところで、名を呼ばれ足を止めた。

亜麻色の髪に、青い瞳の女性がこちらを見ていた。女性は五歳くらいの小さな男の子を連れていた。

「クラーラ」

ランベルトの元婚約者だ。こうして会うのは、婚約を解消して以来だった。

「久しぶり。元気そうね」

「君も」

当初はヒュグラー伯爵夫妻、特に夫人が身分差を理由にクラーラの結婚に反対していた。しかし子が産まれてからは、態度が軟化し夫人も初孫を可愛がっていると耳にしていた。

以前と変わらぬ生活をしているのが、見て窺えた。男児は血色がよく快活そうで、クラーラのドレスは見るからに高価そうだった。そしてランベルトの知る彼女より少しふくよかになっていた。

「アンネリーゼ様もお元気？」

「ああ。……元気でいらっしゃる」

「お手紙のやり取りはしているのよ。でも一年ほどお目にかかっていなくて」

「手紙……？」

「ええ。この子の誕生日にはいつも贈り物をしてくださるのよ」

アンネリーゼは、クラーラとランベルトの婚約を解消させてしまったことを、未だに後ろ暗く感じているのかもしれない。

「……アンネリーゼ様への誕生日の贈り物？」

クラーラがランベルトの手にした箱に目を留め、訊いてきた。

「ああ」

「その大きさだと帽子かしら。私もアンネリーゼ様の誕生日の贈り物を買いに来たの。……そういえば、あなたはアンネリーゼ様がいつか目を覚ますと言っていたけれど、まだ目が覚めていないようね」

クラーラが意味深な笑みを浮かべそう言ったときだ。

「クラーラ」

クラーラの背後から、二歳くらいの子どもを抱いた男性が歩いてくる。

おそらくクラーラの夫だ。ランベルトが会釈すると、ハッとしたように目を開く。

ランベルトの顔を知っていたのだろう。妻の元婚約者だと気づき、男性は戸惑った表情を浮かべ、頭を下げた。

「アンネリーゼ様によろしくね」

クラーラはにっこりと微笑む。

「ああ。では」

もう一度、男性に会釈をし、ランベルトはその場をあとにした。

ガチャリと扉が開く音がして、ランベルトは足を止め背後を窺う。

夫婦が寄り添い、子どもを連れて店の中に入っていく。

クラーラと向き合っていたならば、彼女の隣にいたのは自分だったのかもしれない。ふと、そんなことを思う。

少年の頃、ランベルトはクラーラに恋をしていた。

自身の出生の真実を知らずにいたら、クラーラと良好な関係を続けていただろう。おそらくアンネリーゼに一目惚れされようとも、クラーラとの婚約は解消しなかったはずだ。

自分が得ることのない幸せな家族の姿を目の当たりにしたからか、胸がじくりと痛む。しかし、一切の後悔も未練もない。

クラーラの幸せそうな姿に安堵する気持ちのほうが大きかった。


例年、アンネリーゼとヨルクの誕生日を祝して王家主催のお茶会が開かれていたが、今年は風邪が流行しているため、取りやめになった。

アンネリーゼも明日誕生日だというのに、風邪をひいてしまったらしい。

『あいつは野菜が足りないんです。好き嫌いが多いせいで、すぐ風邪をひく。もっと野菜を取れといつも言っているのに、全く聞く耳を持たない』

アンネリーゼが風邪をひいているとランベルトに報告してきたヨルクは、顰《しか》め面《つら》でブツブツと文句を言っていた。彼なりに、アンネリーゼを案じているのだろう。

誕生日当日。ランベルトは夕方、アンネリーゼの部屋を訪ねた。

『昨日の夜から熱が出始めまして、熱冷ましのお薬を処方していただき、今し方寝入られたところなのです』

出迎えた王女付きの侍女マルガが、疲れた顔つきでそう言う。

心配だったが、眠っているアンネリーゼや看病しているマルガの邪魔をするわけにはいかない。

誕生日の贈り物は、また後日渡すことにした。

そして部屋に戻ってすぐ、ランベルトは国王から呼び出しを受けた。

ランベルトは国王の執務室へと向かう。

執務室へ入ると、侍従が退室し、王と二人きりになった。

王は長く持病の腰痛に苦しんでいた。しかし最近は調子が良いようで、一時期は外交は王太子に任せっきりだったのだが、今は熱心に活動を行っていた。

(ラード教国との外交問題なら、俺に相談されても困る……)

法王はランベルトの祖父だが、実際に会ったのは数回程度だ。ランベルトはゼファン教の熱心な信者でもなかったし、ラード教国の国情にも疎い。

何の話をされるのかと身構えていると、王はいきなり呼び出したことを詫びたあと「アンネリーゼのことなのだが」と切り出した。

安堵したのは一瞬で、王が続けた言葉に胸苦しくなった。

「実は……ベットリヒ伯爵に相談を受けたのだ。子息が、アンネリーゼを恋い慕っているらしい」

ベットリヒ伯爵は国政を支える大臣の一人だ。公平な人柄で民からの人気は高い。家柄も王女の降嫁先として申し分なかった。

ベットリヒ伯爵の子息はシルベル学園に通っていた。学友として親交を深めているうちに、アンネリーゼに恋心を抱くようになったそうだ。

「もちろんアンネリーゼはそなたという立派な婚約者がいる。しかし、アンネリーゼの我が儘から始まり、そなたに無理を言って結んだ婚約だ。アンネリーゼも十七歳になった。結婚の準備をさせねばならない年齢だ」

ナターナ王国の法では、十八歳の誕生日を迎えると婚姻が許される。

十八歳でランベルトのもとに降嫁するならば、準備を始めなければならない時期だった。

「それに……そなたはパントデンに戻るのであろう？　それともパントデンはケビン・キルシュネライトに任せ、そなたはここに残るつもりなのか？」

いずれアンネリーゼのほうから婚約の解消を切り出すに違いない。そう言い続けているうちに、歳月が過ぎていった。

それと同じように、いつか戻らねばならないと思いながらも決断を先延ばしにし、叔父に領主を任せたまま王都に居続けていた。

優柔不断な自分が情けなくなる。

「私は親馬鹿なのだ」

ランベルトが答えに窮していると、王は苦笑を浮かべてそう言った。

「できればアンネリーゼの想いを叶えてやりたい。けれども無理に婚姻したところで、誰も幸せになれぬこともわかっている。そなたがやはりアンネリーゼとの婚姻を考えられぬというならば、私が責任をもってアンネリーゼを説得する」

ベットリヒ伯爵の息子は、アンネリーゼと同い年だという。

アンネリーゼを恋い慕っているのだから、彼女を大事にするに違いない。

それに――決断を先延ばしにしているとはいえ、叔父にもしものことがあれば、ランベルトはパントデンに戻らねばならなかった。

アンネリーゼは身体が弱い。アンネリーゼの身体を思えば、王やジョゼフの目が届く王都で暮らすほうがよい。

「……数日、待っていただいてもよろしいですか」

答えは決まっている。だというのに、この期に及んで先延ばしにしてしまう己に呆れた。


「ごきげんよう。キルシュネライト卿」

王と話をした二日後の朝。アンネリーゼがランベルトの部屋を訪ねてきた。

ドアを開けるといつもと同じ屈託ない笑みを浮かべたアンネリーゼが立っていた。

「風邪はよくなったのですか？」

「ええ。おかげさまで！　お薬が効きましたわ！」

声には覇気があり、顔色もよい。

「こちら、遅くなってすみません」

元気そうな姿にホッとしていると、アンネリーゼが交換日記帳を差し出してきた。

（……この交換日記も、そろそろ終わりにしようと言わねばならない……）

アンネリーゼのキラキラした黒い目が曇るのは見たくない。けれどだからといって、婚約の解消は人任せにもできない。

王はアンネリーゼを説得すると言ってくれていたが、自分の口からきちんと伝えたかった。

（交換日記を終了しましょう。交換日記はこれでおしまいにしませんか？　交換日記を終わりにしたいと考えています……）

どの言葉で伝えるべきか思案していると、アンネリーゼは「あの……キルシュネライト卿」と、どこか落ち着かない様子で見つめてきた。

「何でしょうか」

「……あの……その……あれは、その……」

アンネリーゼは曖昧な言葉を発し、なぜかランベルトの背後……ランベルトの部屋の中をのぞき込むように身体を斜めにさせた。

「何か？」

「あの……マルガが……」

「侍女殿が何か？」

アンネリーゼの侍女マルガは、邪魔にならぬようアンネリーゼの斜め後ろに控えていた。

視線をやると、目が合う。マルガは何かをランベルトに伝えたいのか、両手で円を作っていた。

「マルガが……卿が、わたくしが寝込んでいるときに訪ねてきてくれたと言っておりましたの。誕生日の……あれを持って」

アンネリーゼはもじもじと恥ずかしげに言う。

アンネリーゼがランベルトを訪ねてきたのは、交換日記だけでなく、誕生日の贈り物という別の目的もあったらしい。

婚約の解消をするのだから、誕生日の贈り物はしないほうがよいのかもしれない……そう思っていたのだが、恥ずかしげにしながらもアンネリーゼは双眸に期待の色を浮かべている。そんなアンネリーゼに、贈り物はありませんとは言いづらい。

(アンネリーゼに渡さなければ、処分しないといけなくなる……最後の贈り物として渡したとしても別にいいだろう……)

「少しお待ちください」

己に言い訳をしながら、ランベルトはいったん部屋の中に引っ込む。

そして棚の上に置いてあった箱を手にした。

「遅くなりましたが、誕生日おめでとうございます」

ランベルトは箱をアンネリーゼに手渡す。

「まあ！　嬉しい！　誕生日の贈り物を用意してくださっていたのですね！　ありがとうございます！」

アンネリーゼは誕生日の贈り物の存在をたった今知ったかのごとく大仰に驚き、箱を受け取った。

「年が近づきましたね」

アンネリーゼはにっこりと笑顔を浮かべる。

「年？」

「ええ。十一歳差になりました！　卿のお誕生日までは十一歳差です」

アンネリーゼが誕生日を迎えるまでは十二歳差だった。ただそれだけだ。当然ランベルトとて知っている。だというのに、アンネリーゼはとても嬉しそうに報告してきた。

「では、失礼いたしますね」

「王女殿下。少しお時間がありますか」

帰ろうとするアンネリーゼをランベルトは引き留めた。

「ええ。今日は学園はお休みですし、時間はたくさんあります」

「庭を散歩いたしませんか」

「お仕事ではないのですか？」

「私も休みです」

ランベルトの言葉に、アンネリーゼは「お散歩いたします！」と声を弾ませた。

「帽子を取ってまいりますので、お待ちください」

今日は快晴だった。外を歩くには帽子が必要だと思ったのだろう、マルガが言う。

「いや……その中身は帽子ですので、被ってください」

「お帽子ですの？　開けてよいですか？」

「ええ」

アンネリーゼが箱を開ける。

「まあ、素敵ですわ」

箱の中を見て、アンネリーゼが感嘆の声を上げた。気に入ってくれたらしい。

ランベルトは箱から帽子を取り出し、アンネリーゼに被せた。

つばの広い若草色の帽子だ。つばの下から、白色のリボンが垂れ下がっていた。

ちょうどアンネリーゼが緑のドレスを着ていたのもあって、帽子は一段とよく似合って見えた。

「可愛らしいです」

思わず、心の中の声が口から出てくる。

これから婚約解消の話をしようとしているのに、いくら事実とはいえ『可愛い』など言って期待させては駄目だろう。己の軽率さを悔いるが、一度出した言葉はなかったことにはできない。

「それは帽子がですか？　それともわたくしがですか？　それとも両方ですか？」

アンネリーゼが期待のこもった眼差しで、矢継ぎ早に訊いてくる。

「……両方です」

三択の中から選んで答えると「まあ」とアンネリーゼは笑みを深くした。

（この微笑みを曇らせたくない……）

胸の奥が軋《きし》んだように痛む。しかし、この微笑みが大事だからこそ、早くアンネリーゼと決別せねばならないと思う。

「王女殿下はあとで私が責任をもって部屋までお送りする」

マルガにそう言い残し、アンネリーゼとともに庭に向かった。

「誘っておいて今更なのですが、病み上がりなのに散歩しても大丈夫ですか」

まだ朝方といってもよい時間帯なのに、太陽の照りつけが激しい。

「ええ。お医者様からも、寝てばかりいたので身体を慣らすためにお散歩を勧められています。夕方にマルガとお散歩する予定でした」

「ゆっくり、歩きましょうか」

アンネリーゼの歩調に合わせ、庭をゆっくりと歩く。

アンネリーゼはマルガやヨルクのことを話したあと、学園のことを話し始めた。

ちょうどよい話の流れだったので「学園といえば……ベットリヒ伯爵のご子息は王女殿下の学友だとか」と切り出した。

あちらからの求婚の申し出があった件は、自分が話すべきではない。

(やはり年の近い者と結婚すべきです――と説得するか……。もし拒否されたら、実は自分も年の近い恋人がいるのだと、嘘を吐くか……そのほうが穏便に話が進むかもしれない)

できれば騙すような方法は避けたい……と思案しながら、婚約の解消を切り出す時機を窺う。

「ベットリヒ伯爵……オーラフ・ベットリヒですね。ええ、学友です。彼が何か?」

親しくされていると耳にしましたが――と口を開きかけたのだが……。

「オーラフ・ベットリヒが何か問題でも起こしたのでしょうか？　もしや……っ！　ここのところずっとオーラフの様子がおかしく、彼女をつけ狙っている様子でしたので、案じていたのです！　バルバラさんに、何かあったのですね！」

アンネリーゼが足を止め、ランベルトの腕を掴む。そして必死の形相で見上げてきた。

「バルバラさん……？」

「バルバラ・ハイゼン。ハイゼン伯爵家のご令嬢です。オーラフ・ベットリヒの元婚約者でもあります！　バルバラさんっ……ああ！　バルバラさん！」

アンネリーゼは顔を覆い、バルバラさんを連呼し、嘆き始めた。

婚約の解消を切り出せば、彼女の笑顔を曇らせてしまう。もしかしたら泣かせてしまうかもしれないと思っていた。

だがアンネリーゼはランベルトが婚約解消を切り出す前に、号泣し始めた。

「バルバラさんはご無事でしょうか？　殴られたのですか？　それとも……っ。あれだけ苦しめたというのに、再びバルバラさんを苦しめようだなんて！　わたくし許しませんわ！　正義の鉄鎚《てっつい》を下しましょう」

アンネリーゼは涙を流しながら、拳を突き上げた。わけがわからない。

とりあえず誤解をしているのだけはわかる。ランベルトは「落ち着いてください」とアンネリーゼの肩に手を置いた。

「友人が傷つけられたのです。いくらキルシュネライト卿の頼みとはいえ、落ち着くなど無理ですわ！」

「いえ、その……バルバラ……バルバラ・ハイゼンという女性は、傷つけられてはいないでしょう」

「まあ！　無傷ですのね！　もしや、あの技で撃退したのでしょうか？」

「わざ……？」

「ええ、バルバラさんに悪者の撃退方法をお教えしたのです。これは殿方にしか効き目はありませんが……キルシュネライト卿にもお教えいたしましょう。股間に向けて、こうです！」

アンネリーゼはそう言うと、ブンッと片足を蹴り上げてみせた。ドレスの裾がふわりと舞い、一瞬であったが、白いタイツを履いた細い足が露わになった。

ランベルトの股間が様々な原因により、ぎゅっと縮こまった。

「……いえ、その殿下。私の知る限りではありますが、ベットリヒ伯爵のご子息は問題を起こしてはおりません。バルバラ嬢にもおそらく、何も起こっておりません」

ランベルトはアンネリーゼから目を逸らし、言った。

「………そうなのですか？」

「ええ。ベットリヒ伯爵のご子息が殿下のご学友だと聞いたので、殿下も親しくされているのかと、訊いただけです」

「オーラフ・ベットリヒとは学友ですけど、親しくはしておりませんわ」

アンネリーゼは両手を組んだまま、小首を傾げた。

親交がありアンネリーゼに求婚したのかと思っていたが、どうやらオーラフとやらが一方的にアンネリーゼを恋い慕っているだけのようだ。

(親しくもないのに、求婚したのか……)

自分からは行動せず、父親の権力でアンネリーゼを手に入れようとしていたのかと呆れた。

「親しくというより……むしろ嫌われているかと思います」

アンネリーゼは組んでいた手を解き、頰に手を当てる。過去を思い返すように、宙を見上げ溜め息を吐く。

「以前……学園に通い始めた頃、二年ほど前です。バルバラさんという婚約者がいるのに、オーラフがわたくしに求婚をしてきたのです。不誠実なうえに、オーラフはバルバラさんに暴力をふるっていて。わたくしすごく腹が立って……拳を……いえ、言葉で彼に注意したのです。バルバラさんも、さすがに嫌気がさしたのでしょう。それからすぐ、オーラフ・ベットリヒとの婚約を解消しました」

その後は、オーラフ・ベットリヒとは関わり合うことなく過ごしていたらしい。

しかしバルバラが最近別の者と婚約を結んだ、それから状況が変わったのだという。

「オーラフはバルバラさんが惜しくなったのかもしれません。オーラフの様子がおかしくて。バルバラさんに気をつけるよう注意しておりました。バルバラさんは、わたくしのほうこそ気をつけるべきだと言っておりましたけれど」

「………あなたのほうこそ?」

「ええ……その、わたくしともめ事を起こした際、オーラフは教師から厳重注意を受けておりましたし……わたくしのせいで自分の評判が落ちたと恨んでいるのかもしれません」

逆恨みだと思うのですけど、とアンネリーゼは付け加える。

「オーラフ・ベットリヒが、殿下を恨んでいるのですか？」

王は恋い慕っていると言っていたが、どうやらアンネリーゼはオーラフからの恋心を『恨み』だと誤解しているようだ。

アンネリーゼの誤解を解くべきか迷っていたランベルトは、アンネリーゼの続けた言葉に眉を顰めた。

「最近、オーラフがわたくしを睨んでくるのです。あと、学園ではお休みや昼食の時間はバルバラさんたちと一緒にいるのですけれど、わたくしたちが移動するとオーラフもついてくるのです。最初は偶然かと思ったのですが、どうも違うみたいで。バルバラさんに付き纏っているようなのです」

アンネリーゼは「あ！　あと……」と、さらに不穏な出来事を口にする。

「最近、わたくしの私物が頻繁に紛失していまして。教師に相談いたしました！　先日など、鞄《かばん》ごと全部なくなっていて、大変困りましたの。犯行声明なのか、鞄の代わりにカードがあって……そのカードに書かれている文面の字体がオーラフに似ていると、バルバラさんが言っておりました。証拠がないので、オーラフの仕業だと決まったわけではないのですが」

カードには『気づいて』と書かれていたらしい。

「もしもオーラフならば……わたくしへの復讐《ふくしゅう》かもしれません。もしくは、過去を悔い改めたので、バルバラさんとの仲を取り持ってほしいと思っているのか……どちらにしろ脅しに屈するつもりはありません」

アンネリーゼは力強く言った。

オーラフという人物は、バルバラという婚約者がありながら、二年前アンネリーゼに求婚した。そして今、父親を通じてアンネリーゼに求婚してきている。

(二年前から変わらず王女殿下を想い続けているということでは……)

付き纏い、物を盗むのも、アンネリーゼに偏執的な感情を向けているからではなかろうか。実際に会ってもいない人物だ。アンネリーゼの言葉だけで判断してはならないが、危険人物に思えてならなかった。

性格や言動が人と違う程度ならばよい。しかし実際にアンネリーゼに害を及ぼしているならば別である。

(とりあえず、オーラフの動向について調べたほうがよい)

王にそう進言しようと決める。

「オーラフとお知り合いなのですか?」

「いえ。……日差しが強くなってきましたね。帰りましょう」

「わたくし、日差しが強くても大丈夫ですわ」

アンネリーゼは不満げに言う。

「病み上がりなので、用心しましょう」

ランベルトが手を差し出すと、不満顔が消える。アンネリーゼはキラキラした眼差しで、ランベルトの手に手を重ねた。

アンネリーゼと話したあと、ランベルトはすぐに王に謁見を求め、オーラフの件を伝えた。身辺を調べてほしいとも頼む。

ランベルトが再び王に呼び出されたのは、その翌日だった。

王はシルベル学園の教師や、ベットリヒ家と近しい者たちから聞き取りを行ったらしい。

『二年前、オーラフ・ベットリヒがアンネリーゼに求婚したのは事実だそうだ。学園内の食堂だったため、多くの者がオーラフの求婚を……アンネリーゼがオーラフを殴ったのを目撃している』

『……殴った？』

ランベルトが問うと、王は頷く。

『オーラフ・ベットリヒは婚約者である女生徒に暴力をふるっていたそうだ。アンネリーゼはそれに怒り、オーラフを殴った。そういえばその頃、アンネリーゼが学園内で乱暴を働いている、暴力悪徳王女との醜聞が流れていた。噂に尾ひれがついているだけかと思っていたが、事実だったようだ』

教師たちも、学園内の生徒同士の喧嘩だと、公にせず内々に済ませていたそうだ。

『二年前、アンネリーゼはすでに求婚を拒否している。だというのに……再び求婚してくるなど、厚顔無恥にもほどがある。もちろん暴力をふるうような者にアンネリーゼを嫁がせるつもりはない。

それに、そなたがアンネリーゼから聞いたとおり、オーラフがアンネリーゼに付き纏っているという話も事実のようだ』

そのような犯罪者予備軍の男に、アンネリーゼが嫁ぐなど考えただけで腸《はらわた》が煮えくり返る。

王のベットリヒ伯爵には断りを入れるという言葉に、心の底から安堵した。

『そなたの件は……ベットリヒとの縁組みとは別の話だ。あちらとの縁組みがなくなったからといって、そなたが気にする必要はない』

保留にしたままのランベルトの答えを、王は急かさないでくれるようだ。

オーラフの件が気にかかり、ランベルトはアンネリーゼに婚約の解消を匂わすことすらできていない。ランベルトは恐縮し、頭を下げた。


王と謁見した翌日。ランベルトのもとにパントデンから一通の手紙が届いた。

差出人はケビン・キルシュネライト。領地を任せている叔父からである。

叔父は一か月に一度の頻度で、手紙をランベルトに送ってきていた。

手紙の内容は領地での出来事がほとんどで、末文にいつもランベルトの身を案じる言葉が書かれていた。

（アンネリーゼ王女殿下のことだけではない。……先延ばしにしてばかりいる……）

キルシュネライト家の嫡子だというのに、領地に戻らず好き勝手にしている。跡を継ぐ意思があるのかすら、話していなかった。

叔父も薄々、ランベルトが距離を置く理由を察しているのだろう。しつこく帰郷を促さなかった。

それをよいことに、領地や叔父、自身の将来について考えるのを先延ばしにしていた。

十代の若者ならともかく、ランベルトはもうすぐ三十歳になる。

(両親が亡くなり十年以上が経つというのに——)

ランベルトは重い気持ちのまま、叔父の手紙を抽斗にしまう。

そして机の上に置かれていた交換日記帳を開く。

アンネリーゼの件もだが、風邪の流行で団員の三分の一が休んでいるため忙しなく、交換日記はまだ書けていなかった。

ランベルトは見慣れた字に目を走らせた。


外に出ていないので気温等はわかりませんが、窓から見る空は曇っていました。

風邪をひきました。そのため一昨日と昨日、そして今日、部屋で過ごしています。

一昨日は咳がひどく熱もあったのですが、今日は咳もなく、熱も下がりました。医者が処方してくれた苦いお薬のおかげでしょう。

ベッドで寝込んでいると、ときおり死について考えてしまいます。

このまま一人で、何も成し遂げずに死んでいくのかと思うと怖くなります。死は無だそうです。無とは何なのでしょう。恐ろしいです。

けれど恐ろしくても大丈夫です。キルシュネライト卿がくださった腕輪を触ると、わたくしは一人ではないと思えるのです。キルシュネライト卿はいつもわたくしを守ってくださっているのです。ありがとうございます（大好きです）。

ヨルクが料理人に助言したせいで、最近は野菜料理ばかりです。工夫をして作ってくださっているので、特に苦ではありません。ただ、おやつを控えるようにという助言は許せません。断固戦うつもりです。

実は昨日、わたくしの誕生日でした。

キルシュネライト卿が会いに来てくださったとマルガから聞きました。

誕生日にキルシュネライト卿と会えなかったのは、辛く悲しいです。

けれども誕生日は来年もあります。来年は一緒に祝ってくださいね。

アンネリーゼ

来年――。

アンネリーゼの無邪気な願いに、ランベルトは胸が痛くなった。

傷つけたくないと思う。アンネリーゼの願いを叶えたいとも思う。

けれども、アンネリーゼの想いが真っ直ぐで純真だからこそ、応えてはならない。アンネリーゼには自分よりもっと相応しい相手がいると思うのだ。

もちろん一方的な愛情を向けているオーラフのような者ではなく、彼女を心から愛し、大切にし守る……そういう男だ。

来年という約束はせず、ランベルトは交換日記を書く。

そして二日後、書き終えた交換日記帳を手に、アンネリーゼの自室を訪ねた。

「本来ならば、ちょうどよいときに訪ねてくださいました！　わたくしの心と卿の心は通じ合っている！　と、喜ぶところなのですけど……チョコレートは失敗してしまいましたの」

ランベルトから交換日記帳を受け取ったアンネリーゼは、肩を落として言った。

「隠し味にとワインを入れるつもりだったのですが、間違えて油を入れてしまいました。とても口にできる感じではありませんでした」

ワインと油。見たらわかりそうなものだ。どのような経緯があれば間違うのか。疑問を抱くが、ランベルトは料理に疎い。お菓子作りの経験ももちろんない。自分が口を挟むべきではなかろうと、「そうですか」とだけ相づちを打った。

「ですので、本日は料理人作のパンケーキをいただきましょう」

正午を少し過ぎた頃合いだった。

昼食を早めに済ませたため、小腹も減っていた。ランベルトは遠慮なく、パンケーキをいただくことにした。

（それとなく……婚約解消を匂わせるか……）

いきなり申し出るより、少しずつ婚約の解消を匂わせていくほうが、アンネリーゼも動揺が少ないだろう。

テーブルに向かい合わせに座っていると、侍女がパンケーキを運んでくる。

黄金色をしたパンケーキの上には、真っ白なクリームと瑞々《みずみず》しいイチゴがのっていた。

いかにも甘々しい見た目だったが、口にしてみるとほどよい甘さだった。パン生地も柔らかく、美味しい。

「ああ！」

アンネリーゼもパンケーキを頰張り、うっとりしていた。

「昨日、学園の帰り、ハイゼン家のお茶会にお呼ばれいたしましたの。ハイゼン家というのは、わたくしの学友のバルバラさんの家です。そこでパンケーキをいただいたのですが、ハイゼン家の料理人も王家の料理人に負けず劣らず優秀なようです。それはもう美味しいパンケーキで。ハイゼン家のパンケーキには果物の代わりに干しブドウとチョコレートがのっておりましたの」

アンネリーゼはニコニコ顔で、パンケーキの素晴らしさを熱弁した。

「バルバラさんの婚約者の方もいらしていたのですが、甘いものが苦手なのかお茶ばかり飲んでおりました。バルバラさんの婚約者は騎士学校に通っているそうです。いずれは卿の部下になるかもしれません」

「騎士学校？」

「ええ。わたくしたちよりひとつ年下です。バルバラさんの前の婚約者と比べるとなかなかの好青年です」

バルバラの元婚約者は例のオーラフ・ベットリヒである。

「オーラフ・ベットリヒの様子はその後、どうですか？」

「変わりは特にありませんわ。……いえ、そういえば昨日、学園をお休みしておりましたね。風邪でも患ったのでしょう」

「学園内でも一人きりにならないようにしてください」

「ええ。バルバラさんといつもいるようにします」

アンネリーゼは自分の身より、バルバラの心配をしているようだ。

「二人きりより、複数人でお願いします」

「ええ。みなでバルバラさんを守ります」

アンネリーゼは力強く頷いた。

本当に大丈夫なのか心配になったが、ベットリヒ伯爵は王からの信頼も厚い大臣だ。さすがに父親に迷惑をかけ、家名に傷をつけるような真似はしないだろう。

「バルバラさんの婚約解消は正しかったのです。あのような男と結婚すれば、バルバラさんは不幸になっていたでしょう」

「――私も彼と……そう変わりませんよ」

ランベルトの言葉に、アンネリーゼは首を傾げた。

「彼……？　オーラフのことですか？　オーラフ・ベットリヒとキルシュネライト卿が、そう変わらないのでしたら、わたくしとマルガは同一人物ですわ」

アンネリーゼは目を丸くして言う。

「私も、女性を幸福にできるような男ではないという意味です」

「まあ。でも、わたくし……今とても幸せなのですけれど」

ランベルトの言葉にアンネリーゼはさらに目を丸くした。

そしてパンケーキをじっと見たあと、ランベルトを見据える。

「パンケーキが美味しいうえに、目の前にキルシュネライト卿がいらっしゃるのです。窓の外は、まあまあの天気で、ナターナ王国は今日も平和です。お父様は腰が痛いとよく仰っていますが健康ですし、お母様も元気です。ジョゼフお兄様もヨルクお兄様も忙しそうですが、充実した日々を送っている風です」

アンネリーゼは部屋の隅に控えるマルガに目をやった。

「マルガは怒ると怖いです。でも優しいところもありますし、他の侍女たちもよく働いてくれています。バルバラさんは心配ですが、婚約して幸せそうですし、他の学友たちも特に大きな悩みはなさそうです。わたくしもときおり寝込みますが、元気です。みんながいて、食事が美味しくて、キルシュネライト卿は今日も麗しい。わたくし、大陸一の幸せ者だと常々思っておりますの」

にっこりと微笑んで言うアンネリーゼに、ランベルトは返す言葉が見つからなかった。

アンネリーゼは、ハッとした表情を浮かべ、小さく息を吐く。

「……わたくしが嫌いだからといって、オーラフを不幸の塊のように言うのは間違いですわね。バルバラさんが幸せかどうかは、バルバラさんが決めるのです。正しいかどうかも、結果論ですわ。

ですが何にせよ、わたくしがキルシュネライト卿といて幸せなのは間違いありません」

――でも……私は幸せなの。だから正しかったの。

頭の奥で小さな声がして、目の前のアンネリーゼに母の姿が重なった。

「どうかされましたか……？　わたくしの言葉がご不快だったのでしょうか？」

表情を曇らせたランベルトに気づき、アンネリーゼが不安げに訊いてくる。

ランベルトは首を横に振った。

「いえ……。母が昔、殿下と同じようなことを口にしていたと……思い出しまして」

「キルシュネライト卿のお母様が？　お母様は確かお亡くなりになられていると」

「ええ。亡くなって十年以上経っています。……すっかり長居してしまいました。そろそろ戻ります。パンケーキ、ありがとうございました」

結局、婚約の解消を匂わせられていない。しかし、このままここにいてはならないような気がする。

ランベルトが腰を上げようとすると、

「殿方は母を求めると耳にしたことがあります。卿がお寂しいなら、わたくしをお母様と呼んでくださっても構いませんわ」

アンネリーゼが頬を紅潮させ言う。

婚約者や恋人や妻を『お母様』と呼んでいる者がいたら、正直怖い。しかもアンネリーゼはランベルトより十二歳も年下である。

「いえ、母を恋しがる年齢でもありません」

「母親を恋しがる気持ちに年齢は関係ありませんわ。どうぞ好きなだけ、遠慮なく、存分にお甘えくださいませ！　わたくしがお母様よ！　キルシュネライト卿……いえ、ラ、ラ、ラン、ランべ……ランベト！」

　アンネリーゼは立ち上がり、両手を広げて言った。

　感情が昂《たか》ぶっているのか、呼び慣れていないせいか——まさか間違えて覚えているわけではないと思うが、アンネリーゼは盛大にランベルトをランベトと呼んだ。

「わたくしの胸に、どうぞ飛び込んできてくださいませ」

　アンネリーゼはにっこりと微笑んで言う。全く間違いに気づいていないようだ。

（いや、もしかしたら、やはり俺の正確な名前を知らないのか……？）

　少し自信がなくなってきた。

「王女殿下は、私の母親ではありません」

　ランベルトの言葉に、アンネリーゼは落胆する。

「キルシュネライト卿の母君ですもの。お美しいお方でしょうし……わたくしでは代わりにはなりませんわね」

「王女殿下は王女殿下です。母の代わりになる必要などないという意味です」

　アンネリーゼを母に重ねるつもりなどない。

「ですけど……お寂しいキルシュネライト卿を慰めたいのです」

「いつも慰められていますよ」

「……慰めてはいませんけれど……」

「笑っていてくださるだけで、慰められています」

「まあ！　ならばたくさん笑いますわ！　アハハハハハ！」

アンネリーゼは高笑いを始めた。

そういう笑いではないのだが……と思いながらも、心が穏やかに温かくなる。充分、慰められていた。

「アハハハッ……ハハッ……ハッッ、ぐっ……ゴホッ」

笑いが続けられなくなったのか、アンネリーゼが咳き込む。

「すみません。笑わなくとも慰められているので、大丈夫ですよ」

ランベルトは慌ててアンネリーゼに近づいた。

「っ……はいっ……ゴホッ」

掠れた声で返事をしたものの、すぐに咳き込む。

「失礼します」

ランベルトはそう言って、アンネリーゼの背を撫でた。

様子を窺うために視線を下にやったランベルトは、床に白いハンカチーフが落ちているのに気づいた。

以前拾った、アンネリーゼのおまじないのハンカチーフのようだ。

（確か他人が触ってしまうと効果がなくなると言っていた……）

だとするとおまじないではなく、普通にハンカチーフとして使っていて落としたのだろう。

ランベルトが拾おうと腰を屈めると――。

「あああ、なりません！」

アンネリーゼはうずくまり、ランベルトより先にハンカチーフを取った。

「おまじない中なのです！」

アンネリーゼは立ち上がり、言った。

「……おまじないは、失敗したのでは？」

「新たに始めたのです」

意中の相手を夢中にさせるため、再びおまじないを始めたようだ。

（もしも……彼女の握るハンカチーフに刺繍された名が自分以外の名前であったら――）

オーラフ・ベットリヒや耳にしたことのない男性の名前であったら……と想像し、不愉快な気持ちになった。

ランベルトの気持ちを察したわけではないのだろうが、アンネリーゼはハンカチーフを開いて見せる。そこには『ランベルト・キルシュネライト』と刺繍がしてあった。

「覚えておりますか？　これは二年ほど前に、卿がくださったハンカチーフです！」

「……私が？」

「ええ、わたくしがお兄様と卿の会話を盗み聞きしたときです。交換日記を始めるきっかけとなったあの日、キルシュネライト卿が泣いているわたくしに貸してくださいました！」

ランベルトはあのときのことを思い返す。

ジョゼフと話していると、物音がした。走っているアンネリーゼの後ろ姿が見え、慌てて追いかけた。

転びかけていたアンネリーゼを支え、石段に座らせた。

肩で息をしているアンネリーゼの顔は、走ったせいで真っ赤になり、澄んだ黒い双眸からは涙がたらたらと零れていた。

『これは……汗です』

ランベルトがハンカチーフを差し出すと、アンネリーゼはそう言った。

すっかり忘れていたが、あのときハンカチーフを貸していた。

「おまじないの効力を高めるため、キルシュネライト卿から貸していただいたハンカチーフを使っているのです。卿からいただいたハンカチーフは二枚だけですので、もう失敗しないようにせねばなりません」

と言ったあと、アンネリーゼは何かに気づいたように眉を寄せた。

「……わたくし、つい……また、喋ってしまいました……。あの、このハンカチーフも返すのを忘れていただけで……決して借りたまま返さずにいようと、企《たくら》んでいたわけではありません。その……ちょうどおまじないによいと思って使用しただけで……おまじないも……キルシュネライト卿のお心を、おまじないの力を借り、どうにかしようと考えたわけではなく、何というか、気持ち的なものです。嫌わないでくださいませ…………申し訳ございません」

アンネリーゼはたどたどしく言い訳をし、頭を下げた。

「ハンカチーフは差し上げたようなものですし、おまじないをしていたからといって、嫌いませんよ。――そういえば……幼い頃、私もおまじないをしていました」

「キルシュネライト卿が、おまじないを？　……初恋を叶えようとしていらしたのですか？」

「幼い頃、私は怖がりで、中でもお化けが怖くて仕方がなかった。ハンカチーフを手首に巻くと……怖いものがなくなると聞いて……ラード教国に伝わるおまじないだそうです」

アンネリーゼはハッとし、微笑む。

「初めてお目にかかったとき、わたくしの手首にリボンを巻いてくださいましたね！　今も……卿がくださったこの腕輪のおかげでしょうか。わたくし怖いものがありません！」

アンネリーゼの手首には銀製の腕輪がある。

アンネリーゼがランベルトの巻いたリボンをずっとつけたまま外さなかったので、代わりに渡すよう彼女の母、王妃から腕輪を預かり頼まれたのだ。

言われたまま行動したにすぎないのに、思い返せばいつもアンネリーゼは腕輪をつけていた。

「ハンカチーフを贈ります。おまじないが失敗しても、また挑戦できるように」

「まあ！　本当ですか？　これで失敗しても安心ですね！」

嬉しげに言うアンネリーゼを見下ろし、ランベルトは今までうだうだと考えていたことが非常に馬鹿らしくなった。

自分ではアンネリーゼを幸せにできないと思っていたが、アンネリーゼ本人は幸せだと言っているし、端から見ていて不幸な様子は全くない。

婚約解消後、オーラフのようなおかしな男がアンネリーゼの婚約者になったら後悔しそうだ。それならば、自分がアンネリーゼを大事にしたほうがいい。

(殿下が他の男性に好意を持ったら……そのときは俺が身を引けばよいだけだ)

国王に結婚を申し出よう――。

ランベルトは心の中で決断をした。

叔父とは一度きちんと話をする。

パントデンに戻るとなると、アンネリーゼの健康面が心配だ。しかしそれも、アンネリーゼや彼女の家族と相談しながら進めていけばよい。

決めてしまうと、今までの鬱屈が嘘のように晴れやかになる。

しかし――その翌日、困った事態が発生し、ランベルトは結婚の申し出を後回しにすることになってしまった。


「オーラフ・ベットリヒが行方不明になったそうだ」

朝、王太子の部屋に向かうと、ジョゼフが険しい顔でランベルトに言った。

「昨日の朝から姿が見えないと、先ほどベットリヒ伯爵から父に報告があった」

行方をくらます前、オーラフは父親と口論になったらしい。口論の原因はアンネリーゼだ。

王にアンネリーゼとの結婚を断られたベットリヒ伯爵は、息子にそれを告げた。するとオーラフは逆上し、父親に殴りかかったという。

使用人たちが止めに入ったものの、ベットリヒ伯爵は鼻の骨を折る大怪我をした。

オーラフは自室に閉じ込められていたのだが、事件のあった翌日、屋敷を脱《ぬ》け出した。

「醜聞を恐れ、内密に捜していたらしい。だが昨日、オーラフにアンネリーゼが襲われた」

「襲われた……？　お怪我をされたのですか？」

ランベルトは青ざめ、ジョゼフを見返す。

「怪我はない。襲ったというか……正確には襲いかかってきたらしい」

アンネリーゼが学園の庭を学友のバルバラと二人で歩いているとき、突然オーラフが現れたらしい。オーラフは『なぜ俺と結婚してくれないんだ』と呟きながら、駆け寄ってきた。ちょうど庭には人気がなく、助けてくれそうな者は誰もいない。逃げかけたのだが、すぐに追いつかれてしまう。

そして、その手がアンネリーゼに伸びたとき――。

「バルバラ嬢がオーラフの股間を蹴飛ばしたらしい」

ランベルトは以前、アンネリーゼが足を振り上げていたのを思い出す。

その隙に、アンネリーゼとバルバラは手を取って逃げ出した。

教師に報告し、みなでその場へ向かうが、すでにオーラフの姿はなくなっていた。

「教師からの報せを受け、ベットリヒ家に問い合わせた。それでようやく、オーラフが行方不明になっていることをベットリヒ伯爵が明かした」

それだけでなく、オーラフの自室には、アンネリーゼへの大量の恋文もあったという。

「アンネリーゼ王女殿下は今どちらに？」

「学園は休ませた。自室にいる」

王宮内ならば安全だ。アンネリーゼが無事でよかったと、ランベルトは心の底から安堵する。それと同時に、彼女を危険な目に遭わせたオーラフへの憎しみが込み上げてきた。

「当の本人は暢気《のんき》なものだ。狙われたのはバルバラだと、学友の心配ばかりしている」

ジョゼフは呆れたように言うが、怖がらせたくもないのだろう。アンネリーゼにはオーラフの大量の恋文や求婚の件は明かすつもりはないらしい。ちなみにランベルトもジョゼフと同じで、オーラフの気持ちの悪い一方的な想いなど、アンネリーゼは知る必要がないと考えていた。

バルバラにも護衛をつけ、オーラフの捜索が始まった。

捜索の指揮はランベルトが取ることになり、獅子騎士団の多くの団員が捜索に加わった。

伯爵家の令息で、調べたところ交友関係は狭い。すぐに見つかるだろうと楽観視していたが、十日過ぎてもオーラフの行方はわからぬままだった。

もしかしたら自死しているのでは、と王都近くの川も捜索してみた。しかし痕跡は見つからない。

そしてオーラフが行方不明になってから十二日目。

アンネリーゼ宛てに一通の手紙が届いた。

『アンネ、もうすぐ迎えに行くよ。待っていてほしい。俺の春の妖精』

ジョゼフに手紙を見せられたランベルトは、これ以上ないくらい険しく眉を寄せた。

「オーラフの署名がある。オーラフが行方不明になっているのはごく一部の者しか知らない。悪戯《いたずら》の可能性もなくはないが……ベットリヒ伯爵に確認したところ本人の筆跡らしい、とのことだ」

「王女殿下の名前を、略称するなど……無礼な男です」

「ん？　……ああ、そうだな」

「王女殿下は読まれたのですか？」

「いや、アンネリーゼの手には渡っていない。怖がらせたくはないのだが……少しは怖がらせたほうがよいのかもしれん。顔を合わすたびに、不満を口にするようになった」

学園で襲われて以降、アンネリーゼは学園に通っていなかった。

オーラフが行方不明になっていて、また襲われる可能性がある。念のため王庭の散歩も控え、部屋から出ないよう言いつけていた。さすがにそこまで警戒する必要はないのでは、と不満が溜まってきているようだ。

アンネリーゼのためにも、早くオーラフを見つけないとならない。

捜索の人員を増やし、交友関係を洗い直していたのだが――。

「僕が囮《おとり》になります」

進展しない状況にもどかしくなったのか、アンネリーゼの双子の兄、ヨルクが思い詰めたような表情で提案してきた。

「鬘《かつら》を被れば、アンネリーゼと間違えて接触してくるかもしれません」

「いやいや、顔が似てても、さすがに間違えないでしょ」

ランベルトの部下であるヤンが肩を竦め、口を挟む。

「王宮から出てきた馬車に乗っていたら、多少の違いには気づかないのでは？　試して損はありません」

「王女殿下が襲われるのは困るけど、王子殿下が襲われるのも困るでしょ」

「僕は騎士学校で身体を鍛えています。自分の身くらい守れます」

「過信は身を滅ぼすよ」

「王女に付き纏う伯爵家の令息ごときに、騎士団員の労力をかけたくないのです。さっさと事件を解決しましょう。アンネリーゼもうじうじ鬱陶しいですし、解決できる可能性があるなら、何でも試すべきです」

キッとランベルトを見上げ、ヨルクは言った。

彼なりにアンネリーゼを心配しているのだろう。

ヨルクを危険な目に遭わせるわけにはいかなかったが、オーラフの行方は依然として手がかりすら見つかっていない。罠《わな》にかかる可能性が低くとも、試してみる価値はあった。

ランベルトはアンネリーゼと体型の似た女騎士を囮にすることにしたのだが――囮役として現れたのはドレスを纏ったヨルクであった。

「すみません……どうしてもと言われて……」

ヨルクの後ろで本来の囮役だった女騎士が頭を下げる。

女騎士もドレスは着ていたが、黒髪の鬘はヨルクに奪われていた。

「どうです？　ドレスは調達しました。彼女より僕のほうが、オーラフとやらを騙せるはずです」

赤いドレスを纏い、化粧を淡く施したヨルクは、声と背、そして瞳の色以外は確かにアンネリーゼにそっくりだった。

「アンネリーゼのために、女騎士を危険な目に遭わすわけにはいきませんから！」

ヨルクは胸を張って言うが、それは大きな間違いである。

騎士たちはみな、国に……王に忠誠を誓っている。王族を守るのが騎士の役目だ。

「僕のほうが囮として有効ならば、僕を使うべきです。それに……身分がどうであれ、僕は騎士なのです。他の騎士たちより自分が劣っているとは思っていません。どうかお願いです。囮任務は僕にやらせてください」

ヨルクはランベルトを見上げ、真摯な眼差しで言った。

「あのねえ、殿下」

ヤンが呆れ声で口にしかけた言葉を、ランベルトは手で制した。

騎士団に所属していようと、ヨルクは王子だ。他の団員たちのように危険な任務を与えるわけにはいかなかった。

ヨルクは己の特別扱いに、もどかしさを感じていたのだろう。

けれどもランベルトはヨルクのつまらない自尊心よりも、彼の安全のほうを優先せねばならない立場にある。ヨルクの考えを、甘いと窘《たしな》めなければならない。

ランベルトもわかっていたのだが――真摯に見つめてくる姿は、アンネリーゼにそっくりで、できれば思いを汲《く》んでやりたい。そんな気持ちになってしまった。

（それに……相手は何の訓練も受けていない貴族のお坊ちゃまだ。俺を含め、騎士たちが控えている。囮といえども、危険な状況にはならない）

ヨルクだけでなく、ランベルトもまた自分を過信してしまっていた。

「わかりました。ただし、私の命には大人しく従ってください」

「ありがとうございます！」

ランベルトが許可するとヨルクは嬉しげに礼を言い、ドレスの裾を気にしながら馬車に乗り込んだ。

「……本当にいいんですか？　もし王子様に何かあったら、ランベルト様の責任になるんっすよ」

「わかっている。手筈どおりに頼む」

ヤンは不満顔ではあったが「わかりました」と頷いた。

馬車にはヨルクの他に、騎士が侍女の扮装《ふんそう》をして乗車していた。御者役は馬の扱いに慣れた騎士だ。

ヨルクを乗せた馬車は、王宮を出てすぐの大通りで停《と》まる。

『アンネリーゼ』は侍女とともに降り、裏路地に。そこには異国の装飾品や小物を売っている雨よけつきの露店がある。露店に立ち寄り商品を見ている『アンネリーゼ』から侍女は距離を取り、オーラフが近づくための隙を作る――そういう計画である。

そうそう上手くいくはずはない。そもそも王宮をオーラフが見張っているかもわからなかったが数日は同じような行動を続けるつもりでいた。しかし、運が良かったらしい。

茶色い外套《がいとう》姿で、フードを深く被った男が背後から『アンネリーゼ』に近づいてきた。

露店の店主に扮していたランベルトは身構え『アンネリーゼ』役のヨルクに視線を送った。

ヨルクは小さく頷き、後ろを振り返る。

「……アンネ」

男が低い声で言う。

「アンネ、俺だよ。オーラフだ。どうしても君と、話がしたかったんだ」

男がフードを取る。亜麻色の髪はボサボサ。顔立ちは整っていたが、汚れが目立つ。

「父上に閉じ込められて……君ともう会えなくなるんじゃないかと思ったよ。だが……俺たちはやはり運命の絆《きずな》で結ばれている。こうしてまた、君と会えた。君も俺に会いたかっただろう？」

オーラフは気安くアンネリーゼの名を呼んだだけでなく、運命の絆などとおかしなことを口走っている。想像していた以上に、思い込みが激しい男のようだ。

この路《みち》は袋小路になっていた。オーラフが来た方向にはすでに、民に扮した騎士が立っている。

離れた距離にいた侍女が、背後からオーラフに近づいていた。

この侍女は、鬘を被り侍女服を着ているヤンである。

ヤンが定位置についたのを確認したあと、ランベルトはヨルクとオーラフの間に割って入った。

「何だ……お前？」

「オーラフ・ベットリヒですね。お父上が捜しておられます」

「……っ！」

ランベルトが声をかけると、オーラフは息を呑み、踵を返す。

すかさずオーラフの背後にいたヤンが、オーラフの身体を羽交い締めにした。

他の騎士たちも駆け寄ってくる。

「……放せ！」

ランベルトは身をねじり抵抗するオーラフの身体に触る。腰に短剣らしきものがある。ランベルトは衣服を探り、出てきた短剣を近くにいる騎士に渡した。

「貴様、うちの家の者か！　父が死ねば、俺が当主になるのだぞ！　父ではなく俺の命令を聞くのが筋であろう！」

オーラフは唾を飛ばしながら怒鳴った。どうやら自分の置かれた状況を把握できていないようだ。

「私は獅子騎士団の者です」

「騎士団だと⁉　なぜ騎士団が……っ」

「あなたは行方をくらましてすぐ、アンネリーゼ王女殿下を襲いましたね。あなたが王女に危害を及ぼす可能性があると判断されたからです」

「襲ったんじゃない！　話そうとしたんだ！　アンネ、そう、アンネだ。アンネ、聞いてくれ。俺は正当に求婚したのだ。なのに、俺の父か君の父が、俺たちの愛の邪魔をしている！」

オーラフはヨルクを見つめて叫んだ。

「バルバラも婚約をした。もうバルバラに気を遣わなくていいんだぞ。アンネ」

どうやら自分がバルバラの婚約者だったから、アンネリーゼに拒絶されたと思っているらしい。

「連れていけ」

小汚くなっている以外は、一見普通そうに見えた。けれどもよく見ると眼差しが虚《うつ》ろだ。

元来の性格ならば治療しようがないが、心を病んでいるがゆえの妄言ならば専門家に任せたほうがよい。

「ほら行くよ〜」

ヤンがオーラフに歩くよう促す。オーラフは首を激しく振った。

「君こそが！　俺の運命の女性なんだ！　あのとき、バルバラのために怒ってみせたのだろう！　アンネ、本当の君は優しい人なのに、忌まわしい出生に苦しみ、そのせいであんな乱暴な真似をしたんだろう？　大丈夫、俺はどんな君も受け入れてみせる。悪徳王女の君とだって、寄り添ってみせる。俺だけが君の理解者だ。君と一緒なら茨《いばら》の道も俺は怖くない。君とともに、暗黒の闇に落ちよう！」

オーラフの妄言に苛立ち、ランベルトが口を開きかける。しかしランベルトより先に背後にいたヨルクが叫び始めた。

「……忌まわしい出生だと!?　アンネリーゼが苦しんでいる!?　貴様にアンネリーゼの何がわかる！　ふざけるな！」

見かけは似ていても、声は全く違う。ヨルクには黙っているよう指示していたのだが、オーラフの言葉が我慢ならなかったらしい。

「アンネ？　声をどうしたんだ！　俺のアンネをどこにやった！　騙したのか？　アンネ、アンネ、俺のアンネ。もう終わりだ。アンネ、アンネ」

オーラフは嘆くように叫び、涙を流した。

そして、ゴホッと咳き込み、うぐうぐと呻き始める。

「……お、おいっ、どうした？　クソッ、毒かっ！」

オーラフの口から血が零れる。

死なせるわけにはいかないと焦ったヤンが、拘束していた腕を緩めた。

「……っ、ヤン、放すな」

「うわっ」

オーラフがヤンを突き飛ばす。

「悪い魔女に乗っ取られたんだ！　アンネ、今助ける！」

周囲にいた騎士たちがたじろいだ隙に、オーラフが叫びながらヨルクに突進してきた。

ランベルトは二人の間に割って入る。

体当たりされるのと同時に、ランベルトはオーラフの腕を摑む。

「ぐあっ」

オーラフごと、ランベルトは露店の商品の中に倒れ込んだ。ガラス玉や小皿が、ガチャンとけたたましい音を立てる。

何かが背に当たった鈍痛はあるが、幸いガラスなどで切れた痛みはなかった。

「……アンネッ、アンネ……」

オーラフはランベルトの身体の上で、未練がましく名を呼んでいる。

「気安く呼ぶな。不敬だろう」

アンネ、アンネ、アンネ……なぜこの男は何度も何度もしつこく、アンネリーゼを愛称で呼んでいるのだ。

男がアンネと呼ぶたびに怒りが蓄積されていき、気づいたら、自分でも驚くくらい低い声が出ていた。

オーラフの濁った目がランベルトを映す。

「お、お前は……っ、ランベルト・キルシュネライト」

オーラフはランベルトの顔を知っていたらしい。騎士服姿でなく、商人風の出で立《いた》ちだったため、気づくのが遅れたようだ。

「お前が、お前が俺のアンネを、奪ったのだ！　俺のほうが、俺のほうが彼女と先に運命の出会いをしていたのに」

「運命の出会い？」

ランベルトが問いかけると、オーラフは勝ち誇ったように嗤った。

「彼女は春の妖精。俺は夏の木霊なんだ。アンネの十歳の誕生日のお茶会で、俺たちは出会った。運命の出会いだ。それをお前が……お前ごときが、無理やりアンネと婚約した！」

アンネリーゼの十歳の誕生日。その日、王宮ではお茶会が開かれていた。

ランベルトの脳裏に、白いドレスを着た小さな少女が浮かぶ。お茶会に参加する前の、小さく可憐なアンネリーゼだ。

オーラフはあの少女に先に出会ったから彼女に相応しいと思っている。けれど——それは間違いだ。苛立ちと優越感が混じった思いが込み上げてきた。

「残念だが、俺のほうが先に出会っている」

ランベルトは吐き捨てるように言うと、オーラフの腕を摑んだまま起き上がり、地面に押し倒した。

「ぐほっ」

「ランベルト様っ。す、すみませんっ！　大丈夫ですか⁉」

ヤンが駆け寄り、青ざめた顔で訊いてくる。

「大丈夫だ。……おそらく服毒はしていない。血は、唇でも噛んだのだろう」

押し倒した背を膝で押さえつけながら、念のためオーラフの顔を窺った。まだしつこく『アンネ』と口走っているが、顔色は悪くない。

オーラフをヤンに任せ、ランベルトは立ち上がる。

ヨルクに視線をやると、オーラフの剣幕に驚いたのか、突進され恐怖を覚えたのか、引き攣った表情で立ち竦んでいた。

「殿下、お怪我はありませんか？」

「……え……は、はい」

もう心配はいりませんよ……と、ヨルクの肩に手を置こうとしたときだ。

ヨルクの背後。露店の鉄柱がぐらりと揺れ、屋根が落ちてくる。

「……っ！」

考えるより早く身体が動いた。

ヨルクの身体を庇うように抱き込んだ瞬間、頭部に痛みが走る。

ぐらりと、視界が暗くなり――ランベルトは気を失った。


気を失ったランベルトは、すぐに王都の病院に運ばれた。

目を覚ましたのは、その日の夕方だった。

頭部に痛みはあったが、手足の痺《しび》れはなく、吐き気はなかった。ただ――なぜか、視界が暗い。

全く見えないわけではない。目に映るものはみな、ぼんやりと暗い。人が前に立っているのは何となくわかるが、髪の色も表情も輪郭もぼやけていてわからないのだ。

医師に自身の状態を伝えると「とりあえず様子を見ましょう。しばらくは絶対安静で。頭を固定し動かないようにします」と渋い声が返ってきた。

翌日、ジョゼフが病室に現れた。面会は禁止されていたが、自分が気を失って以降のことをどうしても知りたかった。

ジョゼフはベッドに横たわるランベルトを見下ろし、ヨルクのせいですまないと謝罪した。

首を横に振りたいが、頭が固定されている。そのため、天井に顔を向けたまま目線だけジョゼフに向けて「いいえ。事故ですし、私の落ち度です」と答えた。

結果的にヨルクを庇って怪我を負いはしたが、柱が倒れたのは事故だ。

露店の設置に不備があったうえに、ランベルトはオーラフへの苛立ちで注意力が散漫になっていた。あの場で指揮を執っていたのはランベルトなのだから、責任はすべて自分にある。

むしろヨルクを危険な目に遭わせてしまったと、悔いていた。やはりあの場に彼を参加させるべきではなかった。

ヨルクに何かあれば、死んでも死にきれない。ヨルクに怪我はないと聞き、ランベルトは心の底から安堵していた。

捕らえられたオーラフは、現在、王宮の地下牢に囚われている。

厳重な監視の下、ベットリヒ家に送り返す予定だったのだが、取り調べで新たな事実が発覚したらしい。

オーラフは行方不明の間、民家に押し入り、盗みを働いていたのだ。怪我を負わされた若い女性もいた。

アンネリーゼを襲った件は公にはなっていないが、その事件により獄所送りになるだろう、とジョゼフは言った。

同様に、アンネリーゼにも、彼女が狙われていた件は伏せたままで、オーラフが強盗していたとだけ伝えると『そんな危険な人だったなんて』と驚き『バルバラさんに害をなす前に捕まってよかったです』と安堵していたという。

ランベルトは、ヨルクに心配いらないと伝えてくださいと頼む。そしてアンネリーゼにも、自分の怪我を知らせぬよう、ジョゼフに頼んだ。

「アンネリーゼに話すと見舞いに行くと言って、うるさいだろうからな……」

あれが来たらお前もゆっくり休めないだろう、とジョゼフは肩を竦めた。

五日が過ぎ、十日が過ぎた。

頭の痛みはなくなり、動けるようになった。しかし視界はぼんやりと暗いままだった。

「いずれ、治るのでしょうか？」

ランベルトの問いに、医者は口ごもる。そして「治るとも治らないとも言い切れない。もしかすると悪化し失明する可能性もある」と答えた。

ランベルトは一日悩んだあと、医者に自身の病状のことは、誰にも言わないでほしいと頼んだ。

そしてヤンを呼び出した。

「すみませんでした。俺が……油断したせいで、ランベルト様がこんなことに……」

現れるなり、ヤンは憔悴《しょうすい》しきった声音で言った。ヨルクだけでなく、ヤンもランベルトの怪我に責任を感じていたらしい。

そんなヤンに自身の状態を伝えるのは気が引ける。別の者に頼もうかと思ったが「俺に用があったんですよね。ランベルト様のためなら何だってします」と言われた。

ランベルトは、あの事故はお前のせいではない、と強く前置きしたあと、自身の目の状態を話し、騎士を辞め王都を離れるための準備を手伝ってほしいと頼んだ。

「いやいやいやいや……」

ぼやけた人影から、心底嫌そうな声が返ってきた。

「まだわかんないんでしょ。よくなりますよ、絶対」

「だがこのまま、休み続けるわけにはいかない」

「今までの功績もあるんっすから、ゆっくり休んでください。……つーか、俺に言われても……せめて、王太子殿下に頼んでくださいよっ」

「王太子殿下に言うと止められるだろう」

「止められるとわかってるんなら、大人しく止められてくださいっ」

「罪悪感につけ込むのは悪いと思うのだが……先ほど何でもしてくれると言ったろう？」

「言いましたけど……」

「頼む」

「頭下げないでくださいよ……ううううう」

「ヤン、お願いだ」

「やめてください……そんないつもと違う弱々しい捨てられた子猫みたいな顔でお願いされちゃうと、俺……ううう、わかりました、命令されたので！　俺は命令されて何も考えず、ランベルト様に従いました！　そういうことにします！　何でも言ってください。従いまくります！」

ヤンは吹っ切れたように大きな声で言った。

そして、ランベルトはヤンの手を借り、パントデンで療養する準備を進めた。

自室にある入り用の私物を纏めてもらい、叔父に連絡を頼む。叔父は長旅用の馬車を手配してくれた。

パントデンに着いてから書こうかとも思ったが、早めにすっぱりと思い切りたかったのもあって、アンネリーゼに手紙を書いた。

ぼんやりとしか見えないので、上手く書けているかどうかわからない。けれども長文ならともかく短い文だ。違和感は抱かないだろう。おそらく。

（陛下に降嫁を願い出る前だったのは、不幸中の幸いだ……）

もしも王がランベルトの降嫁の願いを聞き入れたあとだったら。アンネリーゼが一年後に結婚するつもりでいたら、きっと今以上にアンネリーゼを傷つけていたはずだ。

（どちらにしろ泣かせてしまうかもしれないが……）

しかし、すべてはアンネリーゼの将来のためだ。

今の状態では、騎士団に復帰はできない。領主として働くのも不可能だ。もしも完全に光を失ったら、日常生活すら人の手を借りねばならない。

アンネリーゼは優しい。ランベルトの状態を知れば、寄り添ってくれるかもしれない。けれども何の不自由もなく暮らしてきたアンネリーゼに、自分という重荷を背負わせたくはなかった。

――シーラはね、本当はケビン様と親しくなさっていたのよ。けれどキルシュネライト辺境伯が大けがを負ってしまって。不自由な身体になった辺境伯を見捨てて、ケビン様を選ぶことができなかったのでしょう。同情でキルシュネライト辺境伯と結婚したの。

かつて盗み聞いた、叔母の言葉が頭の奥で響く。

母と父はどんな気持ちで結婚したのか、ランベルトにはわからない。けれど自分は、同情でアンネリーゼを繋ぎ止めたくなかった。

――こんなに早く亡くなったのは、自分も身体が弱いのにキルシュネライト卿の看病をしていたからよ。

青白い顔でベッドに横たわっていた母の姿に、アンネリーゼが重なる。

アンネリーゼが大事だと思う。大事だからこそ、彼女の苦しむ姿を見たくない。彼女には長く生き、誰よりも幸せになってほしかった。

（俺は父上とは違う……）

ランベルトはアンネリーゼへの手紙を書いたあと、ジョゼフに謝罪の手紙を、国王にアンネリーゼとの婚約解消を願い出る手紙を、それぞれ認《したた》めた。

そして最後に、騎士団の退団届を書く。

オーラフが捕縛された二十日後。

ランベルトを乗せた馬車は、パントデンへと向かった。

## 挿話　ジョゼフ

ジョゼフが手紙を受け取ったとき、ランベルトはすでに王都を出たあとだった。

手紙を受け取ってから二日後、ジョゼフはヤンという名の騎士を自身の執務室に呼びだした。

「あの……すみません。何も知らないんですよ……本当に。本当に……本当に本当に……」

嘘が吐けない性格なのか、ジョゼフが問いかけるより前に頭を下げ謝罪を口にした。目をそわそわと動かしながら、語尾を弱めていく。

「お前を責めたいわけではない。医者にも……ランベルトの目の状態は確認済みだ。……負担にならぬために、身を引いたのだろう」

患者の病状は話せないと渋っていたが、王命をチラつかせると口を割った。

「あ！　ご存じでしたか」

ヤンは胸に手を当てふうっと大きく息を吐いた。

「パントデンで、治療の準備はできているのか？」

ランベルトは長くパントデンへ戻っていない。

両親の死後、叔父との仲が拗《こじ》れでもしたのだろうと思っていたが、ジョゼフは深く追求はしなかった。

ランベルトを慮ってというより、彼がパントデンに戻らず、傍にいてくれるのが都合よかったからだ。変に探りを入れた結果、ランベルトが郷愁に駆られて、パントデンに帰ると言い出すのを恐れていた。

（……叔父と不仲ならば、ランベルトの居場所はないのではないか）

ランベルトが手厚い治療を受けられる状況にあるのか心配になって問うと、ヤンは「それは大丈夫だと思います」と言い、続ける。

「パントデンに手紙を出すと、すぐにキルシュネライト家から連絡がありました。馬車を手配したのもあちらですし」

「そうか」

ジョゼフは安堵する。しかし安堵しながらも、パントデンに居場所がなければ……ランベルトの叔父が彼を受け入れなければ、王都に繋ぎ止めることができたのではないか、と思ってしまった。

ランベルトが療養のためにパントデンに帰ったと伝えると、ヨルクは愕然とした様子で目を見開いた。

「なぜですか……？」

「もともと近々パントデンに戻る予定だった。怪我は騎士団を退団するよい機会で、数か月前に知り合った女性とパントデンで結婚するつもりだ……そうだ」

「そんな……嘘です……」

ランベルトが怪我をして以来、ヨルクは王宮で謹慎していた。

謹慎はジョゼフが命じたのだが、本人もランベルトの怪我は自分を庇ったからだと責任を感じ、憔悴していた。

オーラフを捕まえるため、ヨルクが囮になった件をジョゼフはあとから知った。

ヨルクは王族とはいえ騎士団の団員だ。ヨルクの扱いはランベルトに任せていた。

どんな経緯があれ、許可を出したのはランベルトだ。ランベルトも己に責任があるとわかっていたからこそ、身を挺《てい》してヨルクを庇ったのだろう。

そもそも囮役がヨルクでなくとも、発生したかもしれない事故だ。

ランベルトの怪我をヨルクのせいにして、あれこれ言うつもりはなかった。ただ……。

「お前、アンネリーゼのために、女騎士を危険な目に遭わすわけにはいかないと言ったらしいな」

「……ヤンさんから訊いたのですか？」

ヨルクが眉を顰める。

「経緯を訊くのは当然だろう」

ヤンは自身がオーラフの演技に騙され、拘束を緩めてしまったこと、そのせいでヨルクが危険な目に遭ったことも、包み隠さず話していた。

「アンネリーゼを……王族を守るのが騎士の務めだ。そしてお前もまた騎士である前に、この国の王子だ。お前に何かあれば、騎士たちは命を賭してお前を守る。それだけは、決して忘れてはならない」

「……わかりました」

ヨルクは俯き、噛みしめるように言った。

泣いているのだろう。ポッポッと、座っているヨルクの膝に涙の粒が落ちた。

「兄上……本当のことを教えてください。本当は……怪我が酷いのではありませんか。無事ならば……パントデンに戻るにしても、きちんと直接会って説明してくれるはずです。僕が落ち込んでいると知っていて、何も言わずいなくなるなんておかしい……」

会うわけにはいかないから、会いに来ないのでは……と、ヨルクは掠れ声で続けた。

「とりあえず……今は、休養が必要なのだ。お前にできることは何もない」

弟は反省し、落ち込んでいた。冷たい言い方な気もしたが、その場限りの慰めは言えなかった。

「……はい……。……アンネリーゼは？　アンネリーゼはどうするのです？　アンネリーゼもパントデンについていくのですか？」

「婚約は解消になった」

「そんな……っ！　怪我をしたから、アンネリーゼの降嫁先に相応しくないと、父上が決めたのですか？　それともアンネリーゼが怪我をしたランベルト様を見捨てたのですか？」

ヨルクの問いに、ジョゼフは首を横に振った。

「ランベルト自身の願いだ」

ジョゼフの言葉に、ヨルクは眉を寄せる。

「そんなの……アンネリーゼは納得しませんよ……」

ヨルクは肩を落とし、息を吐きながら言った。


ランベルトの目の状態について知っているのは、医者とヤンと自分、そして王だけだった。

ジョゼフだけでなく、ランベルトは王のもとにも、騎士団退団と、アンネリーゼの婚約解消を願い出る書簡を送っていた。

王は事件が起こる以前から、ランベルトにアンネリーゼと結婚をするつもりがあるのか訊いていたらしい。しかしランベルトの性格からして、解消するなら直接言いに来るはずだと、不審に感じた。

王に問い質されたジョゼフは、ランベルトの目の状態を明かした。

『そうか……。あちらで適切な治療を受けられるよう、こちらからも話してみよう。しかし……アンネリーゼには黙っていたほうがよいかもしれんな……』

アンネリーゼに苦労をかけたくない親心もあるだろうし、ランベルトに迷惑をかけるのではという不安もあったのだろう。

ヨルクの言うとおり、いきなり婚約解消すると伝えても、おそらくアンネリーゼは納得しない。

あとから知ったときのことも考えると、事実を明かしたほうがよいとも思った。

けれども当の本人であるランベルトが、わざわざ他の女性と結婚するという嘘を吐いてまで、アンネリーゼとの婚約解消を願い出たのだ。

（アンネリーゼを思って身を引いたのなら、明かすのが正解なのだろうが……）

アンネリーゼが思慮深く、献身的な女性だったならば、ジョゼフは迷わずアンネリーゼに事実を伝えていた。

だがアンネリーゼはお世辞にも、そういう性格ではない。

王女という恵まれた身分だけでなく、幼い頃病弱だったせいで、甘やかされて育った。

周りの者たちも厳しくしているようでいて、蝶《ちょう》よ花よとアンネリーゼを可愛がっている。

侍女たちに任せっきりのアンネリーゼに、ランベルトの世話などできようはずもなかった。

そのうえ、性格も後先のことは考えず、その場の感情だけで生きている部分がある。

もしも失明してしまったならば、ランベルトは落ち込むに違いない。自暴自棄にもなるかもしれない。

ランベルトを励まし、ときには叱咤し、献身的に支え続けなければいけないのだが……ジョゼフは、そのような妹の姿がどうしても想像できない。

頼りないアンネリーゼは負担になると考え、切り捨てた可能性もないとは言い切れなかった。

婚約解消の件は、母がアンネリーゼに伝えるという。

（殊勝に受け入れるか……落ち込んでしばらく大人しくしてくれればよいのだが）

ジョゼフがランベルトの真意を確かめるまで、待ってくれれば——と考えていたが、思いどおりにはいかなかった。

「殿下、アンネリーゼ王女殿下がいらしていますがお通ししますか」

ランベルトがパントデンへと出発して三日後。
執務室にいたジョゼフをアンネリーゼが訪ねてきた。

第五章

「マルガ、魔女はやはり森に住んでいるのかしら？　それとも崖の下？　塔のてっぺん？　いえ……案外近くにいるのかもしれないわ。マルガ、本当はあなたが魔女ではなくて？」

夜、入浴を終えたアンネリーゼは、髪を梳かしてくれているマルガを、鏡越しに見つめながら訊いた。

「私は魔女ではございません。それに姫様、魔女は空想上の人物です。現実には存在いたしません」

アンネリーゼの問いに、マルガはそう返す。

「現実に存在しなかったら、キルシュネライト卿を石像にできないわ！」

「姫様は卿を石像にしたいのですか？」

マルガが櫛《くし》を止め、驚いた顔をして訊いてくる。

「騎士団を退団されたの。騎士服姿を永遠に留《とど》めておきたいもの……石像にしたら、永遠に騎士服姿でいられるわ！」

「姫様は騎士服姿のキルシュネライト卿がお好きなのですね」

アンネリーゼは、紳士服のランベルト、平民服のランベルトを想像する。そして裸体のランベルトを想像しそうになり、頭をブンブンと振った。

「わたくし！　どんなキルシュネライト卿も大好きです！」

「ならば石像にならないほうがよいのではありませんか？」

騎士服姿しか見られなくなりますよ、とマルガは言う。

「確かに、そうね……それに石像になったら……わたくしとお喋りしてくださらなくなる……わたくし、婚約を解消されても、嫌われても、憎まれても……お喋りしたい……」

「なら、魔女を探すのはおやめくださいね」

「ええ……なら、わたくしはいったいどうしたらよいのかしら……」

「ゆっくりお考えになればよろしいかと。さあ、髪も乾きましたし、お休みなさいませ。姫様」

マルガが退室し、アンネリーゼは自室に一人きりになった。

マルガは冷たい。アンネリーゼを心配し、夜通し一緒にいてくれてもいいのに、と思う。

冷たいといえば、母はともかく、父も兄たちも冷たい。極寒だ。

婚約解消されたと知っているはずなのに、アンネリーゼの様子を見にも来ない。それどころか夕食のとき、アンネリーゼは一人きりであった。

けれども、一人きりだったからこそ、冷静になれた気もする。昼間、母から婚約解消の話を聞いたときは、ただただ苦しかった胸も、ずいぶん落ち着いた。

（今なら……読んでも大丈夫かしら）

アンネリーゼは机の上に置いてあるランベルトからの手紙に目をやる。

昔からお前のことが鬱陶しかったんだ！　などの言葉が書き連ねてあっても、悲しみと衝撃と絶望で死にはしない……と思う。

握りしめていたせいで皺くちゃになった手紙を手に取り、丁寧に封を切る。

手紙を読む前から、涙が零れた。手の甲で涙を拭いながら、アンネリーゼは愛しい人からの手紙を読んだ。

黙っていましたが、あなた以外に愛する人がいます。いきなりで、申し訳ございません。婚約の解消をお願いします。

ランベルト・キルシュネライト

手紙を持つ手がぷるぷると震える。

アンネリーゼはバシンと手紙を机に叩きつけた。

「愛がわからない！　誰も愛せないと仰っていたのに！」

なのになぜ、自分以外の誰かを愛しているのだ。わけがわからない。

（いえ……わたくしが愛について教えて差し上げたから、だから、キルシュネライト卿は愛する心を手に入れたのかもしれない……）

交換日記を続けたのは無駄ではなかった！　と嬉しくなる。もちろん一瞬だけ。すぐに、こんなことになるのならば、交換日記などしなければよかったと激しく後悔した。

愛を知らぬままのランベルトと、王女特権で強引に結婚をしたほうがよかった。

そういえば忙しいと聞いていたので、交換日記も取りに行っていない。

本当は忙しくなどなく、愛を知ったのでアンネリーゼと交換日記をしたくなくなっただけなのかもしれない。

（でもいくら本当の愛を知ったからといって……こんな手紙ひとつで、お別れなんて。会って、きちんと説明する。それくらいの誠意、あってもよいのではなくて……）

机に叩きつけた手紙の文字を指で辿った。

見慣れた文字だ。けれどなぜか、違和感がある。じっと見ていると、微妙に文字の大きさが違うのに気づく。文字も真っ直ぐ羅列せず、若干斜め上になっている。

それだけ急いで書いたのは、早くアンネリーゼという邪魔者と縁を切りたかったからか。

アンネリーゼは込み上げてきた涙を手の甲で拭い、ベッドに寝転んだ。

目を閉じても思い浮かぶのは、ランベルトの姿だけだ。

最近、少し距離が縮まった気がしていたが、錯覚だったようだ。

もっと気の利いたことを交換日記に書けばよかった。

チョコレートをたくさん作って届ければよかった。

もっと美しく装って、ランベルトに会いに行けばよかった。

再度挑戦していたおまじないも、ハンカチーフを月の下で振らねばならないのに、夜早く眠ってしまい失敗していた。

もっとこうすれば、ああすればよかったと、後悔ばかりが押し寄せてくる。

散々悔いたあと、今度は未来について考える。

ランベルト以外の男性と婚約はしたくない。結婚などできそうになかった。

（神にこの身を捧《ささ》げようかしら……）

しかしアンネリーゼには信仰心が全くない。愛して、信じているのはランベルトだけだ。同じくらい神を信じ、愛せる気がしない。

（眠って朝になれば、全部夢になっていないかしら）

夢から覚めたら、ランベルトは婚約者のまま……などと思いながら眠りについた。

けれど現実は苛酷だ。ランベルトからの手紙は机の上に置かれたままだった。一応確認してみるが、手紙の内容も昨日と同じだ。

悲しみに打ちひしがれたまま、アンネリーゼは朝の準備をし、朝食を食べ、学園に向かった。

オーラフが捕縛されてから、アンネリーゼは再び学園に通い始めていた。

オーラフ・ベットリヒが強盗犯罪に手を染めていたと明らかになり、アンネリーゼはたいそう驚いた。乱暴者ではあったが、貴族子息である。まさかそのような罪深い事件を犯すなど想像もしていなかったのだ。バルバラが無事で、本当によかったと思う。

オーラフの事件で学園内は持ちきりであったが、最近は、みな飽きたのか誰も彼の話はしなくなっていた。

「師匠、顔色が悪いですね。大丈夫ですか？」

学食で昼食を取っていると、真向かいに座っているバルバラが心配げに訊いてくる。

「お食事も残されていますね……医務室に行かれますか？」

横に座っている学友がアンネリーゼの顔をのぞき込む。

「いいえ。心痛ですので、ご心配はいりませんわ」

「……心痛……？」

バルバラたちを信用しているとはいえ、アンネリーゼは一応一国の王女である。いずれみなに知れ渡るとしても、今の段階で婚約解消の件を明かすのは軽率すぎる。

「ええ……その、恋煩いというか……諍いを起こしてしまって」

「キルシュネライト卿とですか？」

「諍いといっても、ほんの小さな、諍いなのですけど」

小さくはない。すべてが終わりになるほどの大きな諍いだ。

「それで落ち込んでいらっしゃるのね。早く仲直りできたらよいですわね」

「向こうが悪いなら、こちらから折れる必要はないかと思いますわ」

「いいえ、殿方には矜持《きょうじ》がありますもの。こういうときは、わたくしたちのほうから謝るべきです」

「まあ、女にも矜持はありましてよ」

学友たちが口々に自身の意見を言う。

「師匠はどう思います？」

話を振られ、アンネリーゼは大きく瞬きをした。

相手に非があるのならば、自分ではなく相手が謝罪すべきだ。けれども向こうも、自分ではなく相手に非があると思っているならば、互いに意地を張り続けることになってしまう。

そうなったら、永遠に諍いは終わらない。

「……話し合うべきだと思いますわ。相手が何を考えているのか、自分が何を思っているのか。確認し合い、妥協点を見つける。友人であれ恋人であれ、家族であれ……それが良好な関係を続けるための秘訣《ひけつ》だと思います」

アンネリーゼはゆっくりと学友たちを見回しながら言った。

「さすが、師匠。言葉に重みがありますわ」

「わたくしたちも、よく話し合いましょうね」

学友たちが頷き合っている。

（そうだわ……話し合わないと何も始まらないわ。そう、あんな手紙ひとつで納得なんてできないもの。やはり、きちんとお話を聞かないと）

たとえランベルトの隣に自分以外の誰かがいたとしても、それでもランベルトに会い、彼の気持ちを確かめねばならなかった。

「ありがとうございます！　皆様。わたくし頑張りますわ！」

決めてしまうと、心が軽くなる。

アンネリーゼはにっこりと笑って言う。

吹っ切れるとお腹が急に空《す》いてきた。

アンネリーゼは残していた食事を平らげ、おかわりもした。


王宮に戻ったアンネリーゼはその足でジョゼフの執務室に向かった。

「お母様が、キルシュネライト卿は騎士団を退団し領地を継ぐと仰っていました。ということは、今はパントデンにいらっしゃるのですか?」

兄と顔を合わすなり、挨拶もせずアンネリーゼは問うた。

「……それを訊いてどうするのだ?」

問いに問いを返される。

「もちろん会いに行きます。お兄様、パントデンまでの馬車を用意してくださいませ。明日、起きてすぐに王宮を出ます」

「会いに行っても、向こうも困るだろう……」

ジョゼフが呆れたように溜め息を吐いた。

「会ってお話しして帰ってくるだけです。迷惑はかけません!」

「……アンネリーゼ。お前は身体が弱い。パントデンへは馬車で十日もかかる。そんな場所に行かせるわけにはいかない……時間をくれないか?」

「時間?」

「ランベルトと会える機会を作る。それまで大人しく待っていろ」

アンネリーゼとて長旅はできればしたくない。

ジョゼフがそのような機会を作ってくれるなら、わざわざパントデンに行かずとも済む。

「どれくらい待てばよいのですか？」

アンネリーゼは期待を込めて兄を見た。

「そうだな……一か月……いや半年」

「は、半年……っ、は、は、は、半年っ……！　無理ですっ！」

今ならば、もしかしたら離れていったランベルトの心を取り戻せるかもしれない。けれども半年も時間が経てば、ランベルトはアンネリーゼを忘れる。恋人との愛を深め、深淵《しんえん》へと落ちていくに違いない。結婚し、子どもができていたとしたら、アンネリーゼは諦めるしかなくなる。

「半年も待てないのか？　半年経てば冷める想いならば、会いに行くべきではない」

ジョゼフの言葉にアンネリーゼは首を横に振った。

「わたくしの想いが冷めるかどうかのお話ではありません！　半年も経てば、キルシュネライト卿は結婚をなさるのでは？　そうしたらもう話し合おうがどうしようが、事態は変わらず、ただ諦めるだけになってしまいます。……はっ！　もしやそれが狙いですか。わたくしから、希望すらも奪ってしまわれるのですね」

アンネリーゼははらりと涙を零し、続ける。

「迷惑はかけないと言いましたが……恋敵と少しだけ戦いたいです。たとえ負けるとしても、戦わずして負けるのは嫌です！　お兄様、お願いいたします。このままだと、わたくし恋煩いで病に伏してしまうでしょう」

アンネリーゼは弱々しい声で訴える。

少し演技じみていたが、兄の心には響いたようだ。

「………明日は無理だ。明後日《あさって》までに馬車を用意しよう。ただし、ランベルトがお前を迷惑に感じているのならば、身を引かねばならない。よく考え、行動してほしい」

ジョゼフは念を押すように言う。

「わかっておりますわ！　本当に愛し合っている恋人たちを見て、しつこく追い続けるほど、わたくし愚かではありません。そのときは……きちんと身を引き、キルシュネライト卿の幸せを願いましょう」

「いや、ランベルトは………」

ジョゼフは言いかけて止める。

そしてしばらく黙り、考え込んだあと、重い口を開く。

ジョゼフはランベルトがある任務中――国家機密に関わる任務なのか、経緯については詳しくは語らず――事故に遭い怪我をしたと話した。怪我の影響で、視力が悪くなっているという。

「そんな……そのような状態だというのに、パントデンに戻ったというのですか？」

「医者が言うには、もしかしたら、今以上に視力が悪化……もしくは失明してしまう可能性もあるらしい。騎士として働くのは無理だと思ったのであろう」

ランベルトは自身の目の具合をジョゼフにも秘密にしていたという。

ジョゼフが知ったのは、突然退団したランベルトを不審に思い調べたかららしい。

ヨルクや婚約解消をアンネリーゼに伝えに来た母は、何かあるのは察していたが、ランベルトの詳しい病状までは知らなかった。

けれども父とジョゼフは知っていた。知っていてアンネリーゼに黙っていたのだ。

「……わたくしとの婚約解消はそれが原因ですか……」

「おそらく、そうだろう」

「キルシュネライト卿からのお手紙には、わたくし以外に愛する人がいると……そう書かれていました。あのお言葉も、もちろん嘘なのですね」

「…………いや……ランベルトの私生活は把握していないので、それはわからない」

ジョゼフは僅かな沈黙のあと、眉を顰めて言う。

「いえ、嘘ですわ」

アンネリーゼは首を横に振り、兄の言葉を否定する。

ランベルトはアンネリーゼに心配をかけたくなかった。いや、己の目の状態を悲観し、アンネリーゼの婚約者として相応しくないと感じた。だからアンネリーゼを諦めさせるために、愛する人ができたなどという嘘を吐いたのだ。間違いない。愛する人などいないに決まっている。

ジョゼフは「そうなのか……?」と少し戸惑った表情を浮かべたが、アンネリーゼは無視をして続ける。

「お父様やお兄様は、キルシュネライト卿が突然、婚約の解消をしたいと言い出した、その理由を知っておきながら、わたくしに黙っておられた。目の見えぬキルシュネライト卿を、わたくしの降嫁先に相応しくないと……だからわたくしに真実を教えてくださらなかったのですか？」

父と兄は、アンネリーゼにランベルトを諦めてほしかった。だから、アンネリーゼに今まで、黙っていたのだと思うと、腹が立った。

「降嫁先に相応しくないから黙っていたわけではない。……ランベルトがお前を気遣って身を引いたのか、それともたんにお前が負担になったからなのか、わからなかったのだ」

アンネリーゼの問いに、ジョゼフは重い口調で答えた。

「負担……？　わたくしがキルシュネライト卿の負担になる、と？」

「自分のことすらまともにできぬお前が、ランベルトのもとで何ができる？　むしろランベルトに迷惑をかけるだけだろう。それに、目が見えず先行きを不安に感じている隣で、わあわあ騒がれたり、のほほんとされたら鬱陶しかろう……」

わあわあ、騒いだりはしない。けれども、のほほんとしない、とは言い切れなかった。それに、兄の言うとおりランベルトのために何ができるのかも、全くわからない。

アンネリーゼは自身の無力さに気づき、愕然とした。

「私がランベルトの真意を確かめる。それから会いに行けばよい」

「……キルシュネライト卿が、もしわたくしのことを鬱陶しいと仰ったら？　わたくしはもう二度と会えなくなるのですか」

ランベルトの負担になりたくはない。負担になるならば、会わないほうがよい。そう思うけれど……このまま二度と会えなくなるなんて耐えられなかった。

アンネリーゼの問いに、ジョゼフは黙る。

「鬱陶しく迷惑だったとしても、きちんとキルシュネライト卿本人から聞かねば納得いきません」

納得いかないし、とにかく会って姿が見たい。

アンネリーゼの願いに、ジョゼフは溜め息を吐きながらも頷き『しつこくしない』『迷惑をかけない』『もし本当に他の愛する女性が傍にいたのならば、大人しく身を引く』を条件に、パントデン行きを認めてくれた。

案じる両親も、ジョゼフが説得してくれた。

そして二日後。

アンネリーゼがパントデン行きの馬車に乗り込もうとしていると、ヨルクが駆け寄ってきた。

「ヨルクお兄様、どうされたのです?」

「頼んだぞ」

ヨルクは珍しく殊勝な態度で、アンネリーゼに頭を下げた。

いくら普段反目し合っているとはいえ、頼みを無下にするほどアンネリーゼは冷酷ではない。

「仕方ありませんわね。お任せくださいね」

「うむ。……任せた」

「ええ。けれど、何にするかはわたくしに一任くださいね」

「…………何にするか……？」

「生ものを頼むと言われても、十日はかかるのです。腐ったら馬車が臭くなりますもの。わたくしが、一番喜んでいただけるようなものを責任をもって選びますわ」

「…………お前は何を言っているのだ」

「パントデンのお土産でございましょう？」

「いや……ちが……」

ヨルクは何か言いたげにしているが、アンネリーゼに兄を構っている暇はない。

「では行ってまいります。ヨルクお兄様」

アンネリーゼは颯爽《さっそう》と馬車に乗り込んだ。

◆◇◆

王都とパントデンは、馬車で十日かかる距離にあった。

しかし、立ち寄った街で休憩を取りながら馬車を走らせたため、アンネリーゼがパントデンに着いたのは王都を出て十五日後だった。

パントデンへはマルガが同行してくれた。

『マルガ、わたくしが戻ってくるまで、ゆっくりお休みをしていて』

マルガはアンネリーゼ付きの侍女ではあるが、遠方にまで付き合ってもらうのは申し訳ない。それにマルガは、アンネリーゼの記憶にある限り二日以上休んだことがなかった。

よい機会だ。自分のいない間、存分に羽を伸ばしてほしい。そう思ったのだけれど……。

『姫様、私は今まで一度も王都から出たことがありません。パントデンは気候がよく、食べ物……特に果物が美味しいという噂を耳にいたしました。気になります』

アンネリーゼのお供としてではなく、旅行がてらついていきたいと請われた。

本心からなのか、アンネリーゼの負担にならぬ理由を考えてくれたのか、どちらなのかはわからなかった。けれどマルガがいると心強いのは確かだったので、同行をお願いした。

「姫様、姫様、ご覧ください！　露店があんなにたくさん！　まるでお祭りのようですわね！　まあ～！　あの樹木に実っている果実は何でしょう？　初めて見ますわ！」

馬車の小窓から外を見るマルガは、いつになく興奮した様子だった。

（旅行がてらついていきたいというのは、本心だったのかもしれないわ）

道中でも『宿のベッドに期待はしていなかったのですが、ふかふかでした。お気づきになりました？　何やらよい香りがすると思ったら枕の下にポプリが仕込んでありました』『川！　大きな川です』『なんと大きな山でしょう。何という名の山なのでしょうか』と、事あるごとに感嘆し、王都にいるときより楽しげであった。

塞ぎがちなアンネリーゼを励ますため、あえて明るく振る舞っていたのかもしれない。けれど、何にせよマルガにとってこの旅路は意味があったようだ。

パントデンへはマルガだけではなく、警護のため、十人の騎士が同行していた。

アンネリーゼは三日前、その騎士たちの中の一人とマルガが親密そうに話しているのを目撃したのだ。

『……そ、そういうのではないのです。何というか、同じ目的を持った同士という感じでお話をしていたら、気が合っただけで……その好意的なものを向けられましたが……彼、年下ですし……』

どういう関係なのかと訊ねると、マルガは頬を紅潮させ、恥ずかしげにそう答えた。

アンネリーゼは、侍女の恋路を邪魔する心の狭い愚かな主人ではない。

愛に年齢など関係ない、年齢を超えた先に愛がある、とマルガに己の恋愛論を熱く語った。

『とりえずお友達として、始めています』

アンネリーゼの熱い心が通じたのか、マルガも恋に前向きになったようだ。

マルガが旅や恋を満喫しているならば、パントデンに来たことは無駄ではない。

もちろん、アンネリーゼもこの旅を無駄にするつもりなどなかった。


キルシュネライト家の屋敷に着き、家令が案内してくれた応接室で待っていると、しばらくして五十代後半くらいだろうか。長身で、品のよい雰囲気の男性が姿を見せた。

「はじめまして、アンネリーゼ殿下。ランベルトの叔父、ケビン・キルシュネライトと申します」

ケビンは亜麻色の髪に、茶色い瞳、年相応の皺が刻まれているものの、引き締まった体つきをした男性だった。

アンネリーゼの父と同年代だろうが、父とは違い腹が出ておらず、前髪も後退していなかった。

「はじめまして。アンネリーゼ・ナターナと申します」

ソファに座っていたアンネリーゼは立ち上がり、淑女の礼をする。

「突然伺ってしまい、申し訳ありません」

今日訪れることは、キルシュネライト家に伝えておらず、キルシュネライト家の者たちは、突然の王族の来訪に驚いていた。

無作法を詫びると、ケビンは首を横に振る。

「いえ。ただ……殿下をお迎えする用意ができておらず、失礼をしてしまうかと。とりあえず、お供の方々と殿下のお部屋を用意いたしました」

「ありがとうございます。ですが、ご迷惑になってはならないと、宿をお借りしています。どうぞ気を遣わないでくださいませ」

「いえいえ、殿下を宿にお泊めするわけには……」

ですが、いえいえ……とやり取りが続き、アンネリーゼとマルガはキルシュネライト家の屋敷に、騎士たちは宿に泊まることが決まった。

「それで……ご用件をお伺いしてもよろしいでしょうか」

ケビンが切り出してきたので、アンネリーゼは控えていたマルガに退室するよう視線を送った。

ドアが閉まったのを確認して口を開く。

「婚約者に会いに来ました」

「……婚約は解消したと聞いておりますが」

ケビンは困り顔を浮かべた。

ランベルトは母方の家系の血を濃く継いでいると耳にしたことがあった。

ランベルトの祖父である法王も、彼と同じ銀髪で紫紺の瞳だという。冷たげな面立ちも、法王の面影があるそうだ。

血族ではあったが、叔父であるケビンとランベルトはあまり似ていない。けれど顔立ちこそ違うものの、何となく雰囲気や喋り方や、表情の変わり具合が似ている気がした。

「一方的に解消を求められただけです。わたくしは納得していません……キルシュネライト卿は……あの方はどちらにいらっしゃるのでしょう」

ケビンの困り顔に悲しさのような色が混じった。

「殿下、ランベルトとは会わないほうがよいかと思います。ランベルトも殿下とお会いするのを拒むかと……」

「それほど目がお悪いのですか？　それとも、何か他に……まさか、お命に関わるような状態なのでしょうか……？」

アンネリーゼはこちらに来る前ジョゼフから、ランベルトは頭部を激しく打ち、視力に障害を負ったと聞いていた。今は朧気《おぼろげ》に見えてはいるが、将来的に失明の可能性もあるらしい。

そのような状態のランベルトにどう声をかければよいのか、アンネリーゼはパントデンに到着するまでの十五日間、ずっと思い悩んでいた。

けれどももしも視力だけでなく、別の部位も悪くなっていたら――。

アンネリーゼが青ざめて訊くと、ケビンは驚いた風に目を瞠った。

「誰にも明かさぬよう、ランベルトから念を押されていたのですが……ご存じだったのですね」

アンネリーゼは頷く。

「キルシュネライト卿はどちらにいらっしゃるのですか？　あの方がどのようなお姿でも構いません。どうか……面会を許可してくださいませ」

意識がなくとも、たとえもうその身体が冷たくなっていようとも、アンネリーゼはランベルトに会わねばならなかった。

「視力に問題があるだけで、他に身体の不調はありません」

返ってきた答えに、アンネリーゼは心の底から安堵する。

「…………この時間だと庭の散歩をしているかもしれません」

ケビンは考え込むように一度目を閉じたあと、そう言った。


ケビンに案内され廊下を進んでいると、向かいから髪の白い老女が歩いてきた。

ケビンは足を止め、老女に声をかけた。

「ちょうどよかった。ランベルトを捜している」

「ランベルト坊ちゃまでしたら、四阿にいらっしゃいます。しばらくお一人になりたいとのことでしたので、少ししてお迎えにあがるつもりです」

「彼女を案内してやってくれないか」

老女はちらりとアンネリーゼを見「わかりました」と頷いた。

老女の案内で、アンネリーゼは庭へと向かう。

キルシュネライト辺境伯邸の庭は王宮の庭より狭かったが、王都より気候に恵まれているからだろう。木々は青々としていて、花壇には花が咲き乱れていた。

「ランベルト坊ちゃまはあちらに」

老女が指差した先、一際美しい花々が並んだ花壇の向こうに、四阿があった。

「ありがとうございます」

「いいえ。少ししたらお迎えにあがりますので」

わたくしがお部屋まで連れて帰るので、迎えはいりません――と答えたかったけれど、ランベルトに『鬱陶しい』と言われ付き添いを拒否される可能性があった。それに、そもそもランベルトの部屋をアンネリーゼは知らない。

老女が迎えに来るまでに話を終わらそう、そう決めてランベルトのいるという四阿に足を進めた。

人影がある。一歩一歩近づくごとにその姿が、はっきりと見えてきた。

木造りの長椅子とテーブル。ランベルトは長椅子に座っていた。

会えなくなって一か月半ほど。記憶にあるランベルトより、幾分か痩せているように感じる。髪も少し伸びていて、よく観察すると何と無精髭《ひげ》があった。

成人男性に髭が生えるのはアンネリーゼも知っていた。父が髭を生やしていたときもあった。けれどもランベルトのような美形には、無精髭など生えないとアンネリーゼは思い込んでいた。

なので、ものすごく驚いた。思わず悲鳴を上げそうになった。けれどもすんでのところで我慢し、改めて無精髭姿のランベルトをなめ回すように観察した。

(……驚いたけれど……これは、アリかナシかでいうと断然アリなのではなくて？　あなたの意見が訊きたいわ！　アンネリーゼ？)

心の中の自分に問いかける。心の中にいるアンネリーゼも『アリよ！』と叫んだ。

(お髭だけではないわ……この格好も……)

退団したのだから当然といえば当然なのだが、ランベルトはアンネリーゼの見慣れた騎士服姿ではなかった。

白いシャツ姿だ。ボタンを上から三つ外していて、何と胸元がちらりと見えている。

騎士服姿のランベルトを石像にして留めておきたいと思ったこともあった。だが、間違いであった。

(雄……そう雄の色気だわ！　こんな色っぽいキルシュネライト卿が見られるなんて！　パントデンまで来てよかった！　神よ、感謝します)

アンネリーゼは興奮のあまり感涙しそうになったが、ランベルトの置かれた状況を思い出し、ハッとした。

気配を感じたのだろうか。俯いていたランベルトが顔を上げた。

ケビンの話によると、王都で治療していたときと症状は変わらぬまま。朧気に見えている状態だという。

ランベルトは目の前に誰かが立っているのは見えているが、それがアンネリーゼとはわかっていないようだ。

「ビアンカ？」

と、知らぬ名前で呼ばれた。

ビアンカ。女の名前である。気安く呼び捨てにするなど、どのような関係なのか。もしや、愛する人ができたというのは真実で、そのビアンカとやらがランベルトの想い人なのだろうか、と不安になった。

「もう迎えに来たのか？」

アンネリーゼは胸を撫で下ろす。

どうやら『ビアンカ』は、ここまで案内してくれた老女の名のようだ。

「ビアンカ……？」

再び老女の名を呼んだあと、ランベルトは眉をピクリと動かした。

「王女殿下？」

「わたくしが、見えたのですか？」

急に視力が回復したのかと、アンネリーゼは驚いた。

「いえ……匂いがしたものですから……」

「匂い……？」

アンネリーゼの立っている場所から、ランベルトの座っているところまで、三歩ほどの距離がある。香水の類いはつけていないというのに、ランベルトのもとにまで匂いが漂っているらしい。

(わたくし、臭いのかしら!)

宿で身体をきちんと洗っていたのにと、アンネリーゼは腕を上げて、クンクンと嗅いだ。自分ではよくわからなかった。

「わたくし、臭いのでしょうか!」

勇気を持って訊ねる。

「いえ、日溜まりの香りがしました」

「日溜まりの香り……?」

日溜まりに香りがあるのか。アンネリーゼには全くわからない。

「私の目の状態を知られたのですね」

首を傾げていると、ランベルトが確認するように言った。

「ええ……知りました。愛する人ができたというのは、わたくしに婚約解消を受け入れさせるための嘘だったのですね」

愛する人などいないに決まっている。そう信じていたが、念のためアンネリーゼは訊ねた。

ランベルトは気まずそうに沈黙している。否定しないのが答えだ。アンネリーゼはとりあえず、恋敵とは対峙《たいじ》せずに済みそうだとホッとした。

「わたくし……一人では確かに何もできませんし、頼りにするには心許《こころもと》ないかと思います。キルシュネライト卿のために、何ができるのかもわかりません。けれど、婚約を解消はしたくありません」

アンネリーゼは素直に自分の心をランベルトに打ち明けた。

「私に同情せずともよいのですよ」

「同情？」

「同情して婚約を続けたところで、互いに重荷になるだけです。私のために何かしようなどと、考えずともよい。こちらで充分一人でやっていけますので。ご心配いただかなくとも大丈夫です」

「同情などしておりませんわ。キルシュネライト卿のために、何ができるのか考えているのは、ジョゼフお兄様に、今のキルシュネライト卿にとってわたくしは負担にしかならないと言われたからです。ですので何かわたくしにできることがないか探しているだけで、考えずともよいのなら、考えません」

それに、とアンネリーゼは続ける。

「キルシュネライト卿はこちらで一人で暮らしていけるのでしょうけれど、わたくしはキルシュネライト卿のいない王都で暮らしていくのは苦痛なのです」

アンネリーゼはランベルトに近づき、彼の前で止まった。

「殿下……」

座っているランベルトがアンネリーゼを見上げた。

紫紺の双眸にアンネリーゼが映っている。

ランベルトの瞳はアンネリーゼの知っている、夕闇色の美しい瞳のままだ。

本当にアンネリーゼの顔が見えていないのだろうか。アンネリーゼは目を精一杯見開き、鼻を膨らませ、唇を歪ませてみせた。

けれどランベルトは、驚きも笑いもしない。やはり表情まではわからないようだ。

アンネリーゼの変顔に気づかず、ランベルトは真面目な口調で話し始める。

「私の父は、足が不自由だったんです。母はそんな父を献身的に支えていました。私は両親の関係に何の違和感も抱いていなかった。しかし――両親の死後、父が己の身体が不自由になったことで同情を誘い、母と結婚したと知りました。父は死に際、自身の行動を悔いていた。私は父のように後悔したくないのです」

ランベルトは淡々とした口調で言う。

どうやらランベルトは、両親の関係に自分たちの関係を重ねているようだ。

「殿下。あなたに私は相応しくない。一時期の感情で決めるのではなく、どうかご自身の将来を考え、正しい選択をなさってください」

アンネリーゼは見開いていた目を眇《すが》め、鼻で大きく息をする。歪ませていた唇を元に戻し、口を開いた。

「一時期の感情と仰いますけど、卿と初めてお会いしてから七年の月日が経っております。一時期と呼ぶには長い年月です」

「今現在の感情に流されないでくださいという意味です」

「でも未来のことなど、いくら考えてもわかりません」

「わからずとも、想像することはできるでしょう」

「キルシュネライト卿以外の人と結婚している未来を想像すると、悲しすぎて世界を滅ぼしたくなります」

「殿下、もっと現実的なお話をしましょう。今はまだ朧気に見えていますが、もしも失明したら、私はあなたが危険な目に遭っても助けることができなくなるのです。転んだあなたに手を差し出すことすらできない。食事や入浴も人の手を借りねばならなくなる」

「わ、わたくしが……お手伝いいたしますわ」

ランベルトの食事や入浴の手伝いをしている場面を想像し、アンネリーゼは興奮で声が若干上擦ってしまった。

「ご自分のことで精一杯なのに、私の世話など無理です」

ランベルトはきっぱりと言う。

目が見えないせいか、長く会っていないせいか、それともやはりアンネリーゼが鬱陶しくて仕方がないのか、ランベルトの態度はよそよそしい。

アンネリーゼは怯みそうになるが、言い募った。

「無理かどうかは、挑戦しないとわかりませんわ。わたくし、頑張ります！」

「頑張ってまで、私とともにいる必要はないと言っているのです」

はあ、とランベルトは呆れたように、わざとらしく溜め息を吐いた。

「どうか、私を案じてくださっているのなら、王都にお帰りください」

「このままお別れするのは嫌です」

「殿下。はっきり言います。迷惑なのです。どうか、婚約の解消を聞き入れてください」

「わたくしのことを……鬱陶しくお思いですか?」

「ええ。鬱陶しいです」

ランベルトは冷たく言い放つ。

初めて出会ってから今まで、アンネリーゼはランベルトにこんな冷たい言葉を向けられたことがなかった。いつだってランベルトは優しくアンネリーゼに接してくれていた。

感情が大きく揺れる。けれどそれは悲しみや怒りではない。もどかしさだった。

迷惑をかけないようジョゼフと約束していた。アンネリーゼも鬱陶しがられたら、大人しく引き下がらねばならない……かもしれないと思っていた。けれど、やはり無理だ。

アンネリーゼは黙り、ランベルトを見下ろし、深呼吸した。

「王女殿下……?　……っ」

不審げに名を呼ばれると同時に、ランベルトの顔を自身の掌で挟んだ。

ぐっと仰《あお》のかせ、強引に唇を重ねる。

初めての口づけは、ランベルトから。熱烈な愛を囁《ささや》かれ、甘い口づけを——と夢見ていた。だというのに記念すべき初めての口づけが、唇に唇を押しつけただけ。それも自分からになるなんて！　と悲しく思うものの、後悔はなかった。

「殿下……何をしたのです」

「何って、口づけですわ！　キルシュネライト卿、あなたはわたくしの初めての唇を奪ったのです。

責任を取って、結婚しなさい！」

　アンネリーゼは声高に結婚を命じる。

「奪ったのは私ではありません。あなたが」

「うだうだ言い訳はしないでくださいませ。わたくし、絶対諦めませんわ。わたくしがみなから何と呼ばれているかご存じでしょう？　わたくし、悪徳王女ですの。ほしいものは絶対手に入れる主義ですのよ。諦めるのはわたくしではありません。諦め、降参するのはあなたのほうです！　わたくしの愛に屈服するのです！　ランベトルキシュ……ラベルトルキ……ランベルト・キルシュネライト！」

　堂々と華麗に言うはずが、興奮していたせいでランベルトの名前が上手く発せなかった。

　慌てて言い直したのだが、ランベルトはアンネリーゼの言葉に、一瞬ポカンとした表情を浮かべたあと、噴き出した。

　ランベルトは腹を抱えて笑う。こんな風に爆笑するランベルトは初めてで、アンネリーゼも唖然としてしまった。

「名前を間違えていましたよ」

　そして散々笑ったあと、ランベルトは若干声を震わせて言った。

　どうやらアンネリーゼが名前を言い間違えたことが、おかしかったらしい。

「間違えておりません。噛んだだけです！」

　失敗を笑うなんて！　意外にも悪辣な部分もあるのだと失望――はしなかった。少し腹は立つけれど、爆笑しているランベルトは可愛いし素敵だ。

「……あなたは昔と変わりませんね………降参しました」

ランベルトは、小さく息を吐き言った。

「降参？　わたくしに屈服する、ということですか？」

「ええ」

ランベルトは柔らかく笑んで頷く。

（こんなにあっさり降伏するなんて！）

もっと脅したり拗《す》ねたり、泣き落としたりせねばならないかと思っていた。

悪徳王女のふたつ名がこれほどまでに効き目があるとは、予想外である。

「でも……その、もしも本当に愛する人ができたり……わたくしのこと、本当の本当に、気配を感じるのすら鬱陶しく嫌いになったりしたら……仰ってくださいね」

ランベルトの傍にいたい。けれども悪徳王女を怖がるあまり、ランベルトが自身の幸せを捨ててしまうのも、それはそれで嫌だった。

「鬱陶しく、面倒でも……一生付き纏ってくれるのでしょう？」

真っ直ぐに見つめられ、アンネリーゼの胸が高鳴った。

今までとは違う熱心でひたむきな眼差しだ。視力に異常があるせいかもしれない。だとしたら、喜ぶのは不謹慎である。

「一生付き纏いますけど……できるだけ鬱陶しくないよう、面倒もかけないよう努力いたしますわ」

アンネリーゼがそう言うと、ランベルトは苦しげな表情になった。

けれど苦しげだったのは一瞬で、再び穏やかな笑みを浮かべ、手を伸ばしてくる。

そして探るように手を動かし、アンネリーゼの腰に触れた。

優しく抱き寄せられる。アンネリーゼは驚きに目を丸くした。

（よくわからないけれど……上手くいったのだわ！　おそらく！）

愛おしい人の体温にうっとりしながら、アンネリーゼは心の中で勝利の雄叫《おたけ》びを上げた。

# 第六章

ランベルトがパントデンで暮らすようになり、一か月が経とうとしていた。

キルシュネライト家の嫡子であるにもかかわらず、ランベルトは長きにわたりその責任を放り出したままだった。だというのに、いざ困ったら頼るなど身勝手にもほどがある。しかし他に身を寄せる場所もなく、ランベルトは叔父ケビンに助けを求めた。

到着し、久しぶりに会ったケビンに、ランベルトは『面倒をかけてしまい……申し訳ありません』と頭を下げた。怒鳴られたり、嫌みを言われたりしても仕方がないと思っていたのだが……。

『自分の家に戻ってきただけなのに、なぜ謝るのだ？　おかえり、ランベルト』

ランベルトの肩に手を置き、ケビンはそう言った。表情はわからなかったが、記憶の中の声のままに、叔父の声は穏やかだった。

叔父はランベルトのために、パントデンの医者を呼んでくれていた。

医者の見立ては、王都の医者と同じで、とりあえず安静にして様子をみる、であった。

ランベルトが幼少期から使っていた部屋は、二階にある。しかし階段に手間取るだろうと、ケビンは一階の部屋を用意してくれた。

部屋は必要最低限の家具だけが置かれていて、朧気な視界でも暮らしやすい。

目の不自由な主人に仕えたことのある侍女まで、叔父はランベルトにつけてくれた。

至れり尽くせりで、申し訳なさが増す。

ケビンだけでなく、家の者たちも温かくランベルトを迎えてくれていて、だからこそ彼らの世話になるだけの自分が情けなく思えた。

そんなランベルトを気遣ってだろう。ケビンも使用人たちも、極力構わないようにしてくれていた。ありがたかったが、一人でいる時間が増えた。

することがないので、考え事ばかりしてしまう。

朧気な視力すらもなくなり失明してしまったら、残りの人生をどう生きればよいのか。

このまま叔父の世話になってよいものか。

引き継ぎもしないまま騎士団を退団してしまった。みなに迷惑をかけてはいないだろうか。自分がいなくなったあと、ジョゼフは困ってはいないだろうか。

――キルシュネライト卿。

屈託なく自分の名を呼ぶアンネリーゼの姿が脳裏に浮かんだ。

元気にしているだろうか。学園には通い始めているだろうか。

狙われていたことは知らないが、オーラフが強盗犯だったと知ったはずだ。

(驚き、犯罪者が近くにいたのだと、怖がっているかもしれない……いや、捕まって安心しているだろうか)

会うわけにはいかないので、ランベルトは手紙で別れを告げていた。

泣いているだろうか。それとも、こんな手紙ひとつで婚約解消など無礼だと、怒っているだろうか。

泣いていなければいい。アンネリーゼの泣き顔は、想像もしたくない。

もう二度と姿を見ることができないのなら、笑った顔だけを記憶に留めておきたかった。

もう二度と会うことはない。そう思っていたのに……。

アンネリーゼはランベルトの前に現れた。

◆◇◆

窓から差し込む陽光で朝だとわかる。

ベッドの上でぼんやりしていると、ドアを叩く音がした。

ランベルトは返事をする。バンとドアを開ける音と同時に、

「おはようございます！　キルシュネライト卿！　お着替えの！　お手伝いにまいりました！」

弾んだ声が聞こえた。

「おはようございます、殿下」

ランベルトは身を起こし、声のしたほうを向いて挨拶を返す。

「お、おはようございます」

「昨夜はよく眠れましたか?」

「ええ! いえ……」

「いえ?」

「南側の素敵なお部屋を用意していただいて、ベッドも広くて! よく眠れました。けれど、なんだか夢の中にいるみたいで不安になって暗いうちに目を覚ましました」

「夢の中?」

「ずっと夢見ていた恋が叶ったのですもの!」

表情はわからないが、声は嬉しそうだ。ランベルトは記憶の中にあるアンネリーゼの微笑みを思い出しながら、手を差し出した。

差し出した手に、温かなアンネリーゼの指が重なった。

ランベルトはぼんやりとした輪郭を辿るように、もう一方の手でアンネリーゼの腕に触れた。そして探るように肩に触れ、滑らかな頬に触れた。

「……キ、ルシュネライト卿? ……っ」

ランベルトはアンネリーゼの柔らかな頬を軽く抓《つね》った。

「痛いですか?」

「痛いです」

「なら、夢ではありませんよ。酷いことをしたので、私の頬を抓り返してもいいですよ」

「酷いことをされたとは思っていませんが、抓ってみたいので抓りますわね」

その言葉のあと、頬に軽い痛みが走った。

「痛いので、夢ではありませんね」

「ふふふ、そうですわね」

昨日の朝は、光こそ感じられたが、不安と恐怖で暗闇の中にいるようだった。けれど今は眩しいくらいに明るく、暖かい。

幸せを感じていると、聞き覚えのある声が聞こえてきた。

「姫様……」

「まあまあ、仲がよいですこと」

溜め息交じりの声はアンネリーゼの侍女マルガだろうか。

感心するような声は、こちらで暮らし始めてからランベルトの身の回りの世話をしてくれているビアンカという名の女性の声だった。

てっきり二人きりだと思い込んでいた。

ランベルトは羞恥心を誤魔化すように、コホンと咳をした。

「あ！　朝の準備をせねばなりませんね。服をお持ちしました。では……その、失礼をいたしますね」

「服をお渡しするだけでよいのですよ」

ビアンカが指示をする。

「……そうなのですか？　ですけど……」

「ランベルト様、お着替えはここに。着替えが済みましたら、お呼びくださいませ」

膝の上に服らしきものが置かれる。

「姫様、退室いたしますよ」

「え、ええ。キルシュネライト卿、またあとでお会いいたしましょう」

マルガに促され、足音が遠ざかっていき、ドアが閉まる音がした。

ゆっくりと時間をかけ、ランベルトは着替える。

着替え終わったと告げると「はい」とアンネリーゼの声がして、ドアが開く音がする。

「おかしくはないですか？」

「見蕩れてしまうくらい素敵です。かっこいいです」

「いえ、服が裏表になったり、ボタンがかけ違ったりしていませんか？」

「点検いたしますね！　……なっていないです！　お食事にしましょう。案内いたしますわ！」

腕を取られる。

「突然腕を摑むと、驚くでしょう？　ランベルト様のほうから手を出していただいたほうがよいかもしれません」

どうやらアンネリーゼは、ビアンカにランベルトの世話の仕方を教えてもらっているようだ。

「すみません。最初からやりますね。キルシュネライト卿、食堂にまいりましょう。お手を出してくださいませ」

ランベルトが複雑な気持ちでいると「どうかされましたか？」と屈託ない問いかけが返ってきた。

「何でもありません」

ランベルトは取り繕うように微笑み、手を差し出した。

「お食事のお手伝いも、しなくともよいのですか……」

「一人で食べられますよ」

見えていたときとは違い、手間取るため時間もかかるし、零してしまうこともあったが、介助なく食べるようにしていた。

「そうなのですか……」

なぜか、落胆したような声が返ってくる。

「殿下は朝、食事をされたのですか？」

「いいえ、まだです」

「ならば、食事を取ってください」

「……………ご一緒してもよいでしょうか？」

アンネリーゼにみっともない姿を見せるのは抵抗があった。

けれど、ともにこれからも暮らしていくのならば、これからもっとみっともない自身の姿を晒《さら》すことになるのだ。気にしても仕方がなかった。

ランベルトの真向かいにアンネリーゼが座り、食事を始める。

零さぬよういつもより気を張って食事をしていたのだが「まあ、お野菜盛りだくさんスープですわ」「はっ！　パンの中に何か入ってますわ！」「美味しいです。キルシュネライト家の料理人は腕がよいですね」などと、弾んだ声がする。

アンネリーゼはランベルトの食事の様子など、気にしていないようだ。

王都では、騎士団の団員たちとともに食事をする機会が多かったが、パントデンに来てからは、いつも一人で静かに食事をしていた。

恋人もいなければ、心のうちを明かせる友人もいない。一人が気楽でよいと思っていたのに、アンネリーゼとの食事に気持ちが温かくなる。

自覚していなかっただけで、本当はずっと寂しかったのかもしれない。

その後もアンネリーゼは事あるごとにランベルトの世話をしたがった。

このままだと入浴の介助までしたいと言い出しそうだ。ランベルトは昨日の発言を撤回することにした。

「昨日、私の世話ができるのかと脅すように話してしまいましたが……。実のところ、身の回りのことはできるだけ自分でするようにしていますし、できないときは侍女が手助けしてくれますので、殿下がお手伝いしてくださらなくとも結構です」

「え……ならば、わたくしは何をしたらよいのでしょう?」

「好きに暮らしていただいていいですよ。パントデンにも美味しい焼き菓子を出す店があります。砦《とりで》から見える景色も美しいのですが……誰かに案内してもらえるよう叔父に頼んでみましょう」

アンネリーゼ付きの侍女マルガとともに、パントデンを見て回ればよい。そう思ったのだが……。

「好きに暮らしてよいならば、わたくし、卿のお手伝いがしたいです。キルシュネライト卿はこちらではいつも何をして過ごしておられるのですか？」

「……特に何も……庭でぼんやりして過ごすことが多かったです」

「昨日いらした四阿ですね。ではそちらで、午後は一緒に過ごしましょう」

アンネリーゼの提案で、四阿で過ごす。

特に何をするわけでもなく、アンネリーゼと他愛のない会話をした。

「オーラフ・ベットリヒ……バルバラさんの元婚約者なのですけれど、彼が重犯罪に手を染めていたのです。学園内では一時期、その噂で持ちきりでした。もともと乱暴な人だとは思っていたのですが、驚きです。バルバラさんに何もなくてよかったです」

まさか自分が狙われていたとは思いもしていないのだろう。アンネリーゼは今もなお、自分ではなく学友の心配をしていた。

王都からパントデンまでの道中の出来事も話してくれる。宿に泊まった感想、美味しかった料理。立ち寄った街で牛飼いに会い、初めて牛を見た……など。とりとめのない話だというのに、アンネリーゼが話せば面白おかしく聞こえた。

「あ、そういえば……！　護衛のために同行してくれている騎士とマルガが、こちらに来る旅の中で親密になったようですの」

ふと思い出したかのようにアンネリーゼが言った。

「騎士？」

「ええ、キルシュネライト卿の部下で、よく一緒にいらっしゃった……ヤンという名の騎士です」

よく知った名が出てきて驚く。

「彼がパントデンに来ているのですか？」

「騎士たちは宿に泊まっております」

「そうですか……。……そうですね」

婚約の解消を取りやめるにしても、アンネリーゼをこのままパントデンに引き留めているわけにはいかない。ランベルトの気持ち的には、このまま一緒に生活をしていきたかったが、結婚するならば準備もいる。一度は王都に帰さねばならなかった。

そして、騎士たちが同行してきているならば、彼らとともにアンネリーゼを王都に帰したほうがよい。

騎士たちの都合次第では、アンネリーゼは王都にすぐにでも帰らねばならなくなるだろう。

「ヤンという騎士は、悪人なのでしょうか……」

すぐにアンネリーゼと離れなければならなくなる——ランベルトが表情を曇らせたのを、ヤンの素行が悪いせいだと思ったのか、アンネリーゼが不安げに呟いた。

「いえ、交友関係は広いようですが、悪い噂は聞きません。私の知る限りではありますが……気になるのならば、私から侍女殿への気持ちをそれとなく訊いてみましょう」

マルガのこともだが、どちらにしろヤンに会い、いつ頃王都に戻る予定なのか訊いておかねばならなかった。

（俺もヤンたちと一緒に王都に行くべきなのだろうが……）

ランベルトは王に手紙ひとつで、アンネリーゼとの婚約の解消を願い出ていた。それを撤回するのだ。己の身勝手さを謝罪せねばならないし、自身の目についても正直に話し、アンネリーゼとの結婚の許可をもらわねばならない。

もちろん反対される可能性もある。直接会い、自身の気持ちを伝え、頭を下げたかった。

今の目の状態を思うと、王都へ行くのは先延ばしにしたほうがよい気もするが、将来的によくなるというわけでもないので、判断が難しい。

考えなければならないことはたくさんあった。将来の不安もあるし、両親のことを思えばアンネリーゼの手を取ることが正しいのか、迷っていないといえば嘘になる。

けれども……まあ、なるようにしかならない、とどこか気楽な気持ちになっている。

――わたくし、悪徳王女ですの。ほしいものは絶対手に入れる主義ですのよ。諦めるのはわたくしではありませんん。諦め、降参するのはあなたのほうです！　わたくしの愛に屈服するのです！

ランベルトルキシュ……ラベルトルキ……ランベルト・キルシュネライト！

アンネリーゼにそう言われたときから、ランベルトの心は晴れやかで、軽い。

昨日の一件を思い出し、ランベルトは口元をほころばせた。

「……どうされたのです？」

ランベルトの笑みに気づいたのか、アンネリーゼが訊いてくる。

「いえ、昨日、殿下が……盛大に私の名を間違えていたのを思い出しまして」

「あれは噛んだだけで、間違えたわけではありませんわ！」

声色が高くなる。おそらく拗ねた表情を浮かべているに違いない。

「……殿下、近くに来てくれますか？」

「近くにおりますけれど」

「もっと近くに来てください」

向かいに座っていたアンネリーゼが立ち上がる。

手を差し出すと、アンネリーゼの指が触れた。ランベルトは開いた膝の合間に、アンネリーゼの身体を引き寄せる。

「顔を触らせてください」

「顔を……？　どうぞ」

アンネリーゼはランベルトの手を持ち上げる。

滑らかな頬が、指に触れた。

「微笑んでください」

「微笑みました」

指先に触れたぷっくりしたものが動く。唇だ。親指で唇のかたちを辿った。

「……っ……その、あまり触られると……」

「……嫌？」

「嫌ではありません。くすぐったくて……口づけをしてほしくなります！」

無邪気すぎるのは罪だと思う。それとも、誘惑されているのだろうか。

「見えないので俺から口づけは難しいです。あなたからしてくださいますか」

「してよいのですか?」

「ええ」

「わかりました！」

ランベルトが頷くと、威勢のよい声が返ってきた。

柔らかなものが唇に触れた。触れて、すぐに離れる。

「動かないで。……そのまま」

まだ足りない。もっと、と……今度はランベルトのほうから、唇を重ねた。


翌日、ランベルトはヤンをキルシュネライト家の客室に呼び出した。

「黙っているつもりだったんですけど、王太子殿下が怖くて喋っちゃいました。すみません」

ヤンは現れるなり、明るい口調でそう言った。

「上手くいってよかったです！　半分くらいは俺のおかげっすね」

ヤンには世話になったし、感謝もせねばならない。しかし、上手くいったのは、大半がアンネリーゼがランベルトを諦めずにいてくれたおかげだ。

「え……上手くいったって聞いたんですけど、実は上手くいってなかったんですか！」

反応に困り黙っていると、ヤンが焦ったように言う。

「いや、アンネリーゼ王女殿下との婚約の解消は、取りやめるようお願いしようと思う」

「なら、そんな深刻な顔しないでください！　心配しちゃうでしょ！」

声の調子から、ヤンの拗ねた表情が脳裏に浮かんだ。ランベルトは口元をほころばせ「すまない」と謝る。

アンネリーゼの護衛の騎士たちは十人。彼らを率いているのはヤンだった。

騎士たちは宿を借りている。ランベルトは叔父に頼み、明日には彼らがキルシュネライト家の屋敷に移れるように手配していた。

それを伝えると、恐縮しながらも「人間はいいんですけど、宿の厩舎《きゅうしゃ》が狭くて馬が可哀想だったんで、正直助かりました」とヤンは言った。

「王都へはいつ戻る予定でいる？」

「最長で今から十日後ですね。一応、どのような事態になってもアンネリーゼ王女殿下は連れ帰るように言われています」

十日後。アンネリーゼだけ帰すなら、あと十日しか彼女とともにいられないのかと、ランベルトは心の中で溜め息を吐く。

自分も一緒に王都に行ってもよいかと訊くと「駄目っす」と即答された。

「ランベルト様はこっちで療養中でしょ。連れ帰ったら、無理をさせたと俺が怒られちゃいます。いずれ王女殿下は準備を済ませ、再びこちらに来られるでしょう。それまで大人しく待っていてください。陛下や殿下へ何か言いたいことがあるなら手紙でも書いてください。届けますから」

「だが……婚約を解消すると言っておいて撤回するのだ。面と向かって謝罪し、降嫁をお願いせねば失礼だろう」

もしも降嫁が許されず、アンネリーゼが戻ってこなかったら……と不安になりながら言う。

「ジョゼフ王太子殿下、すごく心配していましたし、ヨルク王子殿下はめちゃくちゃ落ち込んでいました。陛下も、ヨルク殿下を庇った折に怪我を負ったとご存じでしょう。ランベルト様を失礼だなんて思いはしませんよ」

ヤンは肩を竦めた。

庇った以前に、ランベルトの判断が悪くヨルクを危険な目に遭わせてしまったのだ。

ランベルトが退団し、ヨルクがずいぶん落ち込んでいると聞き、申し訳ない気持ちになる。

「今はゆっくり養生してください。……あと、十日後に出立するって、アンネリーゼ王女殿下に伝えてくださいね。嫌がっちゃうかもしれませんけど、上手く説得してください」

「そうだな……」

せっかく会えたのにあと十日で離れ離れになる。

アンネリーゼの気持ちはわからないが、ランベルトは寂しく、想像しただけで胸が苦しくなった。

「どうかしましたか？」

「いや……。そういえば、王女殿下の侍女と親しくしていると耳にしたが、本当なのか？」

「親しく……というか、もっと親しくなりたいと思っているところです」

意外にも真剣な声音で、ヤンは言った。

「王女様の傍にいつもいたから挨拶はしたことあったんですけど……実はちょっと苦手だったんで

すよね。真面目でお堅そうで。教師みたいじゃないですか。でも今回の旅で、話をしたら、意外にも可愛らしいところがあるというか……。向こうは、年の差を……あ、向こうのほうが年上なんです。それを気にしているみたいですけど。それよりも、こっちは身分差を気にしてますよ。向こうは男爵家のご令嬢で、俺は平民ですし……でも彼女が言うには、家の人は気にしないだろうって……本当っすかね？」

ヤンはいつになく弱気な口調で聞いてくる。

マルガの家についてランベルトは何も知らない。

「当の本人が、大丈夫だと言うなら、大丈夫なのだろう」

「ランベルト様、他人事だと思って、深く考えず答えているでしょう？　悩んでいるんで、真面目に答えてくださいよ」

「俺に悩み事を相談されても、マルガ嬢については何も知らないので、答えようがない」

「でも一応貴族側の人でしょ。一般的に、貴族の親がどう感じる……とかあるじゃないですか」

ランベルトの元婚約者クラーラが身分違いの結婚をしたのを思い出す。最初は反対されていたが、今はそれなりに上手くやっていた。

「まあ、何とかなるだろう」

「何とかなるって……どう何とかなるんですか？」

ヤンに絡まれていると、ノック音のあと、ドアが開く音がした。

「アンネリーゼ王女殿下、ごきげんようでございます」

「ごきげんよう。騎士の方々は、こちらに移られるのでしょう？　キルシュネライト家の方々にご迷惑にならぬよう、よろしくお願いしますね」

「もちろんです。ナターナ王国の騎士として、恥ずかしい真似はいたしませんとも……あの……その……あの」

「ああ……マルガですね。マルガは今日は、街に行っております。せっかくなので、観光をしなさいと命じました」

「観光？　女の一人歩きは危険っす！」

「キルシュネライト家の使用人の方が一緒ですので、危険ではありませんわ」

「使用人！　男女、二人きりなど危険ですっ！　怪しい宿屋に連れ込まれでもしたら……」

「二人きり？　一緒に行っている使用人は五人です。二人きりではありません」

「五人もの男たちと！」

「男たち？　三人の女性と二人の男性ですわ」

いつになくヤンは慌てている様子だ。

どうやらそれだけ、マルガに本気なのだろう。

「マルガ嬢の家は厳しいのでしょうか？　ヤンは平民なので、マルガ嬢との身分差に思い悩んでいるようです」

自分よりもアンネリーゼのほうがマルガの事情について知っているだろうと、話を振った。

「マルガの家は男爵家なのですが、あまり裕福ではないようで。それで若い頃から侍女として王宮で働いているのです。熱心にわたくしに仕えてくれているうちに、いわゆる行き遅れになってしまい……ご両親は、犯罪者でなければ誰でもよいから結婚はしておけと言っている……とマルガが話しておりました。ですので、身分差など気にはしないかと。騎士は立派な職業ですし」

アンネリーゼはそう言ったあと、声を大きくして続ける。

「身分差を恐れ、身を引く姿は美しいけれども……真実の愛を掴むためには、身分差を乗り越えていく勇気も必要ですわ！　愛、それは障害を乗り越えた先にある感情の到達点なのです」

「感情の到達点……」

「至高の愛ですわ！」

ランベルトには全く意味がわからなかったが、ヤンの心には響いたらしい。「至高の愛」とブツブツ、何度も呟いている。

「それより、あなたは本気で……結婚を前提として、マルガとお付き合いするおつもりなのでしょうか？　マルガはわたくしの大事な侍女であり、親友です。生半可な気持ちならば、正直なところ、あまり親交を深めてほしくないとも考えておりますの」

「もちろん、結婚を前提にお付き合いしたいと考えております！　もしも……マルガさんがアンネリーゼ王女殿下の侍女をこれからも続けるつもりなら、俺もパントデンに永住します。ランベルト様、ぜひここの使用人として雇ってくださいね」

ヤンは弾んだ声で言う。

そのあと、ギュッと手を握られた。おそらくヤンだろう。

ヤンに手を握られても嬉しくないし、あまりに強く握ってくるので少し痛い。

振り払いたくなるが、アンネリーゼである可能性もなくはない。そう思うと手は振り払えなかった。


その日の夜、叔父が自室を訪ねてきた。

アンネリーゼの護衛騎士たちを迎え入れる用意ができたと、ランベルトに伝えに来たらしい。

「ありがとうございます」

「いや、当然のことだ。むしろ、宿を利用させてしまって申し訳なく思っている……アンネリーゼ王女殿下は快適に暮らされているだろうか？　何か気に入らないところがあれば、改善したい。お前からそれとなく聞いてみてほしい」

アンネリーゼ本人にも訊いたのだが『快適です』との答えしか返ってこないのだという。

アンネリーゼならば、不満があれば正直に訴えるだろう。快適だと言うなら、快適なはずだ。

「食事も美味しいと喜んでおられましたし、部屋も陽当《ひあ》たりがよいと仰っていました。こちらでの生活に満足しているかと思います」

「そうか……ならよいのだが。……お前は……どうなのだ？」

「……どう？」

「生活に不便があれば、何でも言ってくれ。何かほしいもの、必要なものがあれば遠慮なく言えばよいのだぞ。ここはお前の家なのだから」

不満などなかった。叔父も、家の者たちもよくしてくれている。

「家の者たちにも、叔父上にも、感謝しております」

「ランベルト……」

叔父はランベルトの名を呼んだあと、小さく息を吐く。

続く言葉を探しているのか、見つからないのか。沈黙が流れた。

アンネリーゼやヤンのときは声音で、表情が脳裏に浮かんだ。

けれども叔父とは長く顔を合わせていないせいか、声だけではどのような表情を浮かべているのか、ランベルトは想像すらできなかった。

◆◇◆

「せっかくお会いできたのに。また会えなくなるのですね……」

夕食後、ランベルトの部屋に招かれたアンネリーゼは、騎士たちが十日後に王都に戻ると聞かされ、肩を落とした。騎士たちとともに、アンネリーゼも戻らなければならないからだ。

「騎士の方々もお忙しいですし、仕方がありませんね」

もともとなぜ婚約の解消をしたのか、ランベルトに確かめるためにパントデンに来ただけだ。

このままここで暮らそうとは考えていなかったが、一か月くらいは滞在できるのではないかと期待していた。

「本来ならば、ともに王都に行き、陛下に降嫁を改めてお願いせねばならないのですが」

アンネリーゼは『降嫁』という言葉に浮かれる。

ランベルトが父に『王女殿下を私にください』と言っている場面をぜひ見てみたいと思う。けれども、ランベルトに負担をかけてまで見たいわけではなかった。

「お医者様も、安静にするよう仰っているのでしょう？　キルシュネライト卿が王都に来られずとも、わたくしがお父様にお話しするので大丈夫です」

アンネリーゼの言葉にランベルトは眉を顰めた。

「どうかされましたか？」

「ヤンから、王女殿下は嫌がるかもしれないが上手く説得するように……と言われていました。けれど、すんなり了承してくれたなと思って」

アンネリーゼはどちらかというと……いや間違いなく我が儘な性格をしている。けれども、それなりに騎士たちやランベルトの事情に配慮はできるのだ。

「わたくし、聞き分けのないお子様ではありませんわ」

唇を尖らせて言うと、ランベルトは微笑む。

「俺と離れたくないと……もっと寂しがってくれるかと思ったのです」

アンネリーゼは頬を赤らめる。

ランベルトは自分のことを話すとき『私』と言っていた。けれど、昨日くらいからだろうか。『俺』と言っている。

そして放つ言葉や態度が、甘い。チョコレートのように甘々だった。

そういうランベルトも大好きなのだが、慣れないせいか恥ずかしい。

「……もちろん、寂しいですわ。……キルシュネライト卿も、寂しいですか？」

「帰らないでと懇願したいのを我慢しているくらい、寂しいです」

「まあ！　懇願してくださったら、わたくし……聞き分けのないお子様になってしまいますわ！」

父やヤンたちにどれほど迷惑をかけようが、我が儘を貫き通すであろう。

「なら、懇願するのはやめておきます。代わりに別のお願いをしていいですか？」

「何でしょう」

「顔に触れても？」

アンネリーゼの表情を指で確認したいのか、最近のランベルトは事あるごとにアンネリーゼの顔に触れようとする。

「え、ええ」

嫌ではない。むしろ嬉しい。けれども少し恥ずかしかった。

アンネリーゼは上擦った声で頷く。

窓際の椅子に座っていたアンネリーゼは立ち上がり、ランベルトの前まで行く。

「お隣に座りましょうか？」

ランベルトは長椅子に座っている。隣に座れそうだったので、そう問いかけたのだが……。

「おいで」

ランベルトは囁くように言って、両手を広げてみせた。

アンネリーゼは生唾を飲み込み、ランベルトの膝の上に座った。

「おいで、しました」

昨日『座ったランベルトの前に立ち、顔を触られる』という行為をしているとき、足がふらついて、ついランベルトの膝の上にお尻をついてしまった。

その格好だと触れやすいと気づいたのか、それからというもの膝の上に乗るよう、ランベルトに促されていた。

ランベルトの膝の上に乗るのは、今で三度目である。

ランベルトの手を取り、アンネリーゼは自分の顔に触れさせた。

眉からまぶた、鼻筋から唇へと、ランベルトの綺麗な指がアンネリーゼの顔を探る。

ひととおり指で探られたあと――。

「口づけしたいです。してよいですか?」

アンネリーゼは、ランベルトに訊ねた。

「いいですよ」

囁くような小さな声で返事がある。

アンネリーゼはそっとランベルトのかたちのよい唇に己の唇を重ねた。

口づけをするのも、これで十二回目だ。

「だんだん、上手くなっている気がします」

最初は乱暴に押しつけるだけだったけれど、今はゆっくりと優しく触れ合わせるような甘い口づけができている気がした。

「口づけが……？」

「ええ」

「俺も上手くなりたいので、練習させてください」

これくらい接近していれば、アンネリーゼの顔が少しは見えるのだろうか。ランベルトがじっとアンネリーゼを見つめてくる。

アンネリーゼを映すランベルトの紫紺の瞳は、熱っぽく潤んでいた。

（冷たげな紫紺の双眸が、甘やかで情熱的な色を宿すのを見てみたい――）

ずっとそう思ってきた。

これが恋の眼差しなのかしら、とアンネリーゼは食い入るように凝視する。

ランベルトが目を伏せる。残念に思っていると、ランベルトの綺麗な顔が近づいてきた。

十三回目の口づけは長く、官能的な……大人の口づけだった。


パントデンの出立を翌日に控えた朝。

明日は忙しない。今日のうちに世話になったお礼を言っておこうと、アンネリーゼはランベルトの叔父ケビンのもとを訪ねた。

「ランベルトにも相談するつもりでいますが……今の目の状態だと、領主を継ぐのはランベルトには重荷になるでしょう。それでも本人が望むのであれば、私が補佐をし支えていくつもりです。陛下のお考えもあるでしょうが……アンネリーゼ王女殿下はランベルトの将来についてのご要望がありますか？」

ひととおり礼を言い終わると、ケビンは思い詰めたような表情でそう訊いてきた。

アンネリーゼ的にはランベルトが領主になろうがなるまいが、どちらでも構わなかった。

もしランベルトが領主になるなら、大変だろうけれど辺境伯夫人としてランベルトを支える。

ケビンが正式に辺境伯になる場合。もしケビンがランベルトの存在を邪魔に感じるならば、王都で暮らしてもよいと考えていた。

王都で暮らせば、父や兄に頼ることになる。長い間騎士として王家に仕えてきたのだ。それなりに生活の保障はしてくれるはずだ。

もちろん至れり尽くせりの今とは違う環境になるので、大変だと思う。

どちらも大変。だけれど、どうなろうともランベルトが傍にいるのに変わりはない。

「わたくしに要望などありません。キルシュネライト卿のお考えに従うだけです」

「そうですか……。しかし……。陛下、王家の方々は、王女殿下の降嫁先になりますし、ランベルトの立場を気にされるでしょう。ランベルトの視力のことは知っておられるのですよね？」

「もちろん知っております。キルシュネライト卿は、兄の騎士団の団長を務めておりました。兄を守り、支えてくださったのです。このたびの怪我も任務中の出来事だと聞いております。王家はキルシュネライト卿に感謝しているのです。ですので、わたくしのために、キルシュネライト卿のお気持ちを無視することは決してありません」

アンネリーゼとランベルトの仲を反対しているならば、いくらごねたところでパントデンへは向かわせてもらえなかっただろう。

ジョゼフからもランベルトに迷惑をかけるなと念を押されていた。兄は明らかに、アンネリーゼよりもランベルトの考えや思いを優先している様子であった。

「ランベルトはあちらで頑張っていたのですね」

ケビンは目を細め、噛みしめるように言う。

「最初……王女殿下と婚約したという報せを受けたとき、王家はラード教国と、そうまでして繋がりを持ちたいのかと驚きました」

あの婚約は、アンネリーゼがランベルトに一目惚れしたのが始まりだった。

もちろん法王の存在を意識はしていただろうが、どうしても縁戚関係になりたがっている風でもなかった。もしも政略的な目論見《もくろみ》があったのならば、もっとアンネリーゼの恋を後押しし応援してくれていたはずだ。

反論しかけたアンネリーゼだったが、ケビンの続けた言葉に押し黙る。

「悪徳王女。あなたの噂も耳にしました」

こんな遠方の地にまで、自分の噂は広がっていたらしい。

今まで悪徳王女と呼ばれても特に気にしていなかったアンネリーゼだが、初めてそのふたつ名を持っていることを後悔した。

（悪徳王女など甥《おい》っ子に相応しくないと、反対されるのかしら……）

最後の障害がこんなところに⁉　とアンネリーゼは身構えた。しかし見下ろしてくるケビンの眼差しは優しく穏やかだった。

「心配をしていましたが、クラーラ嬢……ランベルトの元婚約者ですが、婚約の解消を詫びたときに、あなたについて『優しくて愛らしい王女様』と言っておられたので。噂にすぎないと、そう思っておりました。しかし……ランベルトはあのような状態で、パントデンに戻ってきた」

ケビンは当時を思い返すかのように息を吐いた。

「婚約は自分から解消したとランベルトは言いましたが……。怪我をした途端、ランベルトを見捨てるなど、悪徳とまではいかずとも、やはり噂どおりの酷いお方なのだと思いました。実は、初めてお目にかかったとき、嫌みのひとつでも言ってやろうかと、考えていたのですよ」

「そうなのですか……？」

割と温かく迎え入れてくれたと思っていたので、アンネリーゼは驚いた。

「ええ。ですが、あなたの態度や話し方を見て……嫌みを言うのはもう少し様子を見てからにしようと思い直しました」

もしかして今から嫌みを言われるのだろうか。

結婚相手の家族に、嫌みを言われたり、嫌な仕事を言いつけられたり、無視をされたりすることを『嫁いびり』というらしい。結婚後、割とよく起こる問題だという。

自分も嫁いびりされるのかとドキドキしていたのだが、ケビンはなぜか深く頭を下げた。

「あなたといるランベルトを見て、安堵しました。ランベルトのことをよろしくお願いいたします」

よくわからないが、嫁いびりはされない。それどころか嫁として認められたらしい。

「お任せくださいませ！　わたくし、善き妻となります！」

アンネリーゼは胸を張り、頷いた。

ケビンはアンネリーゼを見下ろし、微笑んだ。その微笑み方がランベルトと重なる。

（キルシュネライト卿と同じ、優しいお方なのだわ）

ランベルトは嫡子であるというのに領地に戻らず、長く王都で騎士をしていた。その理由を、領主代行をしているケビンと不仲だから、などと噂する者もいた。

けれどランベルトを心配する様子からして、不仲だとは思えない。少なくともケビンは、ランベルトを大事にしているようだ。

「キルシュネライト卿を大事にされているのですね」

「私にとって、ランベルトは兄の忘れ形見で……ただ一人の家族ですから」

ケビンは未だ独身であった。

アンネリーゼはふと、再会したときのランベルトの言葉を思い出す。

ランベルトの父親は足が不自由だった。そんな父親を献身的に支えていた母親。けれど実は父親は自身の不自由な足で同情を誘い、母親と結婚をした——そんな話だった。

「キルシュネライト卿のお母様はどのようなお方だったのでしょう？」

同情したからといって、好きでもない男のもとへ嫁ぐであろうか。それもランベルトの母は、ラード教国法王の娘で、嫌ならば断れる立場にあった。

いくら同情したとはいえ、好きでもない相手を献身的に支えるのも、自分が慈悲深くないせいか、アンネリーゼにはよくわからなかった。

「ランベルトによく面立ちの似た、明るく優しい女性でした。……なぜ、ランベルトの母のことを？ランベルトは彼女に対し何か言っておりましたか？」

「その……今の、わたくしとキルシュネライト卿が置かれている状況が、ご両親と同じような立場だと……少々、気にしておられる感じでした」

「同じような立場？」

「足が不自由なお父様に、お母様が同情して嫁いだ……と。いえ、わたくしは同情でキルシュネライト卿に嫁ぎたいわけではないのですけれど」

アンネリーゼの言葉に、ケビンは驚いたように目を瞠った。

そして、目を伏せ黙り込む。

長い沈黙が続き、言ってはならなかったのだろうかとアンネリーゼが不安に思ったとき、ケビンが口を開いた。

「ランベルトが結婚をしたときに渡すつもりでした。ですが……。今の目の状態では、ランベルトは読めないでしょう。もし知りたくないと言ったならば、この手紙はあなたが保管しておいてください。もし知りたいと言ったなら……ランベルトに読んでやってください」

ケビンは机の抽斗を開く。

色あせた封筒を取り出し、アンネリーゼに手渡した。

アンネリーゼはその足でランベルトの部屋へと向かった。

ノックをして返事があったので、部屋へと入る。

ランベルトは窓際の椅子に腰かけていた。窓は開かれていて、柔らかな風がランベルトの銀髪を揺らしていた。

無精髭はない。二日前、アンネリーゼはランベルトの髭を剃《そ》って差し上げたからだ。

毎日髭を剃らなければならない者もいるというが、ランベルトは伸びにくいらしい。こちらに来てからは、だいたい七日に一度くらいの割合で剃っていたという。

ビアンカが剃る予定だったのだが、アンネリーゼがどうしてもとお願いすると挑戦させてくれた。けれども、ランベルトの綺麗な肌に少しだけ切り傷をつけてしまい、激しく後悔した。

『大丈夫です。構いませんよ』

アンネリーゼは青ざめ震えていたが、当の本人はあまり気にしていなかった。

『もうしません。わたくし、二度と刃物は握りません』

『刃物は握らなくていいです。怖いなら髭剃りは、今後は侍女にお願いします』

侍女が、ランベルトの大事な顔に触れている。想像すると嫉妬する。けれどもランベルトの顔を血だらけにするわけにはいかない。乙女心が激しく揺れた結果、アンネリーゼは『練習します』と言った。

『誰で練習するんです？　俺以外の男の髭を剃ったら駄目ですよ』

駄目です——マルガや兄たちにそう言われたら、しょんぼりする。しかしランベルトに『駄目です』と言われると、胸がドキドキする。恋とは恐ろしいものである。

「殿下？」

無精髭について思いを馳せていると、ランベルトが訝しげにアンネリーゼを呼んだ。

（そうだわ。大事な用があるのに）

アンネリーゼは気合を入れ直し、ランベルトの傍まで行く。

「あの……先ほど、ケビン様からお手紙を預かってきたのです」

「叔父上から？」

「ええ……。卿のお母様……シーラ様が生前にキルシュネライト卿に宛てて書いたお手紙のようです」

「母上が……？」

ランベルトは眉を寄せた。

アンネリーゼは、ランベルトが内容を知りたいのならば読む、知りたくないのならば、自分が保管することになったと伝えた。

「もし、お手紙の内容は知りたいけれど、わたくしに手紙を読まれたくないのならば……そうお伝えしますので、ケビン様に読んでもらってください」

「あなたはこの手紙に目を通したのですか」

「いいえ。先ほど受け取ったばかりなのです」

「……俺は……病床の母にとても酷い言葉をぶつけました。母は、俺を……恨んでいるのかもしれません」

ランベルトは眉を顰めたまま、苦しげな声で言った。

そして重い声で、自身の出生について……自分が叔父であるケビンの子だとアンネリーゼに明かした。

ケビンのランベルトに対しての言葉、雰囲気がランベルトと似ていたのもあって、アンネリーゼは驚かなかった。

ランベルトが真実を知ったのは、父親、先代のキルシュネライト辺境伯が亡くなる数日前だったという。

亡くなった父親のあとを追うように母親も身体を悪くしたのだが、ランベルトは裏切られたという思いのまま、病床の母親に対し悪意のある言葉を放ってしまったらしい。

そして母親の死後、両親が結婚に至った経緯を知った。

「不実な母を恨んでいました。しかし……同情を誘い父が結婚を強要したのなら……何が悪く、誰が正しいのかわからなくなりました。ですが何にせよ俺が、死を間近にした母に対し、冷たく当たったのは事実です。後ろ暗かった。だから叔父を避け、パントデンに戻らなかった。俺は、矮小《わいしょう》なつまらない、人間なんです。……失望しましたか？」

ランベルトはかつて愛がわからないと言っていた。あれは母親の件があったからなのかもしれない。

「失望なんてしませんわ」

　アンネリーゼは即答する。

「失望はしませんけれど……手紙を読むのは、やめておきますか？」

　複雑な事情があるならば、アンネリーゼに知られたくないのかもしれない。いくら心を無にして読んでも、知らずにいるのは無理だ。

「いえ、ご迷惑でなければ……あなたに読んでほしいです」

　ランベルトにそう言われ、アンネリーゼは封筒を切り、手紙を開いた。

　ランベルトの母親が書いたであろう文字は、薄く掠れていた。そして、文字がところどころ震えている。

　アンネリーゼは目でその文字を追いながら、口に出し読んだ。

「親愛なるランベルト。力が出なくて、上手く書けないの。みっともないけれど、ごめんなさい。伝えたいことはたくさんあるのに。こんなことならば、もっときちんと、元気なうちにあなたに話しておけばよかった――」

　ラード教国で、ランベルトの母シーラは一人の男性と出会う。男性はキルシュネライト辺境伯。

　恋をしたシーラは父親の反対を押し切り、半ば駆け落ちのようなかたちでパントデンに押しかけた。娘を溺愛していた法王は、シーラの幸せのためならと渋々結婚を認めたのだが、キルシュネライト辺境伯は事故に遭ってしまう。

「医者から、子どもを作るのは無理だとそう告げられたの。あの人は、結婚をやめようと言った。けれど私は子どもがいなくとも、あの人がいればそれでよかった。どんなあなたでも愛しているからと、結婚してほしいと懇願した」

しかし結婚したものの、幸せはそう長くは続かなかった。

不妊になったことは周囲に伏せられていた。そのため遠戚からは跡継ぎを望む声がシーラに向かった。

それにより諍いも増える。不仲を聞きつけたのか、法王から帰国を促す書簡まで届くようになった。

ケビンを結婚させ、その子を養子に迎える話もあった。しかしケビンは当時恋人を亡くしたばかりで、結婚に前向きでなかった。

そうして長い話し合いが三人の中で行われるうちに、シーラはケビンと子を作ることになる。

「それが最善だと思った。あの人に似た子を産みたい。その願いを二人とも私のために、受け入れてくれた。幸いにも妊娠できて……でも複雑そうなあの人を見て……私は間違っていたのかもしれないと思った。でもね、ランベルト、生まれてきたあなたを見て、嬉しかったの。あの人も、あなたをとても愛してくれた。だから、私は間違っていなかったって、そう思ったの」

幸せな時間が続いた。夫が亡くなるまでは――。

「あなたの苦しみに、私は気づかなかった。あなたは私とあの人の子なのだから、言う必要なんてないと思っていた。ごめんなさい、ランベルト。あなたを傷つけてしまって。でも、母親としてあなたを愛することを許してほしい。いつもあなたを見守っている。愛しているわ。…………シーラ・キルシュネライト…………これで、終わりです」

アンネリーゼは何と言ってよいのかわからなかった。

ランベルトの母には彼女にしかわからぬ思いがあり、ランベルトの二人の父親にもそれぞれ、彼らにしか理解できない感情があるはずだ。そしてランベルトにも、ランベルトだけが抱く思いがある。

いくら恋愛の達人であろうとも、いや恋愛の達人だからこそ、とやかく口を出してはならないと思った。

アンネリーゼは開いていた手紙を閉じ、封筒にしまう。

「……こんな手紙を残し、愛していると言われても……今更、どうしようもないのに」

ランベルトは小さな声で吐き捨てるように言った。

「抱きしめてもよろしいですか？」

アンネリーゼが言うと、ランベルトは目を瞬かせ、微笑みを浮かべる。

「慰めてくれるのですか？　大丈夫ですよ。そこまで落ち込んでいるわけではないので」

「いいえ。慰めではなくて、抱きしめたいだけです」

アンネリーゼは手をランベルトの肩に回し、ぎゅっと抱き込んだ。

そして、この手紙を受け取ったときのケビンの言葉を思い返す。

『内容は私も知りません。ただ義姉上……ランベルトの母は、ランベルトに愛する人ができて結婚したときに渡してほしいと言って、私にこの手紙を託しました。……誰か傍で、苦しみを分かち合ってくれる相手がいる。そういうときに読んでほしかったのでしょう』

私では彼女の苦しみも、ランベルトの苦しみも、兄の苦しみさえ分かち合うことはできませんでした……と、ケビンは寂しげに微笑みそう言った。

アンネリーゼはランベルトのために自分に何ができるのか、ずっとわからずにいた。

身の回りのあれこれは、侍女のほうが上手くできるし、料理だって料理人のほうが上手に決まっている。領地のことなどさっぱりわからない。ランベルトを養える経済力も皆無だ。

けれど、ランベルトの傍にいて、悲しいときや苦しいとき、こうして抱きしめることはできる。

(分かち合えているかはわからないけれど……)

嬉しいときも楽しいときも、一緒にいて喜びたいと、アンネリーゼはそう思った。

翌日の朝。

アンネリーゼは予定どおり、王都に戻るため馬車に乗った。

また長い旅路が始まるのは億劫ではあったが、パントデンに向かったときのような不安や焦燥感はない。寂しさはもちろんあるけれど、気持ちは楽だった。

馬車がキルシュネライト家の屋敷を出てからしばらくして、向かいに座るマルガがうたた寝を始めた。

手持ち無沙汰になったアンネリーゼは、ふと屋敷を出る前のランベルトとのやり取りを思い出し、荷物の中から帳面を取り出した。

『すぐに戻ってまいります』

『お待ちしています。これを、殿下。お渡しするのが遅くなり申し訳ありません』

旅立つ前、ランベルトの部屋に立ち寄ったアンネリーゼは、ランベルトから交換日記の帳面を渡されていた。

アンネリーゼは帳面を開く。

アンネリーゼの書いた日記が最後でそれ以降は空白だった。ランベルトは目があまり見えていない状態だ。日記が書けなかったのだろう。

何気なくパラパラと捲っていたアンネリーゼは、ハッとし手を止める。

空白が続いたページのあとに、斜めに歪んだ文字を発見したのだ。


会いに来てくれて、ありがとうございました。

もしもあなたが私を重荷に感じるときがあったら、遠慮なく仰ってください。

そのときは、大人しく身を引きます。


（まあ！　まだわたくしのしつこさを、理解していないようだわ！）

アンネリーゼがランベルトを重荷に感じるより先に、ランベルトがアンネリーゼの重い愛情に音を上げるほうが早い気がした。

不安になりながら、ランベルトの文字を読み進める。


身体に気をつけてください。

ヤンにも言ってありますが、野営はしないように。

疲れたら、宿でゆっくり休憩を取りながら帰ってください（身体の疲れが取れるまで、数日泊まるのを推奨します）。

また会える日を楽しみにしております。

愛を込めて。

ランベルト・キルシュネライト

見間違いでなければ『愛』という素晴らしい文字が記されている。

二度見する。間違いなく『愛を込めて』と書いてあった。書き間違えでもなさそうだ。

「ああっ！　愛を！　込めて！　愛！」

アンネリーゼは思わず、叫んだ。

「……っ！　姫様⁉　どうかされましたか？」

うたた寝をしていたマルガがビクッと震え、顔を上げた。

「マルガ、わたくし、愛されているわ！」

「はあ……」

「日記に！　愛を込めてと書かれていたの。愛を！　込められているわ！　ああ、駄目よ、マルガ。見せてあげたいけれど、これはキルシュネライト卿と二人だけの愛の交換日記ですもの！」

「……それはようございましたわね」

「マルガ、マルガも、交換日記をすればよいと思うわ！」

マルガとヤンも交換日記をして愛を深めればよい。

そう思って勧めたのだが「私はそういうのは結構です」とマルガは乗り気ではなかった。

けれど王都に着いて少しした頃、ヤンから帳面を受け取るマルガを、アンネリーゼは目撃した。

# エピローグ

パントデンから戻ったアンネリーゼは、学園での学びを終え、降嫁の準備を始めた。

そして学友、両親や兄との別れを済まし、再びパントデンの地へと向かう。

ランベルトとの恋が実ってから十か月後のことであった。

あのときとは違いマルガは同行していない。このままアンネリーゼの侍女としてパントデンで暮らすか、王都で暮らしていくか、決めかねているらしい。

マルガの人生である。ゆっくり考えるように言い残し、アンネリーゼはマルガと別れた。

マルガは同行していないが、世話係の侍女と護衛の騎士たちはいたので、寂しくはあったけれど不自由はしなかった。

初めて来たときと同じく、十五日の旅路を経てパントデンに到着し、家令に応接室へと通された。

あのとき現れたのはケビンだった。けれども今回は違った。

ノックのあと、走ってきたのか少し息を乱した長身の男性が現れた。見慣れた男性だけれど、見慣れない姿をしていた。

「うっ……！」

久しぶりに再会した愛おしい人を前に、アンネリーゼは胸を押さえた。

「殿下、どうされたのです？」

愛しい人、ランベルト・キルシュネライトがアンネリーゼに近づいてくる。

至近距離で見ると、破壊力がすごい。アンネリーゼはランベルトを見上げ、プルプルと震えた。

「そ、それは……それは……何ですの⁉」

「それ……？　ああ、眼鏡ですか？」

幸いにも、ランベルトは失明をしなかった。視力も以前と同じとはいかないが、ずいぶん改善されたという。

「日常生活に困らない程度には見えるのですが……細かい字や遠方の物が見づらいため、眼鏡をかけて暮らしています。おかしいでしょうか。似合わないのならば、外すようにしますが」

「お似合いですわ！　似合いすぎていて、息が止まるかと思いましたわ！」

ランベルトは銀色の縁の眼鏡をかけていた。麗しい。まるで眼鏡の貴公子だ。

そのうえ、ランベルトはきっちりとした貴族服を着ている。眼鏡と貴族服の相乗効果で、麗しさが倍増している。あまりの素敵さに、アンネリーゼの情緒は荒波のごとく激しく乱れていた。

「息が止まらなくてよかったです」

ランベルトは甘やかな微笑みを浮かべた。

どうやらランベルトはアンネリーゼの息の根を止めたいらしい。

「殿下、どうか俺と結婚してください」

あまつさえ、ランベルトはその場に跪くと、アンネリーゼの手を取り、求婚までしてきた。

「……王女殿下？」

上目遣いでランベルトが見上げてくる。

「駄目ですわ！」

「……え？　……駄目なのですか？」

「いえ、その結婚が駄目なのではなく、そんな……そんな眼鏡の姿で求婚なんて……」

「やはり、眼鏡が嫌いなのですか？」

「いいえ！　むしろ好きです！　好きで好きで、困るのです……ああ、見つめないでください。わたくし、おかしくなってしまいます」

「久しぶりにあなたの顔が見られたのです。見つめないでいるのは、無理ですよ」

ランベルトは立ち上がると「これを」と言って、懐から何かを取り出した。

薄汚れたハンカチーフ……いや、リボンである。ランベルトはリボンを広げて見せた。

「何でしょう……？」

ランベルトが好きすぎておかしくなっていたアンネリーゼだが、彼の行動の意味がわからず真顔になった。

「リボンの端を見てください」

言われたとおりリボンの端を見る。よく見ると白い糸で、アンネリーゼ・ナターナと刺繍がしてある。

「このリボンを覚えていますか？　初めて会ったとき、あなたが落としたリボンです」

「……あ！　大事に持っていてくださったんですね！」

ランベルトと初めて会った十歳の誕生日だ。

あの日、アンネリーゼの落としたリボンを、ランベルトが拾ってくれた。

そのリボンをランベルトが右腕に結んでくれ、それが運命の証のように思えたアンネリーゼは、一生リボンを右腕につけたままでいようと思った。

けれど数日後、そのリボンの代わりにとランベルトは銀製の腕輪を贈ってくれた。その腕輪は今もアンネリーゼの右手首にある。

リボンはランベルトに渡したのだが、ランベルトは大事に取っておいてくれたらしい。

（名前を刺繍していたかしら……？）

幼い頃の記憶なので定かではないが、リボンに名前などなかった気がする、と不思議に思いながら、アンネリーゼがリボンに触れようとした。するとランベルトは「駄目ですよ」と言って、アンネリーゼが届かないよう、リボンを持っている手を上げた。

「おまじない中なのです」

「おまじない……？」

「ええ、刺繍をして、自分以外の誰にも触れさせないようにするのでしょう？　今日でちょうど十五日目になります」

アンネリーゼがパントデンに向かっていると知り、ちょうどよいと思いおまじないを開始したらしい。

何がちょうどよいのか、よくわからないし、あのおまじないはリボンではなくハンカチーフに刺繍せねばならない。それに――。

「あのおまじないは、意中の相手を夢中にさせるものです。わたくし、すでにこれ以上ないくらいキルシュネライト卿に夢中になっておりますのに。ご存じなかったのですか？」

自分の夢中さ加減が伝わっていなかったのだろうかと、アンネリーゼは驚いて問うた。

「いえ……知っています」

ランベルトは頬を緩める。

「そういえば……結婚するのですから、キルシュネライト卿ではなく、そろそろ名前で呼んでください」

確かにランベルトの言うとおりだ。『旦那様』呼びに憧れがあるけれども『ランベルト様』呼びもしてみたい。けれどもそれよりも前に、ぜひとも叶えたい願いがあった。

「……卿もわたくしのことを殿下ではなく、名前で呼んでください」

「アンネリーゼ、会いたかった」

甘やかな声で言われる。想像していた以上に嬉しく、胸が弾んだ。

「わたくしも……お会いしたかったです……ラ、ラン、ランベトル……ランベルト様」

「名前のほうはそれほど言いづらくはないと思うのですが……」

「緊張で、言い間違えてしまったのです。何度もお呼びしているうちに、すらすら言えるようになるはずです」

「練習しますか?」

ランベルトの問いに、首を横に振る。

これから、彼の名を呼ぶ機会はいくらでもあるのだ。

今はそれよりも、もっとしたいことがあった。

「口づけがしたいです」

アンネリーゼの願いにランベルトは笑みを深くした。


その後、アンネリーゼは結婚式を無事済ませ、晴れてランベルト・キルシュネライトの妻となった。

王都では季節の変わり目には必ず身体を崩していたアンネリーゼだったが、パントデンの気候が合っていたのか、それとも愛の力か、一年経つ頃には風邪もめったにひかないようになっていた。

パントデンで暮らし始めて二年後には、子どもも授かる。

そしてちょうどその頃、王都で一冊の本が話題になった。

『悪徳王女の恋愛指南』

著者はバルバラ・コールマン。アンネリーゼの学友、バルバラの結婚後の名前である。

辺境伯に降嫁した悪徳王女と呼ばれた一人の女性。

彼女の恋愛観が記された『悪徳王女の恋愛指南』は、恋する女性ならば一度は目を通すべき本として評価され、後世まで残る乙女たちの聖典《バイブル》となった。

# 悪徳王女の恋愛指南
## 一目惚れ相手と婚約したら悪女にされましたが、思いのほか幸せです。

著者　御鹿なな


2023年3月5日　初版発行

発行人　藤居幸嗣

発行所　株式会社 J パブリッシング
〒102-0073　東京都千代田区九段北3-2-5 5F
TEL 03-3288-7907　FAX 03-3288-7880

製版　サンシン企画

印刷所　中央精版印刷株式会社



ISBN：978-4-86669-554-9
Printed in JAPAN